D1928731

KNAUR

Über die Autorin:
Rae Meadows wurde in Brüssel geboren und wuchs in Cleveland und San Diego auf. Sie studierte an der Stanford University Geschichte und arbeitete mehrere Jahre lang in der Werbung, bevor sie das Schreiben für sich entdeckte. Sie absolvierte das äußerst renommierte *Creative Writing Program* an der University of Utah und wurde für ihre bisher drei Romane mit zahlreichen Preisen ausgezeichnet, darunter dem Utah Award for Fiction. Rae Meadows hat in zwölf verschiedenen Städten gelebt, darunter auch Florenz, Paris und Prag. Heute wohnt die Autorin mit ihrem Mann und ihren beiden Töchtern in Minneapolis.

Rae Meadows

Violets Vermächtnis

Roman

Aus dem Amerikanischen von
Stefanie Fahrner

KNAUR

Die amerikanische Originalausgabe erschien 2011 unter dem Titel
»Mothers and Daughters« bei Henry Holt and Company, LLC, New York.

Das Zitat auf Seite 183 wurde entnommen aus:
Virginia Woolf, Zum Leuchtturm, Fischer Taschenbuch Verlag, Frankfurt, 1991, 10. Auflage 2009. Aus dem Englischen von Karin Kersten.

Besuchen Sie uns im Internet:
www.knaur.de

FSC
www.fsc.org
MIX
Papier aus verantwortungsvollen Quellen
FSC® C083411

Vollständige Taschenbuchausgabe Dezember 2014
Knaur Taschenbuch
© 2011 by Rae Meadows
Für die deutschsprachige Ausgabe:
© 2012 Knaur Verlag
Ein Unternehmen der Droemerschen Verlagsanstalt
Th. Knaur Nachf. GmbH & Co. KG, München
Alle Rechte vorbehalten. Das Werk darf – auch teilweise – nur mit Genehmigung des Verlags wiedergegeben werden.
Redaktion: Angelika Lieke
Umschlaggestaltung: ZERO Werbeagentur, München
Umschlagabbildung: Trevillion Images / © Lee Avison
Satz: Adobe InDesign im Verlag
Druck und Bindung: CPI books GmbH, Leck
Printed in Germany
ISBN 978-3-426-50931-9

2 4 5 3 1

Für Alex, Indigo und Olive

Sam

Sam sehnte sich nach Pound Cake. Oder wenigstens danach, einen zu backen. Das Rezept war denkbar einfach: jeweils ein Pfund Mehl, Butter, Eier und Zucker – das war irgendwie elegant. Ihr gefiel auch, dass Pound Cake etwas richtig Altmodisches war, wunderbar handfest und überhaupt nicht angeberisch. Butterzart und reichhaltig. Wisconsin ist schuld daran, dachte sie.

Die Bäume verfärbten sich schon. Der Zuckerahorn, dessen rotgoldene Blätter durch die regennasse Windschutzscheibe leuchteten, hatte den Anfang gemacht. Es war Oktober. Sam liebte diese Zeichen von edlem Verfall und vergänglicher Schönheit, die der Herbst mit sich brachte, und doch konnte sie nichts davon richtig genießen, denn der Winter würde schon bald folgen. Trockene Heizungsluft, aufgesprungene Lippen, windgerötete Wangen, Sand und Salz überall. Das wäre ihr dritter Winter in Madison, und sie fragte sich, wie sie ihn ertragen sollte: Schon um vier wurde es dunkel, und sie wäre im Haus eingesperrt mit Ella, die immer wendiger wurde und im Wohnzimmer umherkrabbelte.

Sie saß auf dem Rücksitz und stillte das Baby. Auf der anderen Straßenseite lag das Haus ihrer Freundin Melanie, ein großer Bau im Arts-and-Crafts-Stil, nahe Vilas Park an der Westside. Mit dem Daumen strich sie über Ellas Stirn. Die Haut war porenlos und herzergreifend weich. Dann fuhr sie über die winzigen Windungen ihres Ohrs. Ella stützte sich mit ihrer warmen Babyhand an Sams Brust ab und schaute angestrengt drein. Sam fiel auf, dass sie bereits im Begriff war, die einzelnen Phasen der letzten acht Monate zu vergessen, so schnell wurde ein Meilenstein in Ellas Entwicklung vom nächsten abgelöst. Wann hatte sie zum ersten Mal gelächelt? Sich zum ersten Mal auf die andere Seite gerollt? Zum ersten Mal aufrecht gesessen? Das alles wäre schon bald in einem schwammigen Erinnerungsmischmasch verloren. Sie würde nur noch an die Zeit denken, in der Ella »ein Baby war«, und all die kleinen Details wären nicht mehr interessant oder wichtig.

Heute würde sie Ella zum ersten Mal mit einem Babysitter alleine lassen. Eigentlich wollte sie das gar nicht, aber sie tat es, um Jack zu zeigen, dass sie normal war. Er hatte sie schon seit Monaten dazu gedrängt, zurück ins Atelier zu gehen. Sie wusste, dass er ihre Weigerung, sich von Ella zu trennen, und ihre Überzeugung, nur sie selbst könnte sich um das Baby kümmern, langsam beunruhigend fand.

Jack hatte recht: So dachte Sam wirklich. Sie hatte enorme Angst davor, dass etwas schiefgehen könnte. Niemand konnte so wachsam und vorausschauend sein wie sie selbst. Was, wenn Ella fallen und sich am Kopf verletzen würde? Was, wenn sie einen Penny verschlucken und keine Luft mehr bekommen würde? Was, wenn sie von einer Biene gestochen und einen anaphylaktischen Schock erleiden würde? Manchmal hasste sie es, in erster Linie Mutter zu sein. Sie fühlte sich total von ihrer Tochter in Beschlag genommen, ständig genötigt, an ihrem Hals zu schnuppern, ihre Atemzüge zu beobachten, ihr Gewicht und ihre Wärme zu spüren. Jack amüsierte sich darüber, dass sie dauernd absurde Szenarien entwarf, und fragte sich, was mit der Frau passiert war, die bis dahin immer nur Gelassenheit ausgestrahlt hatte. Ein kleines Wesen von neun Kilo hatte ihr gemeinsames Leben über den Haufen geworfen und seine Frau in eine Fremde verwandelt.

Aber es ging um mehr als nur darum, Ella bei einer fremden Person zu lassen. Da war außerdem die Sache mit dem Auftrag. Eine Teekanne für den Dekan der englischen Fakultät, einen Mann der alten Schule, auf dessen Wohlwollen Jack angewiesen war. Es war ein Geschenk für seine Frau, das er schon vor über einem Jahr bestellt hatte. Sam wusste, wie sehr Jack sich beherrschen musste, das Thema so viele Monate lang ruhen zu lassen. Seit dem sechsten Monat ihrer Schwangerschaft war sie nicht mehr im Atelier gewesen, weil ihr Bauch sie beim Arbeiten an der Töpferscheibe störte. Sie vermisste den feucht-kalkigen Geruch ihrer Keramik. Den hellen, weißgrauen Schein der halbfertigen Töpfe. Die zentrifugale Geburt einer Form, eines Gefäßes, aus einem Klumpen Ton. Sie schaffte etwas aus dem Nichts. Der Gedanke daran, zurück an die Arbeit zu gehen, machte ihr jetzt allerdings Angst. Sie musste totale Konzentration aufbringen, die Form spüren – sie konnte sich nicht hinter Ungenauigkeiten verstecken. Die ständige Furcht, ihre Hände würden nicht mehr ruhig und synchron arbeiten und sie hätte ihre Fähigkeiten und ihr Auge für das Material verloren, begleitete sie. Schlimmer noch, sie hatte Angst, ihre Werke könnten langweilig werden und irgendwann auf Kunstgewerbemärkten oder in einem Zelt auf dem Wochenmarkt landen, Angst, dass ihre Kreativität im Zuge ihrer Mutterschaft verloren gegangen wäre. Jetzt hingen Spinnweben zwischen den Fenstern und den Werkzeugen, und ein seltsamer kristallartiger Schimmel hatte sich auf dem Knettisch ausgebreitet.

Ella zog den Kopf zurück, setzte sich gurgelnd auf und rülpste laut und zufrieden, während ihr ein Tropfen Milch über die Unterlippe rann. Sam stand immer noch mehrere Male in der Nacht auf, um sie zu stillen. Sie konnte die Vorstellung nicht ertragen, dass Ella sich müde schrie, dass sie eine Stunde lang brüllte, bis sie vor lauter Anstrengung wieder einschlief – als müsste man die Bedürfnisse eines Babys einfach »austrocknen«. Jack machte Ellas häufiges Aufwachen nichts aus, er schlief meistens einfach weiter. Sam log den Kinderarzt und ihre Freundin Melanie an und behauptete, Ella schliefe die ganze Nacht durch, weil sie ihre eigene Nachgiebigkeit nicht eingestehen wollte. Sam hatte sich in eine Mutter von der Art verwandelt, die sie früher verachtet hatte: in eine windelweiche Glucke, in das Dienstmädchen der kaiserlichen Hoheit.

Der Regen hatte aufgehört, und die vornehme Wohngegend leuchtete vom strahlenden Gelb und Rot der herbstlichen Blätter. Ella wand sich und quäkte, während sie an ihrer Mutter hochzuklettern versuchte.

»Okay, mein Baby«, sagte Sam. »Los geht's.«

Ihr Handy klingelte in dem Moment, als sie aus dem Auto stieg und gleichzeitig Ella und die Babysachen im Arm balancierte. Sie stieß sich das Knie an der Autotür und ließ die Windeltasche fallen.

Mit einem kurzen »Hallo« meldete sie sich und versuchte, das Baby davon abzuhalten, aus ihren Armen zu schlüpfen.

»Hallo«, antwortete Jack. »Alles in Ordnung?«

»Geht so. Ich bin gerade auf dem Weg zu Melanie.«

»Ach, entschuldige, ich dachte, du wärst schon allein. Ich bin stolz auf dich, weißt du«, sagte er.

»Es ist ja bloß ein Babysitter.«

»Trotzdem.«

»Tja, schauen wir mal, wie's läuft.« Sie spürte, dass sie ihn wieder liebte. Seit das Baby auf der Welt war, dachte sie oft, sie müsste ihre Gefühle für ihn ständig neu justieren.

»Der Wurzeltyp kommt heute«, sagte Jack.

»Ich weiß«, antwortete sie schnell und gereizt. Sie hatte es natürlich vergessen.

Die Wurzeln des großen Ahorns im Vorgarten waren ihren Abwasserleitungen in die Quere gekommen und mussten alle sechs Monate herausgebohrt werden. Manchmal lag Sam wach und spürte, wie das Haus um sie herum zusammenfiel, das Fundament aufriss und der

Boden ihr unter den Füßen wegbrach. Was für eine durchsichtige Metapher, kicherte sie in sich hinein, aber sie fühlte sich trotzdem machtlos gegenüber der Vorstellung, ihr Haus würde schneller zerfallen, als sie es reparieren konnten. Einmal, als sie Ella gerade badete, war sie sich fast sicher gewesen, die Wanne mit den gusseisernen Füßen würde jeden Moment durch die aufgeweichten Dielen in den Keller hinunterkrachen.

»Hey, erinnerst du dich, wie ich dir erzählt habe, dass das Komitee nach einem Nachfolger für David sucht? Dass Samuels einen theorielastigen Menschen will, obwohl wir dann niemanden mehr für Modernes Amerikanisch hätten?«

»Mhmm.«

Sam wusste nicht viel darüber, wie der abgehobene akademische Betrieb funktionierte, aber Jack hatte wohl auch keine Ahnung, was *Raku* bedeutete, was *Terra Sigillata* war oder dass sich eine glänzende braunschwarze *Temmoku*-Glasur beim Salzbrand gelbgrün färbte. Der Beruf des anderen blieb auf gewisse Art ein Geheimnis, und Einzelheiten darüber waren ihnen beiden fremd. Sie fragte sich, ob diese Tatsache für ihre Arbeit gefährlich oder notwendig war – oder beides zusammen.

Jack senkte die Stimme. »Hier geht gerade einiges vor sich.«

»Dadadadada«, plapperte Ella und zog mit ihrer kleinen Hand an Sams Haaren.

»Ich muss los«, sagte Sam zu Jack. »Ich rufe dich später noch mal an.«

Sam hockte sich hin, um die Windeln aufzuheben, die jetzt nass und dreckig geworden waren, und angelte mit der freien Hand nach dem Schnuller, der unter das Auto gerollt war, ständig auf der Hut, den Kopf des Babys nirgends anzuschlagen. Dann stand sie wieder auf, blies sich die Haare aus dem Gesicht und trat die Autotür mit dem Fuß zu.

»Auf geht's, mein Schatz«, murmelte sie. »Gehen wir rein, okay? Ich bin nur ein paar Stunden weg. Das ist doch gar nicht so schlimm.«

Manchmal dachte Sam, das Baby erlaube ihr, sich wie eine Verrückte zu benehmen, in der Öffentlichkeit Selbstgespräche zu führen und sogar zu singen – und das nicht immer nur, um das Kind zu beruhigen. Ihr altes Selbst hätte sich über sie kaputtgelacht.

»Samantha!«

Melanie winkte von der Veranda herüber. Ihr Haar war kunstvoll zerzaust und mit geschmackvollen Strähnchen verziert. Sie trug teure Jeans und eine olivfarbene Jacke aus Crash-Samt. Ihr Geschmack unterschied sich deutlich von dem modefreien Müsli-Stil, der so typisch für Madison war. Sie und ihr Mann Doug, ein Professor für Anthropologie, waren aus San Francisco hergezogen. Sie beschwerte sich oft über den provinziellen Anstrich Madisons, die unangenehmen Sprechpausen der Einheimischen und den Mangel an Ironie und Coolness. Trotz allem genoss sie es, eine große Nummer zu sein, eine Schriftstellerin – ihr Buch war verfilmt worden – und eine lokale Berühmtheit. Jack fand sie aggressiv und maßlos – und attraktiv, da war Sam sich sicher –, aber er mochte Doug, der ein ruhiger und intelligenter Typ war. Die beiden Paare hatten sich schnell angefreundet. Ihre Treffen fanden allerdings nicht so oft statt, dass man sich davon genervt fühlte.

Melanie und Sam hatten sich vor mehr als drei Jahren im Yogakurs kennengelernt. Beide waren neu in Madison und schwanger gewesen. Und als Sam in der achtzehnten Schwangerschaftswoche mit dem Yoga aufgehört hatte, war Melanie für sie da gewesen, und dafür würde Sam ihr ewig dankbar sein. Melanie hatte ein gewisses Selbstbewusstsein und eine ungekünstelte, direkte Art, die Sam dazu gebracht hatte, ihr die Wahrheit über das erste Baby anzuvertrauen. Tatsächlich war Melanie sogar der einzige Mensch außer Jack, der davon wusste. Alle anderen, selbst ihre Mutter, glaubten, die damalige Schwangerschaft wäre mit einer Fehlgeburt zu Ende gegangen. Sam versuchte gerade, sich daran zu erinnern, aber Melanie lenkte sie ab.

Sie schob Ella auf ihrer Hüfte wieder ein Stückchen höher. »Hallo.« Sam lächelte. »Du siehst toll aus, wie immer.«

»Deine Ansprüche sind gesunken. Komm rein. Dieses Wetter ist ja das Letzte.«

Melanies Tochter Rosalee stolperte vorbei und verschwand nach oben. Melanie nahm Sam das Baby aus dem Arm und drückte es an sich.

»Schau dir diese Bäckchen an. Ach, ist die süß, das ist ja kaum auszuhalten. Du weißt ja, ich will wirklich keins mehr, aber manchmal sehne ich mich danach, ein

Kind auf die Welt zu bringen. Ich gaffe schwangere Frauen an. Ich nehme diese lächerlichen Babygeschichten im Fernsehen auf und schaue sie mir eine nach der anderen an, mit verklärtem Blick.«

»Ich bin mir sicher, dafür gibt es eine Selbsthilfegruppe«, sagte Sam und stellte die Windeltasche auf die glänzend polierte Arbeitsplatte. Sie wunderte sich über Melanies Eingeständnis – das machte sie in Sams Augen nur noch sympathischer.

»Erzähl es bloß niemandem. Ich will meinen Herz-aus-Stein-Ruf nicht verspielen.«

»Glaub mir, ich kann dich verstehen«, erwiderte Sam. »Ich hätte nie gedacht, dass sich mein Kopf so schnell meinem Körper unterwerfen würde. Oder vielleicht eher dem Drang nach Vermehrung.«

»Igitt«, kreischte Melanie. »Und ich dachte, wir wären hoch entwickelt!«

Sam schaute sich in der frisch renovierten Küche um: ein Extrahahn für kochendes Wasser über dem Herd, eine riesige, rechteckige Spüle im altmodischen Stil, ein Küchenblock, ein riesiger Kühlschrank der Firma Sub-Zero. Sie fragte sich, ob sie das alles den Filmtantiemen verdankten oder ob sie eine Erbschaft gemacht hatten. Dougs Professorengehalt reichte dafür jedenfalls nicht aus.

Melanie hatte fürs Erste genug und reichte Sam das Baby zurück. Ihr großer Saphirring – »Diamanten sind so protzig« – blieb an Ellas Pullover hängen.

»Mist, tut mir leid«, rief sie und befreite sich. »Übrigens, der Pulli ist wirklich niedlich.«

»Hat meine Großmutter für mich gestrickt. Vor Urzeiten«, antwortete Sam. Die Mutter ihrer Mutter war gestorben, als Sam noch ein Kleinkind war, und Sam hielt die kleinen Pullis und Decken, alle mit dem Aufnäher »Von Oma gemacht«, in Ehren.

»Aha. Du hast das handwerkliche Talent also im Blut«, bemerkte Melanie.

Sam lächelte, fühlte aber einen kleinen Stich. Natürlich war die Töpferei ein Handwerk im traditionellen Sinne, und sie war stolz darauf, dass ihre Keramik zu etwas nütze war. Aber waren ihre ineinander verschachtelten Flaschen mit Craquelé-Glasur weniger Kunst als Melanies Buch über eine Frau und deren Beziehung zu einem Jack-Russell-Terrier? Melanie nimmt die Komplimente, die sie bekommt, ernst, dachte sie.

Sam setzte Ella auf den Boden, damit sie auf den Terrakotta-Fliesen herumkrabbeln konnte.

Melanie stürzte den Rest ihres Kaffees herunter, und Sam bemerkte, dass der Becher von ihr war: in ihrem frühen Stil gehalten, kurvig geformt, milchig weiße Shino-Glasur mit tieforangenen Einsprengseln. Er war in einem Ofen gebrannt worden, um dessen Holzfeuer Sam sich zehn Stunden lang gekümmert hatte. Sie hatte sich dabei die Augenbrauen angesengt, und sie erinnerte sich noch genau an das Gefühl freudiger Erregung, als sie am nächsten Tag die Ofentür geöffnet hatten, um nachzusehen, was aus ihren Werken geworden war. Der Boden des Bechers war ein bisschen zu schmal, stellte sie jetzt fest, und ein Tropfen Glasur war verlaufen und hing unter dem Henkel fest.

Sam schämte sich für die abfälligen Gedanken über ihre Freundin, die immer loyal zu ihr gewesen war. Was ist bloß los mit mir?, dachte sie. Wie kindisch. Wie unattraktiv, hätte ihre Mutter gesagt.

»Ach, das erinnert mich an was«, rief Melanie. »Wenn heute alles gut läuft, kannst du Ella in Zukunft ein paar Tage pro Woche hier abgeben. Sarah sagte mir, sie hätte gern mehr Arbeit. Ihr würde es also passen.«

Sam sackte innerlich zusammen. Bevor sie entgegnen konnte, dass sie noch nicht so weit war, hatte Ella sich den Kopf an einem Schubladengriff gestoßen und fing nach einer langen Pause, in der ihr Gesicht dunkelrot anlief und ihr Mund sich weit öffnete, zu heulen an. Sam eilte zu ihr, nahm sie hoch und drückte sie an sich, während Ellas Schreie sie im Inneren schmerzten. Sie spürte, wie ihre Brüste sich mit Milch füllten und zu tropfen begannen.

»Denk einfach darüber nach und sag mir Bescheid, ja? Das würde dir guttun. Wenn das Geld das Problem ist, finden wir eine Lösung.« Melanie schwenkte ihre manikürte Hand durch die Luft. »Ich fände es ganz, ganz, ganz toll, wenn du wieder mit dem Töpfern anfangen würdest.«

Rosalee, deren dunkle Haare zu einem Bob geschnitten waren, kam hereingestürmt und fiel gegen die Beine ihrer Mutter.

»Pass doch bitte auf!«

»Mama«, sagte Rosalee. »Mama. Mama. Mama.«

Melanie seufzte. »Ja, Rosa.«

»Saft, Saft, Saft, Saft.«

Melanie füllte etwas Apfelsaft in einen Kinderbecher und goss ihn mit der gleichen Menge Wasser auf.

»Sarah?«, rief Melanie nach der Nanny. Dann sagte sie leise zu Sam: »Sie hätte um neun anfangen sollen.«

»Ich komme sofort!«

Sarah kam die Treppe herunter und erschien in der Küche. Sie war eine sogenannte »Sconnie«, eine Studentin an der Universität von Wisconsin, mit rundem Apfelgesicht und stabilem Körperbau, im Gegensatz zu den »Coasties«, den kultivierteren, wohlhabenden Kids aus New York und Kalifornien, die nicht auf dem Campus wohnten und Sushi aßen.

»Tut mir leid. Hallo«, rief Sarah und winkte Sam zu. »Oh, und wen haben wir denn da?« Ella lächelte, als Sarah zärtlich an ihre kleine Nase tippte.

»Hallo, Sarah«, sagte Sam. »Hier ist ihre Windeltasche. Ich lege ihre Gläschen in den Kühlschrank. Eins mit Kürbis und eins mit Süßkartoffeln. Und noch ein paar Cheerios. Sie macht nicht viele Nickerchen, aber sie schläft in einem Tragetuch ein, wenn du nichts dagegen hast, sie mit dir herumzuschleppen. Ach ja, und sie kann ganz gut aufrecht sitzen, aber du musst auf sie aufpassen, weil sie noch nicht so viel Kraft hat und umfallen und sich verletzen könnte.«

»Kein Problem«, erwiderte Sarah. Sie strahlte eine warmherzige Zuversicht aus, die Sam nie zustande gebracht hatte. »Wir zwei werden ganz viel Spaß miteinander haben.«

Melanie verschränkte die Arme und lächelte. Sams Nervosität amüsierte sie. Fachmännisch legte Sarah die

Trageschlinge um ihren Körper und wartete darauf, dass Sam ihr das Baby übergab.

»Und meine Handynummer …«

»Klebt schon am Kühlschrank«, unterbrach Melanie sie und nahm ihre Schlüssel von einem Zinnhaken. Sie hatte ein Büro neben dem Weinladen auf der Monroe Street, in dem sie jeden Tag bis vier schrieb. Melanie hatte schon wieder gearbeitet, als Rosalee erst vier Wochen alt war, und es nie bereut, wie sie stets betonte. Sie ließ nicht zu, dass ihre kreative Seite, ihre Karriere, hintanstehen musste.

»So ist es besser für alle«, hatte sie erklärt, »nicht zuletzt natürlich für mich selbst.«

Damals war Sam beeindruckt von Melanies Vorbild gewesen, aber nachdem sie Ella geboren hatte, fand sie ihre Freundin egoistisch.

»Mama, Mama, Mama, Mama. Komm zu mir. Komm in mein Zimmer«, bettelte Rosalee und zog ihre Mutter an der Hand.

»Hey, Rosalee«, sagte Sarah. »Zeig mir doch mal dein neues Pocahontas-Kleid!«

Rosalee schob die Unterlippe vor und stampfte mit dem Fuß auf.

Sam übergab Ella an Sarah und bemühte sich, dabei nicht in Tränen auszubrechen.

»Glaub mir, Samantha, du wirst dich dran gewöhnen«, beschwor Melanie sie.

Aus Sarahs Armen lächelte Ella ihre Mutter an, mit ihren sechs winzigen Zähnchen; zwischen den beiden vorderen war eine Lücke. Ihre Augen leuchteten graublau und wirkten riesengroß in dem kleinen Gesicht. Sarah schob Ellas kräftige Beine in die Trageschlinge. Dann nahm sie Rosalees Hand und flitzte mit einem über die Schulter gerufenen »Tschüss« aus dem Zimmer.

»Ich bringe dich raus«, sagte Melanie und griff nach ihrer Laptoptasche.

Sam war es peinlich, gerade vor Melanie zu weinen, die immer über die Öko-Mami-Kultur von Madison lästerte.

»Lasst mich zufrieden mit diesem Hippie-Scheiß«, rief sie gerne.

Die Sonne kam durch die Wolken und fühlte sich warm auf Sams Kopf an.

»Wir hören voneinander«, sagte Melanie. »Geh zurück ins Atelier, meine Liebe. Okay?«

Sie umarmten sich, und Melanie stöckelte in ihren hohen Schuhen Richtung Monroe Street. Sam stand neben der offenen Autotür und spitzte die Ohren, weil sie glaubte, durch das Vogelgezwitscher und einen Laubsauger in der Ferne hindurch Ella schreien zu hören. Aber sie war sich nicht ganz sicher. Sie setzte sich ans Steuer.

Jetzt hätte sie gerne ihre Mutter angerufen. Sie wählte Jacks Nummer.

»Und?«

»Ich bin wieder draußen, und sie ist da drin.«

»Du hast es geschafft«, sagte er.

»Ich fühle mich nicht befreit.«

»Das brauchst du auch gar nicht.«

»Ich denke, ich fahre dann mal nach Hause.«

»Dein Atelier wartet auf dich.«

»Ich habe Angst.«

»Ich weiß. Versuch einfach nur, wieder ein Gefühl für die Sachen zu kriegen. Pack es an. Putz die Spinnweben weg.«

»Das muss ich wirklich. Hast du gesehen, wie es dort aussieht? Wie in *Geschichten aus der Gruft*«.

»Ich dachte, ich bringe zum Abendessen was von Matsuya mit.«

»Was, wenn ich's nicht mehr hinkriege?«

»Sam.«

»Na gut. Ich vermisse sie jetzt schon.«

»Du bist eine gute Mom.«

»Das Übliche. Scharfer Thunfisch und Shrimp-Tempura.«

»Ich stehe kurz vor der Festanstellung.«

»Schon? Was ist passiert?«

»Im Fachbereich gibt es gerade ziemliche Umwälzungen. Daniels haben sie zum Jahresende in Pension geschickt. Ich glaube, das Timing passt.«

»Wow. Das ist ja Wahnsinn. Aber ich hab schon immer gewusst, dass du ein echter Gewinnertyp bist.«

»Noch ist nicht entschieden, ob ich sie wirklich bekomme.«

»Du bekommst sie. Du bekommst alles.«

Sie meinte das als Kompliment, denn er war einer von denen, die alles ergatterten, worum sie sich bewarben: jede Förderung, jeden Job, jedes Forschungsstipendium. Er war jemand, der gemocht wurde, weil er so lässig wirkte; tatsächlich aber war er ein kluger und ehrgeiziger Mann. Ihre Worte hingen einen Moment zu lang in der Luft, und sie konnte nicht einschätzen, ob sie vielleicht ein bisschen verbittert geklungen hatte. Oder ob sie gemein gewesen war.

»Das ist nicht wahr«, widersprach er. Wenn er sich getroffen fühlte, versteckte er es jedenfalls gut. »Ich erzähle dir später mehr.«

»Ich liebe dich«, sagte sie.

»Ich dich auch. Äh, Sam?«

»Ja.«

»Ich will dich nicht wieder nerven. Aber …«

»Die Teekanne.«

»Ich brauche Franklins Unterstützung. Er ist noch unschlüssig, und ich will ihm keinen Anlass geben. Letzte Woche hat er mich danach gefragt.«

Sam verbarg das Gesicht in ihrer freien Hand. Sie musste den Korpus, die Tülle und den Deckel formen, die Basis herausarbeiten, einen Henkel ziehen, die Einzelteile zusammensetzen und dabei sicherstellen, dass alles funktionierte, dass der Tee sich gut ausgießen ließ, dass die Kanne trotz allem elegant und leicht wirkte, mit glatten Übergängen und dynamischen Linien. Dann der Schrühbrand, der unter Umständen Risse oder Krümmungen hervorbringen konnte, was bedeuten würde, dass sie ganz von vorne beginnen musste. Nach diesem Schritt zerbrach sie sich für gewöhnlich den Kopf darüber, welche Farben am besten zur Form passen würden, mischte akribisch Chemikalien und Mineralien und trug die Glasur auf. Dann folgte ein weiterer Brennvorgang. Als sie an die vielen Arbeitsschritte nur dachte, fühlte sie sich erschöpft und rang nach Luft.

»Wann?«, war alles, was sie herausbekam.

»In zwei Wochen.«

Sam ließ den Kopf auf das Steuer fallen. »Ach, Jack.«

»Das kannst du schaffen. Ich weiß, dass du's kannst. Für mich.«

Sam warf das Handy auf den Beifahrersitz und atmete tief durch. Sie blickte zurück zu Melanies Haus und ließ das Auto an, bereit, sich von Ella zu trennen. Aber sie konnte jetzt nicht nach Hause fahren und ins Atelier gehen. Ein ungewohntes Gefühl breitete sich in ihr aus: Es war, als schneide jemand ihre Fesseln durch. Der ganze Tag lag vor ihr.

Sie konnte tun, wozu sie Lust hatte.

Violet

Violet hopste über das regennasse Kopfsteinpflaster und lachte. In der Luft hing der Geruch von Fisch und Ruß, aber sie war ihn gewohnt und mochte ihn. Die Sonne war gerade durch die Wolken gedrungen, und der Morgen im Schatten der Großen Brücke war noch kühl. Der Himmel leuchtete wasserblau. Sie blieb auf dem kleinen Hügel an der Roosevelt Street stehen und betrachtete die wenigen Schiffe auf dem East River, die mit ihren schwarzen Masten und schmutzigen Segeln langsam unter der Brücke hindurchglitten. Sie war noch nie drüben in Brooklyn gewesen, hatte noch nicht einmal die Brücke betreten, die dorthin führte, aber sie hatte keine Angst, etwas zu verpassen. Boston vielleicht oder Kalifornien oder irgendein anderer Ort, von dem sie gehört hatte – ja, das wäre etwas ganz anderes.

Violet war im Morgengrauen durch ein Fenster bei der Waschküche geklettert und aus dem Heim weggelaufen. Zwei Wochen mit geordnetem Tagesablauf lagen hinter ihr: die stündlichen Glockenschläge, das

Frühstück aus Brot und Sirup, das Mittagessen aus Brot und Milch, das Abendessen aus Suppe, die Bibelstunde mit den frommen Damen, die jeden Abend kamen, um die Seelen der Kinder, die in diesem zarten Alter immer noch gerettet werden konnten, reinzuhalten. Ganz sicher würde sie die heiseren Schreie der Babys mit ihren rosafarbenen Gesichtern und verschleimten Näschen nicht vermissen, und auch nicht ihre schwerfälligen Ammen – italienische Frauen mit dichten Augenbrauen und üppiger Oberweite, die den Kindern auf dem Weg in den Säuglingssaal mürrische Blicke zuwarfen. Dass sie das heutige Bad verpasst hatte, tat ihr allerdings leid. Sie war schmutzig, ihre Fingernägel hatten Trauerränder, und ihr Kopf juckte. Bei der Aufnahme ins Heim hatte man ihr die langen schwarzen Haare abgeschnitten, so dass nur noch ein kurzer Schopf mit einem gezackten Pony hoch über der Stirn zu sehen war. Die Aufseherin, Miss Nickle, hatte gesagt, dadurch würden ihre Augen hübscher und blauer wirken. Violet fand nicht, dass das wirklich ein Vorteil war, aber ihr gefiel, dass sie sich unbeschwerter fühlte ohne das ganze Haar. Sie glaubte, mit dieser Frisur wäre sie nicht so leicht zu fangen.

Ein seltener, ruhiger Moment war im Viertel angebrochen: der kurze Augenblick, in dem die Nacht aus- und der Tag einatmete. Kein Getrappel von Kutschpferden war zu hören, keine tuckernden Automobile, selbst die Hochbahn dröhnte und quietschte noch nicht. Der Fourth Ward war ein Teil der East Side, in dem drangvolle Enge herrschte. Hier gab es Mietshäuser, Docks, Pensionen, Kneipen, Tanzlokale, Fabriken, Geschäfte, Lagerhäuser, ein Schlachthaus, eine Knochenleimfabrik, eine Gerberei, ein Kohlenlager, ein Missionsbüro, einen Dung-Abladeplatz und ein Polizeirevier. Kein Gras, keine Bäume, keine offenen Flächen außer dem Fluss. Wie in einem Bienenstock wanden sich viele kleine, dunkle Gassen in alle Richtungen; für Fremde war die Gegend gefährlich, aber Violet war froh, wieder zurück zu sein.

In ihrem dünnen Musselin-Kleid und der karierten Schürze vom Heim fror sie im Wind, der um die Anlegeplätze pfiff. Die Takelage der im Hafen liegenden Schiffe schlug gegen die Masten, als sie die South Street entlangging, vorbei an schmutzigen Kindern, die sich zum Schlafen in verladebereite Fässer und Kisten gequetscht hatten. Müll- und Aschewagen warteten darauf, ihre dreckige Fracht auf einen Lastkahn im Fluss zu kippen. Violet drückte die Nase in die Ellenbeuge. Wenigstens war noch nicht Sommer; da wurden die Bewohner der Mietshäuser nämlich von der Ruhr heimgesucht, und der Gestank wurde unerträglich.

Sie ging weiter zur Water Street und trat über den Rinnstein, durch den verdrecktes Wasser strömte. Langsam erwachte die Nachbarschaft. Die Geschäftsinhaber schlossen ihre Läden auf, übers Ohr gehauene Matrosen schlichen zu ihren Quartieren zurück, die Nachtschicht-Arbeiter der Kartonfabrik waren auf der Suche nach billigem Rum, die Lumpensammler durchstöberten die Hinterlassenschaften der Zecher nach Brauchbarem. Violet schaute hoch, in den zweiten Stock über den Gemüseladen, aber es war noch zu früh für die Frauen in den Fenstern – sie boten ihre Dienste immer erst mittags an.

Auf der gegenüberliegenden Straßenseite durchsuchten die beiden Dugan-Jungs die Taschen eines Betrunkenen, der vor einer Spielhölle namens »The Tiger Eye« lag. Der Ältere hatte kupferfarbenes Haar und Sommersprossen, während das Haar des jüngeren Bruders dunkel war und seine Haut einen olivfarbenen Ton hatte. Die anderen Kinder ärgerten sie, indem sie ihre Mutter ein Flittchen oder ein Matrosenliebchen nannten. Aber sie waren bloß neidisch. Wer im Fourth Ward wohnte, sehnte sich im Stillen danach, überhaupt eine Mutter zu haben.

»Was habt ihr gekriegt?«, rief Violet, als sie die Straße überquerte und sich zu den Jungs gesellte.

Sie hatte schnell gelernt, worauf es in der Großstadt ankam, und sie war selbst oft als Taschendiebin unterwegs. Ihr gefiel das Überraschungsmoment daran: Man wusste nie, was man ergatterte. Ein Stück Lakritze, ein Kartenspiel, ein Goldnugget – das alles konnten geschickte Finger erbeuten.

Der ältere Junge hielt ihr seine schmutzige Handfläche hin, auf der ein Nickel und zwei Pennys lagen. Violet versuchte, danach zu greifen, aber er zog die Hand schnell wieder weg.

»Wenn du kein Mädchen wärst, würde ich dich jetzt schlagen«, sagte er.

Um ihn zu ärgern, legte Violet einen flotten Shuffle Ball Change hin, einen Stepptanzschritt, den sie von ihrer Mutter gelernt hatte.

»Sie haben dich ins Heim gesteckt, hm?«, fragte er.

»Bin heute Morgen abgehauen.«

»Gut«, antwortete er. »Sie hätten dich vielleicht in einen dieser Züge gesetzt.«

Im Heim hatte sie Gerüchte über die Züge gehört, aber sie wusste nicht, wo die Züge hinfuhren oder warum sie dafür Kinder wollten. Sie hatte die Damen vom Hilfskomitee in ihren schwarzen Mänteln beobachtet, wie sie sorgenvoll herumhuschten und einige der jüngsten Kinder am Handgelenk festhielten – die hatte sie nie wieder gesehen.

Der jüngere Bruder rieb sich die laufende Nase und trat gegen den Fuß des Betrunkenen.

»Lass das«, befahl ihm der Ältere und ließ die erbeuteten Münzen in seiner Hand klimpern.

»Hey, Red«, sagte Violet. »Hast du Nino gesehen?«

»Nee. Hab gehört, dass ein paar von den Zeitungsjungen erwischt worden sind.«

Der Wirt kam durch die Schwingtüren nach draußen und leerte einen Eimer Waschwasser in den Rinnstein aus. Als er die Jungen sah, hob er drohend die Hand, als wolle er zuschlagen.

»Haut bloß ab«, bellte er ihnen nach, als sie wegliefen. »Und du auch«, knurrte er Violet an.

Sie streckte ihm die Zunge heraus und sprang in das übelriechende Wasser, so dass es auf seine Füße spritzte. Die Brühe sickerte durch die Sohlen in ihre Stiefel hinein, aber das war es wert gewesen, dachte sie, Rache ist süß.

Als sie sich dem Missionsbüro näherte, sah sie die

Frauen vom Hilfskomitee, die in schwarzen Wollkleidern und steifen Hauben über puritanisch strengen Frisuren auf der Straße umherliefen. Vor sich hatten sie Körbe voller Süßigkeiten, die sie den Kindern schenkten, die sich zu ihnen hinwagten – die Sehnsucht nach Süßem war größer als die Angst vor den Autoritätspersonen.

»Na, junger Mann«, sagte die älteste der Frauen, deren Nase wie ein kleiner Kürbis aussah, zu einem Jungen mit verschmiertem Gesicht und bloßen Füßen. »Möchtest du bei einer netten christlichen Familie leben?«

Der Junge griff sich eine Handvoll Süßigkeiten und machte sich eilig davon.

Drei kleine Mädchen, höchstens fünf Jahre alt, saßen auf dem Bordstein. Eine der Frauen wies ein paar schmuddelige Jungen an, sich neben die Mädchen zu setzen.

»Der Zug fährt morgen ab! Ihr bekommt warme Mahlzeiten. Saubere Kleider. Braucht ihr eine Mutter und einen Vater? Habt keine Angst, Kinder. Kommt zu uns.«

Zwei dunkelhäutige Jungen bekamen Süßigkeiten und wurden wieder weggeschickt. Dann begannen die Frauen zu singen:

»Nahen sieht man all die armen Bettler,
suchen flehend Arbeit in der Stadt,
krümmen sich in Kälte, Not und Hunger,
warten trostlos, werden niemals satt.

Tief im Dunkeln kriecht der Strom des Elends,
eines Sünders Leiche liegt am Grund.
Manchen armen, hoffnungslosen Teufel
fraß voll Gier und Lust sein Höllenschlund.«

Violet stellte sich hinter einen Laternenpfahl und sah zu, wie sich die verwahrlosten Kinder sammelten; alle hatten einen Lutscher im Mund und wirkten froh, endlich in Obhut zu sein. Die Frauen führten das Grüppchen die Straße herunter zu einer wartenden Kutsche.

Violet war dankbar, dass sie eine Mutter hatte. Sie musste sie bloß noch finden. Sie machte sich auf in Richtung des Missionsbüros. Natürlich war ihr klar, dass ihre Mutter dort nicht sein würde – Lilibeth war nie verzweifelt genug für Gott –, aber sie schaute trotzdem nach.

Reverend Mackerel, dessen dunkler Bart bis auf seine Hemdbrust reichte, lief vor einer bunt gemischten Ansammlung von Gottessuchern auf und ab – heute Morgen waren es hauptsächlich Betrunkene und Seeleute. Er schrie seine Predigt heraus, die gleiche Geschichte wie jeden Tag.

»Wenn der Himmel fünf Dollar Eintritt gekostet hätte, hätte ich trotzdem alles für den Fusel ausgegeben, wenn eine Spelunke in Spuckweite wäre. Ihr meint, ihr könntet nicht gerettet werden? Jesus hat nach mir gerufen, so wie er andere arme Schlucker gerufen hat. Glaubt ihr nicht, dass sein Arm lang genug ist, um eintausendneunhundert Jahre zu überbrücken und nach euch zu greifen?«

Violet besah sich das Publikum und schlich sich dann zum Ausgang.

»He, Mädchen«, rief Reverend Mackerel und deutete auf sie. Sein linkes Auge quoll hervor.

»Ich hab nur nach meiner Mutter gesucht«, erklärte sie. »Ich guck am besten weiter.«

Schnell glitt sie nach draußen, damit er sie gar nicht erst auffordern konnte, sich hinzusetzen.

Bevor Violet ins Heim gekommen war, hatte sie mit Lilibeth einen Monat lang in einem Hinterzimmer in der Frankfort Street gewohnt. Als sie ihre Bleibe bezogen hatten, waren die Wände frisch geweißt und die Fenster geputzt gewesen. In diesen letzten kalten Wintertagen hatten sie es sehr geschätzt, ein Dach über dem Kopf zu haben. Aber als es wärmer wurde, mussten sie die Fenster geschlossen halten und Lumpen in die Rahmen stopfen, weil sonst der schwarze Staub aus dem Kohlenlager und der Gestank der Gerberei nebenan hereinkamen. Sie konnten die grünen Häute, die zum Trocknen aufgehängt waren, vom Fenster aus sehen.

Am Eingang des Mietshauses blieb Violet stehen und holte tief Luft, bevor sie auf die Bretterbrücke über den Abwasserkanal trat. Im Hof pumpten Frauen Wasser in ihre Waschzuber, ein nacktes Baby schrie, und matschverspritzte Katzen balgten sich um ihre magere Beute. Sie klopfte an die Tür zu dem Zimmer, in dem sie und ihre Mutter zuletzt gelebt hatten.

»Ein Hafenarbeiter wohnt jetzt drin«, sagte eine junge Frau. Sie war schwanger, und ihre Arme wirkten wie dürre Stecken. »Ich hab die Südstaaten-Dame schon lang nicht mehr gesehen.«

Violet behielt ihre Enttäuschung für sich; wie einen festen Knoten schloss sie sie in ihrem Bauch ein, damit die Angst nicht aus ihr herausbrach.

Sie hatte sich nicht viele Gedanken darüber gemacht, wie es nach ihrer Flucht aus dem Heim weitergehen sollte, und sie hatte nicht damit gerechnet, dass sie ihre Mutter nicht finden würde. Ein Mädchen, das niemanden hatte, war leichte Beute. Doch sie wusste, wohin sie gehen musste. Wenn ihre Mutter Geld von einem ihrer Gönner bekommen hatte, war sie sicher bei Madam Tang.

Als Violet zurück auf der Straße war, gab ihr Magen ein wütendes Knurren von sich. An der Ecke bemerkte sie einen Essenskarren. Der Besitzer war der einbeinige Sizilianer, der ihr nicht nachrennen konnte. Sie begann zu laufen, wurde schneller, griff sich zwei Bananen, riss die übrigen Stauden zu Boden und wetzte im Slalom weiter, hindurch zwischen Frauen mit großen Röcken und Männern mit Zylindern, die sie entweder nicht sahen oder zu gleichgültig waren, um auf die Rufe des alten Mannes zu reagieren.

Sie schlängelte sich einfach durch den Verkehr, so dass die Fahrer ihr ärgerlich mit der Faust drohten, huschte durch die verstopften Straßen, rannte und rannte, bis sie keine Luft mehr bekam und anhalten musste. Hastig schlang sie ihre Beute hinunter und warf die Schalen in den Rinnstein. Die Sonne brannte heiß auf ihren Nacken. Einen kurzen Moment lang schloss sie die Augen und blendete alles aus: das Hufgetrappel, das Knirschen der Wagenräder im Schotter, das Klimpern der Pferdegeschirre, das Getucker der Motorfahrzeuge, das Stampfen und Zischen der Kartonfabrik, das Gemurmel der Unterhaltungen, die Schreie der Möwen. Sie versenkte sich in eine kühle, trübe Stille – in ihre Seele, vermutete Violet –, während die Welt um sie herum in einem schwindelerregenden Missklang dröhnte.

Ein Jahr zuvor hatte Violet von ihrem harten Zweite-Klasse-Sitz aus die Bäume und die Dörfer, die Felder und die Bauernhöfe betrachtet, an denen der Zug auf seinem Weg durch Kentucky und West Virginia Richtung Nordosten vorbeiratterte. Ihre Stirn hatte schon rote Flecken, weil sie ihr Gesicht gegen die Scheibe presste. Lilibeth und sie stiegen in Charlottesville in einen anderen Zug um, und von da aus fuhren sie nach Norden. Die liebliche Landschaft des Südens ließen sie schon bald hinter sich. Durch die Fenster sahen sie jetzt Städte, große Gebäude aus Ziegeln und Kalkstein, hohe Schornsteine und gigantische Bahnhöfe an sich vorüberziehen. Violet saß kerzengerade auf ihrem Platz. Sie war aufgeregt, alles war so riesengroß. Sie beobachtete das Kommen und Gehen der Leute, die alle irgendwohin zu hetzen schienen. Lilibeth schlief mit einem leeren Ausdruck im Gesicht.

»Mama«, sagte Violet und legte ihre feuchte Hand auf die ihrer Mutter, während sie sich New York näherten.

»Hmmm«, antwortete Lilibeth, rutschte ein Stückchen in ihrem Sitz und zog die Nase kraus.

»Was machen wir, wenn wir ankommen?«

»Ich weiß nicht genau«, sagte Lilibeth, deren hellblonde Haare vom Schlaf noch zerzaust waren. »Wir wollten ja bloß weg, stimmt's?«

Violet zuckte mit den Schultern. Sie hatte erst gewusst, dass sie wegfahren würden, als es tatsächlich so weit gewesen war. Aber es erschien ihr unsinnig, ihre Mutter jetzt darauf aufmerksam zu machen.

»Wir werden uns schon durchschlagen, Vi«, sagte Lilibeth. »Irgendein netter Mensch wird uns bestimmt zeigen, wo wir hingehen können.«

Ihre Mutter reckte sich und streckte die Arme über den Kopf, wie ein Kind. Sie hatte sich noch nie allzu viele Gedanken oder Sorgen gemacht. Die meiste Zeit ihres Lebens hatte ihre Schönheit ihr erlaubt, anderen Menschen die Entscheidungen zu überlassen. Ihr Vater hatte eine Molkerei besessen und damit großen Erfolg gehabt, jedenfalls im Vergleich zu den anderen Einwohnern von Aberdeen. Lilibeth, das jüngste der Kinder und die einzige Tochter, wurde verhätschelt und umsorgt. Sie war der Liebling der Familie. Als ihr Vater aber dabei erwischt wurde, wie er die Butter mit Talg und gelber Textilfarbe streckte, begannen auch für ihn so harte Zeiten wie für alle anderen. Lilibeth zweifelte jedoch weiterhin nicht daran, auserwählt zu sein. Sie glaubte, etwas Besonderes zu sein, und als sie Bluford White kennenlernte, schien er dasselbe zu denken.

Violets Vater war ein Holzarbeiter, ein Mann mit

schlaffen Augenlidern und weißem Haar. Die Menschen fanden es passend, dass er Bluford White hieß. Er war weder freundlich noch klug, sondern meistens mürrisch und schweigsam. Lilibeth sagte immer, man habe sie hereingelegt – sie war ja erst siebzehn gewesen –, indem man ihr weisgemacht habe, seine stille Grübelei sei Ausdruck von Würde. Bluford war ein wenig älter als sie gewesen, ein Mann mit Erfahrung, wie sie Violet erklärte. Er war eine Zeitlang in Lexington gewesen und hatte Geschmack. Bestimmt würde er erkennen, dass sie besser war als die Bauernmädchen, das hatte sie jedenfalls geglaubt. Er sagte, ihre Elfenbeinhaut sei ein Zeichen für Reinheit, und ihre schlanken Finger deuteten ebenfalls auf ihre Unverdorbenheit hin. Um ihr seine Hingabe zu beweisen, schenkte er ihr ein weißes Seidensäckchen mit einer aufgestickten Eule, das er in einem Laden in Louisville gekauft hatte, und zudem eine versilberte Brosche in Form eines Schwans. An der Stelle des Auges glänzte eine winzige Perle. Lilibeth hatte nicht bedacht, dass diese Geschenke nicht alltäglich waren und dass vielleicht bald Schluss damit sein würde. Genauso wenig hatte sie daran gedacht, dass man nach der Hochzeit von ihr erwarten würde, für ihn zu kochen und zu putzen. Sie hatte gewusst, dass er im Sägewerk arbeitete, und auch, dass er gebratenes Eichhörnchenhirn mit den Fingern aß, aber sie hatte angenommen, dass sie zusammen in eine Stadt ziehen würden, wo er mit irgendwas groß herauskommen würde und sie dann endlich das Leben genießen könnte, das ihr zustand.

Der nette Mensch, an den Lilibeth sich schließlich gewandt hatte, als sie in New York City angekommen waren und sich in das Bahnhofsgewühl aus Reisenden, Betrügern und Bettlern gestürzt hatten, war Fred Lundy gewesen, ein Mann, der zu rotgesichtig und aufgequollen war, um als gutaussehend durchzugehen, dabei dennoch auf eine Art jugendlich frisch wirkte. Er trug einen abgewetzten, dandyhaft gestreiften Anzug und eine Ascotkrawatte, und sein geöltes Haar sah unter dem Bowlerhut aus wie das glänzende glatte Fell eines Fischotters. Lilibeth hielt seine extravagante Art für Weltläufigkeit. Er rauchte eine Zigarre und betrachtete die Menschenmenge, während er sich von einem Jungen die Schuhe putzen ließ.

»Entschuldigen Sie bitte«, sagte Lilibeth zu ihm, so leise, dass er sich vorbeugen musste, um sie zu verstehen.

Violet stand einen Schritt hinter ihrer Mutter und passte auf ihren kleinen Koffer auf. Sie begriff, dass etwas vor sich ging, und es war ihr unangenehm, wie der fettige Mann ihre Mutter anschaute. Aber sie war schrecklich müde. Sie wollte einfach nur tun, was ihre Mutter ihr sagte. Sie versuchte, sich auf den Schuhputzerjungen zu konzentrieren, der ungefähr in ihrem Alter war. Seine Hände waren schwarz vor lauter Schuhcreme und seine schwarzen Schuhe grau vor Staub.

»Guten Tag, meine Dame«, antwortete Fred Lundy und ließ ihr Kleid vom Lande, ihren Südstaatenakzent und ihre kultivierte Schönheit einen Moment auf sich wirken. »Was kann ich für Sie tun?«

»Meine Tochter und ich sind gerade in der Stadt angekommen, und Sie sehen aus wie ein Gentleman, der uns helfen könnte, uns zurechtzufinden.« Sie stellte ihre Tasche ab.

Er lachte kurz, warf einen Blick auf Violet und dann wieder auf Lilibeth. Dem Jungen schleuderte er eine Münze hin und erhob sich.

»Sie besitzen eine gute Menschenkenntnis, meine Liebe«, bemerkte Fred Lundy und nahm Lilibeths Tasche. Den Koffer trug er nicht.

Am Ende fanden sie sich in der Bowery wieder. Als sie aus der Kutsche stiegen, war es schon dunkel, und die Straße hatte sich in einen Zirkus aus Licht, Musik und Menschenmassen verwandelt. Hin und wieder ratterte die Hochbahn mit ohrenbetäubendem Dröhnen und Quietschen über sie hinweg. Violet klammerte sich an den Koffer und an die Hand ihrer Mutter, als der Mann sie in den Salon einer verfallenen Pension führte. Es roch nach Schimmel und Orangen. Er bezahlte für die Nacht, während Violet und ihre Mutter auf einer Holzbank saßen. Stumm schauten sich beide um, schockiert, wo sie gelandet waren. Hier herrschten kaum verhohlene Sittenlosigkeit und Unordnung. Als sie ihr schäbiges Zimmer betraten – die Decke hatte Stockflecken und Risse, das Bettzeug war ungewaschen –, bekam Violet von Fred Lundy fünf Cents und wurde fortgeschickt, um sich ein paar Süßigkeiten zu kaufen.

»Lass dir Zeit«, sagte er. »Mindestens eine halbe Stunde.«

Er schob sie zur Tür hinaus, bevor sie einen Blick mit

ihrer Mutter tauschen konnte. Dann hörte sie, wie sich der Schlüssel im Schloss drehte.

Violet war erst zwei Tage fort aus Kentucky. Angst hatte sie nicht – dazu war alles viel zu neu und verwirrend. Zögernd fädelte sie sich in den Menschenstrom ein und ließ sich von ihm weitertragen. Sie war sich sicher, dass man sie anstarren würde. Ihr Kleid war selbstgenäht und voller Flicken, und die Haare hatte sie sich schon seit Tagen nicht mehr gekämmt. Aber niemand schaute auf sie. Mit weit geöffneten Augen und den Münzen in der feuchten Hand spazierte sie den Block entlang. Beinahe wäre sie über die Füße zweier Jungen gestolpert, die sich an die Säulen eines Theaters lehnten und Zigarettenstummel rauchten. Als sie die dunklen Ecken der Straße genauer betrachtete, entdeckte sie noch mehr Kinder. Raufllustige, schmuddelige, abgerissene Kinder, die lachten, Späße machten, sich stritten und stahlen. Sie sah hauptsächlich Jungen, aber das eine oder andere zäh und ruppig aussehende Mädchen war auch darunter.

Bald fand sie einen hell erleuchteten Süßwarenladen. So etwas hatte sie noch nie gesehen: ein dekadentes Sortiment an Farben und Zucker. Die Süßigkeiten, die sie kannte – Lutscher, Toffee, Minzdrops, Geleebohnen und Sirup-Kaubonbons –, nahmen ein ganzes Regal des Ladens ein.

Angesichts dieses Überflusses musste Violet lachen und dachte: New York City!

Eine Frau mit zu viel Rouge auf den Wangen und zu kurzem Kleid stöckelte umher, und drei Männer betraten den Laden. In einer Ecke redeten die Männer leise mit ihr.

Violet starrte die Frau an, fasziniert von ihrem schamlosen Gang und ihren unbedeckten Schultern.

»Das ist nichts für dich«, sagte der Ladenbesitzer.

Widerwillig wandte Violet sich von den Verhandlungen ab.

»Ich möchte ein paar Pfefferminzbonbons«, bat sie.

Er holte ein großes Glas mit rot-weiß gestreiften Süßigkeiten herunter und nahm eine kleine Blechschaufel, die an seiner Schürze hing.

»Für wie viel?«

»Fünf Cents.« Sie zeigte ihm die Münzen in ihrer Hand.

Die Frau verließ den Laden, untergehakt mit einem der Männer.

Der Ladenbesitzer nahm Violets Geld und gab ihr die Süßigkeiten.

»So, und jetzt lauf«, sagte er.

Mit der Wachspapiertüte in der Hand und einem süßen, wohlschmeckenden Pfefferminzbonbon auf der Zunge trat sie auf die Straße, zurück ins pulsierende Nachtleben. Gerade noch rechtzeitig wich sie ein paar Matrosen aus, die mit schief sitzenden Mützen und roten Wangen aus einer Kneipe gestolpert kamen.

Als Violet in die Pension zurückkam, klangen ihr die Ohren. Sie war zu müde zum Schlafen. Ihre Mutter hatte rot geränderte Augen und eine zerwühlte Frisur. Fred Lundy war gegangen und hatte das Zimmer für die ganze Woche bezahlt.

Die Wagen der Händler reihten sich täglich vor RW & Sons auf, wo sie angestoßene Rüben, Chinin-Tonic, Walnüsse, Mehl, geräucherte Austern, Zichorienkaffee, Oleo-Margarine und Seifenpulver feilboten. Violet war schlecht ausgerüstet für einen weiteren Raubzug im Vorbeilaufen – sie hatte keine Tasche, um ihre Beute zu verstauen –, aber sie hatte eine Zigarrenkiste auf einem der Wagen gesehen. Die Kiste glänzte schwarz, und auf dem Deckel war das Bild eines Mädchens, das eine Rose hielt. Ihr Freund Nino hatte neulich vor einem Schaufenster gestanden und eine solche Kiste bewundert. Darin hätte er gerne seine Sachen aufbewahrt. Violet tat so, als spielte sie in der Nähe des Wagens, pfiff ein Lied vor sich hin und hüpfte auf einem Bein, dann schnappte sie sich blitzschnell die Kiste und rannte weg. Sie wollte Nino suchen.

Als sie in der Slaughter Alley angekommen war, spähte sie in der Dunkelheit nach ihm.

»Nino!«, rief sie. »Hey, Nino!«

»Halt den Mund!«, schrie ein Mann zurück.

Ninos italienische Eltern fuhren mit einem Maultierwagen durch die Straßen und schliffen Messer und Scheren. Ihre Wohnung war so klein, dass Nino bei gutem Wetter in einem rostigen, mit Stroh ausgelegten Kessel an einem der Brückenpfeiler schlief.

Nino sprang über eine Pfütze und hinein ins Licht der Straße.

»Du siehst aus wie ein Junge in einem Kleid«, sagte er und deutete mit finsterer Miene auf ihr kurzgeschnittenes Haar.

»Du siehst auch nicht gerade wie der König von England aus«, gab sie trotzig zurück.

Er machte eine Bewegung, als wollte er eine Krawatte um den Kragen seines abgetragenen Flanellhemds schlingen. Seine Fingerknöchel waren geschwollen und narbig von den Straßenkämpfen, und eines seiner Augen zierte ein bereits verblassendes Veilchen. Violet freute sich sehr, ihn zu sehen, aber sie zeigte es nicht.

»Wo warst du?«, wollte er wissen.

»Sie hat mich ins Heim gesteckt«, erklärte sie, »aber ich bin abgehauen.«

Nino schaute sie mit seinen kohlschwarzen Augen von der Seite an und schüttelte den Kopf. Ihre gespielte Tapferkeit beeindruckte ihn nicht.

»Du hättest dort so lange wie möglich bleiben sollen.«

Sie hielt ihm die Schachtel hin.

»Was hast du denn da?« Er nahm sie und betrachtete sie von allen Seiten, klappte den Deckel auf und schloss ihn wieder.

Er sagte nichts, aber sie wusste, dass er begeistert war.

Dann wandte er sich ab und ging weg. Violet beeilte sich, ihn einzuholen, und sprang dabei über das faulig riechende Blut, das sich wie ein Strom aus dem Schlachthaus ergoss. Die Ablaufrinne zum Fluss hin war ständig verstopft.

Ihr fiel plötzlich auf, wie sehr Nino sich in der kurzen Zeit verändert hatte. Er sah älter aus, seine Schultern waren breit, die Arme lang und muskulös. Die Banden gaben sich nicht mit den Jungen ab, bevor sie alt genug waren, um ihnen nützlich zu sein, aber die Batavia Boys hatten Nino schon angesprochen, weil er so groß und kräftig war. Er wollte nicht in einer Gang sein, doch er machte sich keine Illusionen darüber, dass es anders kommen würde. Zeitungsjungen wurden irgendwann zu Kriminellen »befördert«. Violet kannte ihre eigenen Optionen: Sie konnte Näherin, Papierblumenverkäuferin oder Prostituierte werden. Sie dachte nicht gerne an die Zukunft – das tat keines der Kinder. Sie hatten Angst vor dem Größerwerden, denn wenn sie einmal erwachsen waren, konnten sie sich nicht mehr verstecken. Sie würden in Absteigen oder bröckelnden Mietshäusern leben, trinken und das bisschen, was ihnen gehörte, verspielen. Sie würden sich prügeln. Beim Ausschlafen ihres Rausches auf dem Bürgersteig würden sie von stehlenden Kindern ausgeplündert werden. Oder sie wären tot.

»Was hab ich verpasst?«, fragte Violet.

»Ach, hier passiert immer der gleiche Müll«, sagte Nino. »Irgend so 'ne Frau ist von der Brücke gesprungen. Hat ihre Strümpfe vorher mit Sand gefüllt. Aber sie hat überlebt, glaub ich.«

Nino konnte nicht lesen, aber Ollie, der oberste Zeitungsjunge, las ihnen die Schlagzeilen vor, bevor sie sich mit ihren Zeitungen auf den Weg machten.

»Ist deine Großmutter noch krank?«, wollte sie von ihm wissen.

»Sie hustet, dass es nur so kracht. Mein Papa sagt, den Herbst erlebt sie nicht mehr. Von ihm aus könnte es noch schneller gehen.«

»Meine Mutter ist wieder weg.«

»Und?«

»Ich kann da nicht alleine hingehen.«

Nino schüttelte den Kopf. »Ollie gibt mir die Cherry Street. Abendausgabe.«

»Du bist doch rechtzeitig zurück«, sagte sie.

Nino verschränkte die Arme und klemmte sich die Hände unter die Achseln.

»Na schön, aber ich muss auf dem Weg was erledigen«, erklärte er.

Sie gingen los. Nino trat einen Stein vor sich her, bis Violet ihn kurz entschlossen auf die Straße kickte.

»Da wären wir«, sagte er. »Du wartest hier.«

Violet lehnte sich gegen die Mauer eines Postamts und sah zu, wie Nino sich mit einem Jungen, der ihm Geld schuldete, in einer nahen Gasse balgte. Sie wollte am liebsten eingreifen und helfen, aber sie wusste, es war besser, das sein zu lassen. Als von der Oak Street her ein Polizist kam, sprang sie auf und pfiff dreimal auf den Fingern.

Nino rannte zurück in die Hauptstraße und wischte sich im Laufen mit der Hand das Blut von der Nase.

»Kleiner Scheißkerl«, zischte er über die Schulter.

Violet wandte den Blick von dem mitgenommenen Gesicht ihres Freundes ab, wohl wissend, dass der andere Junge noch schlimmer zugerichtet war.

Sie trug die Zigarrenkiste, während sie nebeneinander herliefen.

»Hast du das Geld bekommen?«, fragte sie.

»Nee. Aber das macht nichts. Er wird's nicht noch mal versuchen.«

Mit den Fingern hielt er sich ein Nasenloch zu und rotzte blutigen Schleim auf den Gehweg, genau vor die Füße einer alten Frau, die ihren Einkaufskorb in den Armen hielt.

»*Che schifo!*«, schrie sie.

»*Scorfano!*«, rief Nino zurück und überraschte sie mit seinem Italienisch.

Die Frau stürzte davon, nicht ohne sich noch einmal ängstlich umzuschauen, ob Nino ihr folgte.

Violet lachte. Sie machte sich schon lange keine Gedanken mehr über angewiderte Blicke oder gemeine Kommentare.

»Wie hast du sie genannt?«, fragte sie und reichte ihm die Kiste.

»Na ja, so was wie Scheusal.«

Als sie nach Chinatown kamen, dachte Violet: So muss es in einem anderen Land aussehen, die Gesichter fremdartig, die Sprache völlig unverständlich. Bald fanden die beiden das Haus und betrachteten die windschiefe Fassade. Ein alter Davidstern über der rostigen Eingangstür war noch aus vergangenen Zeiten übrig geblieben. Sie war schon einmal hier gewesen, als sie nach ihrer Mutter gesucht hatte, aber das half ihr jetzt auch nicht über ihr unangenehmes Gefühl hinweg. Drinnen war es heiß und eng und viel zu dunkel, um sich zurechtzufinden. Sie warteten, bis ihre Augen sich an die Lichtverhältnisse gewöhnt hatten, bevor sie sich nach der Treppe umschauten. Die Bewohner des Hauses waren praktisch Leibeigene verschiedener Geschäftemacher und Schmuggler. Zehn Leute hausten in jeder

der Wohnungen, deren schmale Fenster man von innen mit Zeitungspapier abgeklebt hatte, um den Razzien der Gesundheitsbehörde zu entgehen. Unter den Türschlitzen hindurch waberten Gerüche von Bratfett und Urin, von Zigarettenrauch und Männerkörpern. Die Gebäudekatze schleifte ein Fischskelett von Stockwerk zu Stockwerk. In ihrem schwarzen Fell schimmerten kahle Stellen, die von Begegnungen mit heißem Fett herrührten.

Violet bückte sich, um die Katze am Kopf zu kraulen, aber die fauchte sie an und verschwand den übelriechenden Flur hinunter. Violet und Nino stiegen einen weiteren Treppenabsatz hoch.

»Hier stinkt's«, sagte er.

»Du stinkst auch.«

Er schubste sie so heftig, dass sie gegen die Wand krachte. Sie spürte etwas Klebriges an ihrem Ärmel.

Madam Tangs Rauchsalon lag im vierten Stock. Die Eingeweihten kannten den separaten Eingang, der direkt von der Straße durch ein schachtartiges Treppenhaus zu einer anderen Tür führte. Violet versuchte erst gar nicht, auf diesem Wege Einlass zu bekommen. Sie und Nino mussten warten, bis Li herauskam, um der Katze eine Schüssel Milch hinzustellen. Sie setzten sich auf die Treppe und behielten die Tür im Auge.

Bald darauf trat ein dünner chinesischer Junge auf den Flur und stellte eine Untertasse auf den Boden.

»Li«, flüsterte Nino.

Li blinzelte in die Dunkelheit, rümpfte die Nase und scheuchte die beiden Kinder weg. Sie kannten ihn von den Docks. Wenn der Junge nicht bei Madam Tang war, drehte er ausländischen Matrosen den herausgekratzten Teer aus den Opiumpfeifen an.

»Lass mich rein«, bat Violet.

»Kommt nicht in Frage«, sagte Li. »Haut ab.«

»Mach ja die Tür nicht hinter dir zu, sonst verpass ich dir eine«, drohte Nino.

Li zuckte resigniert mit den Schultern und verschwand wieder nach drinnen. Die Tür ließ er einen Spalt weit offen.

Nino stand auf und ließ den Deckel der Zigarrenkiste vor Violets Gesicht auf- und zuklappen wie ein Maul.

»Ich muss meine Zeitungen holen«, sagte er.

»Na gut, dann geh.«

»Wir feiern heute. Jimmy ist zurück.«

»Wo ist er denn gewesen?«

»Im Knast. Sie haben ihn geschnappt, als er einen Polizisten beklauen wollte.«

Mit den Fingerknöcheln klopfte sie sich an den Kopf.

»Wir treffen uns hinter der Kneipe«, sagte er.

Nino klemmte sich die Zigarrenkiste unter den Arm und salutierte mit seiner freien Hand, bevor er die Stufen hinuntersprang. Auf jedem Absatz landete er mit beiden Füßen und machte dabei einen Höllenlärm.

Als Violet ihn nicht mehr hören konnte, kniete sie sich auf den ungeputzten Boden und zog die Tür mit einem Finger auf. Sie war noch nie drinnen gewesen. Das letzte Mal, als sie auf der Suche nach ihrer Mutter gewesen war, hatte ein alter Mann sie weggejagt. Drohend hatte er seinen Spazierstock geschwungen und etwas auf Chinesisch hinter ihr hergerufen. Der Raum war sehr hoch, und ein paar vereinzelte Sonnenstrahlen stahlen sich durch den Stoff, der vor die Fenster genagelt war. Die Gäste lagen seitlich auf Strohmatten oder auf flachen Kissen, den Kopf auf die Arme gelegt, wie schlafende Kinder.

Madam Tang war eine Chinesin mittleren Alters mit einer Haut wie Pergament, schiefen Zähnen und einer tiefen Fleischfalte zwischen Kinn und Hals. Sie lag auf einem fransigen Diwan. Ihre nackten, plumpen Füße schauten unter dem Saum ihres langen Seidengewands hervor. Die Zehen sahen verkürzt und krumm aus.

Die Raucher waren alle Männer, bis auf Lilibeth, die sich graziös um die Opiumpfeife gewunden hatte. Ihre Augen waren halb geschlossen, aber sie schienen zu lächeln, obwohl ihre Lippen schlaff herunterhingen.

»Mama«, sagte Violet.

Madam Tang drehte ruckartig den Kopf zur Tür und blickte wütend drein, aber sie wollte ihre Kunden nicht verärgern, indem sie Violet eine Szene machte.

Langsam hob Lilibeth die Augen, um ihre Tochter anzuschauen. »Vi«, sagte sie mit leiser, heiserer Stimme. »Vi, Vi, Vi, Vi, Vi. Was soll ich nur mit dir machen?«

Auffordernd klopfte sie neben sich auf die Strohmatte. Violet kuschelte sich an Lilibeth und atmete den Geruch von muffigem, süßem Rauch ein, der vom Ärmel ihrer Mutter ausging. Ganz zart duftete es auch nach ihrem Fliederparfüm. Violet nahm Lilibeths feingliedrige Finger und schloss die Augen.

Iris

Iris fand, ihr Geburtstag wäre ein guter Tag zum Sterben. Das gäbe ihr immerhin noch drei weitere Wochen. Gerne hätte sie noch den Rest des Jahrtausends erlebt – wohl aus irgendeinem bizarren Ordnungssinn heraus wollte sie dieses besondere Jahr erreichen –, aber das war selbst in ihren kühnsten Träumen nicht mehr vorstellbar. Sie hatte Krebs immer für eine überaus banale Art gehalten, sich zu verabschieden. Tatsächlich aber fühlte er sich persönlich, fast schon intim an, dieser heimtückische Vernichtungsfeldzug unter ihrer Haut. Zweiundsiebzig Jahre – das schien nicht unfair. Sie hatte ein volles Leben gelebt. Das hatte sie auch ihren Kindern zu erklären versucht, die fieberhaft nach einer Rettung suchten, nach anderen Spezialisten, Behandlungsmöglichkeiten und Medikamenten, weil sie das Unvermeidliche hinauszögern wollten, doch Iris' Passivität – oder genauer gesagt ihre Gelassenheit – wirkte eher verstörend als tröstend auf sie.

Der Morgen war die am wenigsten schmerzhafte Tageszeit. Iris setzte sich im Bett auf und stellte die Füße auf den Boden, wartete darauf, dass sich die Sternchen vor ihren Augen verzogen und ihr Blutdruck stabile Werte erreichte. Auch wenn ihr Körper von Alter und Krankheit gezeichnet war, so wirkten ihre Füße noch immer mädchenhaft. Die Zehennägel hatte sie sich violett lackiert. Während ihrer Kindheit in Minnesota war sie jeden Sommer barfuß gegangen. Ihre Sohlen waren schmutzig und voller Hornhaut gewesen, und die Fußrücken tief gebräunt. Je älter sie wurde, desto greifbarer erschienen ihr diese Jahre, während die Jahrzehnte, die sie als Hausfrau in einem Vorort verbracht hatte, immer weiter aus ihrem Bewusstsein entschwanden. Das stimmt nicht ganz, dachte sie und strich mit den Füßen über den weißen Berberteppich. Sie hatte schließlich Theo und Samantha, ihre Kinder, und manchmal kehrte die Erinnerung an die Zeiten, in denen sie noch klein gewesen waren, mit heftiger Deutlichkeit zurück. Die Mutterschaft war eben ein ganz eigenes Universum – mit einer nichtlinearen Zeitschiene und undefinierbaren Begriffen von Schmerz und Belohnung.

Der Deckenventilator drehte sich langsam über ihrem Kopf, und durchs Fenster kam kühle Luft herein. Iris fragte sich, ob sie jemals wieder die Klimaanlage anstellen müsste. Das gehörte zu einem Spiel, das sie mit sich selbst spielte: Wäre das die letzte Maniküre, der letzte Shampookauf, die letzten Mu-Shu-Fleischrollen, das letzte Gewitter, der letzte Besuch im Postamt, das letzte Samstags-Kreuzworträtsel? Diese Überlegungen verliehen dem Alltag etwas Zeremonielles, und das gefiel ihr. Es gab nicht viele Dinge, die sie unbedingt noch tun wollte, aber sie hätte das Haus ihrer Kindheit nahe der Südschleife des Root River gerne wiedergesehen. Sie bereute, dass sie seit dem Tod ihrer Mutter vor dreißig Jahren nie mehr den Weg nach Norden gefunden hatte. Ihr Vater war auf eine stille, grimmige Art immer so stolz auf die Farm gewesen, selbst, als er sie am Ende verkaufte, weil es niemanden gab, dem er sie vererben konnte. Iris hatte sich zu der Zeit schon lange vom Landleben verabschiedet gehabt.

Der frühe Morgen war bedeckt. Schiefergraue und rosa Wolken hingen über dem Meer, und das Licht im Zimmer war weich und stumpf. Ihr Vater. Er war ein freundlicher, ruhiger Mann gewesen, mit dünner werdendem blonden Haar und einem schmächtigen Körperbau, der überhaupt nicht zu seiner Kraft und Unermüdlichkeit passte. Er hatte mit dem skandinavischen Tonfall gesprochen, der so typisch für Minnesota war: viele *Jahs* und *Ehs* und breite Vokale. Nur ein einziges Mal, so erinnerte sich Iris, hatte ihr Vater die Stimme erhoben: Er schrie vor Kummer, als er erfuhr, dass sein Bruder Peter umgekommen war. Die untere Hälfte von Peters Körper war in den Mähdrescher geraten, bevor sein Sohn den Motor abstellen konnte. Iris' Vater war ein Mann der alten Welt, wie ihre Mutter oft gesagt hatte, wenn sie erklären wollte, warum er so wortkarg war und sein Land mit beinahe religiöser Inbrunst liebte.

Ihre Mutter war eine zähe und zupackende Frau gewesen. Sie hatte das Arbeitspensum eines Mannes geleistet und sich niemals beklagt. Nur selten sprach sie über sich selbst und schien keinerlei eigene Bedürfnisse zu haben. »Wie kann es nur sein, dass du meine Tochter bist?«, fragte sie Iris manchmal, wenn sie ihre Aufgaben im Haushalt wieder einmal nicht erledigt hatte, weil sie lieber vor sich hin träumte. Ihre Mutter hielt nicht viel von Äußerlichkeiten und machte sich nicht gerne zurecht. Ein Kleid trug sie nur beim Kirchgang, und wenn sie lachte, klang sie oft überraschend jungenhaft. Es war Iris peinlich, dass ausgerechnet ihre Mutter weit und breit die einzige Frau war, die Hosen trug. Sie machte für ihr Leben gern Handarbeiten und strickte ein Teil nach dem anderen: Decken, Schals und Handschuhe, oft bis spät in die Nacht. Ihre Hände ruhten nie. Ab und an ging sie mit Iris zum Fluss, um zu angeln. Dann steckten sie ihre Zehen in den kalten, glitschigen Lehm und teilten sich eine Flasche Milch.

Iris fragte sich manchmal, ob ihre Mutter sich einsam gefühlt hatte, nachdem ihr Vater gestorben war, oder ob sie, inzwischen eine alte Frau, froh gewesen war, endlich alleine zu sein. Warum habe ich sie nie danach gefragt?, dachte sie.

Sie griff nach dem offenen Buch auf ihrem Nachttisch und legte ein Lesezeichen hinein. Sie wusste, dass es ihr letztes Buch war, darum kostete sie es umso mehr aus. Sie las langsam, spürte, wie die Wörter durch ihren schläfrigen Kopf purzelten, und verlor sich in den endlosen Sätzen. Der bebrillte Junge aus der Bibliothek, der in den Semesterferien bei seinen Großeltern zu Besuch war, hatte es ihr empfohlen, als sie gerade den Wagen mit den neuen Büchern durchsah.

»Irgendwelche Vorschläge?«, hatte sie ihn gefragt.

»Man kann sich kaum entscheiden, stimmt's? So viele Bücher. Ich bin gerade auf dem postmodernen Trip, aber ich weiß nicht, ob das Ihren speziellen Geschmack trifft.«

Iris lächelte. »Ich weiß gar nicht, ob ich einen speziellen Geschmack habe.«

»Wie wär's mit Virginia Woolf? Mögen Sie sie?«

»Das kann ich nicht sagen«, antwortete sie. »Ich glaube nicht, dass ich schon mal was von ihr gelesen habe.«

Sie spürte, wie ihr das Blut in die Wangen schoss, wie lächerlich. Er war gutaussehend, groß, mit braunen Augen, die durch seine Brillengläser leicht vergrößert wirkten, und er hatte eine Ernsthaftigkeit an sich, die ihm offensichtlich gar nicht bewusst war. Er erinnerte sie an Henry, oder an den Menschen, der Henry vor langer Zeit vermutlich gewesen war. Ihre Affäre hatte kaum ein Jahr gedauert, aber sie dachte noch immer jeden Tag an ihn.

»Kommen Sie mit«, sagte der Junge.

Er rannte in die Literaturabteilung, überflog die Regale und zog schließlich ein Buch heraus.

»Das habe ich letztes Semester in meinem Seminar über die abendländische Kultur gelesen. Es ist wirklich super.« Mit beiden Händen streckte er ihr *Zum Leuchtturm* hin. »Dieses Buch wird Sie vom Hocker hauen.«

»Das nenne ich eine Empfehlung«, hatte sie gesagt. »Ich nehme es mit.«

Iris hatte immer ein wenig die Nase gerümpft über

Literatur – wer hatte denn schon die Zeit oder den Kopf dafür? Sie hatte Krimis oder bunt bebilderte Zeitschriften bevorzugt, die hatten Pep und waren leicht zu lesen. Und plötzlich merkte sie, dass sie die ganze Zeit über unrecht gehabt hatte. Noch etwas, das mir entgangen ist, dachte sie. Ein weiterer Punkt für die Liste.

Sie fühlte sich, als hätte sie Watte im Kopf – das waren die Schmerzmittel –, aber sie konnte aufstehen und den Tag beginnen. Sie warf den apfelgrünen Morgenmantel über, den sie am Abend zuvor auf den Schaukelstuhl gelegt hatte. Iris sah sich nicht gern im Badezimmerspiegel, solange sie noch ihr Nachthemd trug. Das hatte nichts damit zu tun, dass der Stoff jetzt schlaff über die Stelle fiel, wo einmal ihre Brust gewesen war, und auch nichts mit den roten Narben, die unter dem Kragen hervorschauten, sondern mit ihrer immer schmaler werdenden Silhouette und ihrer sich auflösenden Form. Sie wollte nicht an ihren ausgezehrten Körper erinnert werden. Seit der Scheidung hatte Iris ihre Freiheit und das Alleinsein genossen. Sie war unabhängig gewesen und schließlich doch nach Florida gezogen, aber sie wusste, dass es so nicht weitergehen würde.

Inzwischen vertrug sie keinen Kaffee mehr, aber sie kochte trotzdem eine Kanne, einfach nur, damit die Küche von seinem Duft erfüllt wurde. Kaffee schenkte ihr die Illusion von Energie und Potenzial. Während sie darauf wartete, dass ihr Milchbrötchen bräunte, betrachtete sie die Palmwedel, die sich im heraufziehenden Sturm bogen, und lauschte dem gleichmäßigen Rhythmus von ihrem Nachbarn Stephen, der nebenan

Seil sprang. Stephen hatte gebräunte, glänzende Haut und arbeitete an der Rezeption des Holiday Inn. Wenn sie sich ab und zu auf dem Parkplatz begegneten, nannte er sie »Irene«, aber sie machte sich nie die Mühe, ihn zu verbessern. Damals, als sie ganz neu in Sanibel gewesen war, hatte sie sich über seine ständig wechselnden Liebschaften amüsiert. Sie beobachtete, wie die gutgebauten Männer, die er abends mit nach Hause brachte, morgens mit dem Taxi davonrauschten. Aber die Jahre vergingen, Stephen wurde älter, und noch immer kamen ständig neue Männer. Iris wurde traurig, wenn sie sich Stephen vorstellte, nachdem die Männer weggefahren waren; wie er sich Gel ins Haar schmierte, sich die Augenbrauen zupfte und seine graue Hoteluniform zuknöpfte. Sie fragte sich, wann er bemerken würde, dass sie nicht mehr nebenan wohnte.

Gerade, als sie ihr Brötchen mit Butter bestrich, klingelte das Telefon. Es war ihr Sohn – natürlich. Pflichtbewusst rief er sie jeden Morgen aus dem Büro an. Sie malte sich aus, wie seine To-do-Liste aussah: Gesellschafterversammlung besuchen, Bankenfusion in die Wege leiten, sterbende Mutter anrufen. Sie wusste, sie war nicht fair, aber er bevormundete sie immer mehr, je weiter die Krankheit fortschritt, weil er Angst vor ihrem Tod hatte und nichts dagegen tun konnte. Es war anstrengend mit ihm. Iris seufzte und nahm den Hörer nach dem fünften Klingeln ab.

»Hallo?«

»Mom? Geht's dir gut? Warum hat es so lange gedauert, bis du ans Telefon gegangen bist?«

»Ich frühstücke gerade, mein Liebling. Du brauchst keinen Krankenwagen zu schicken.«

Sie spürte, dass ihr Sohn zornig wurde, weil sie seine Sorge herunterspielte. Iris erinnerte sich daran, wie er mit drei Jahren wütend durch die Küche gestürmt war, weil sie ihm verboten hatte, draußen im Schnee zu spielen.

»Wie fühlst du dich?«, fragte er, als würde er sie einem Verhör unterziehen.

»Heute ganz gut«, sagte sie. »Morgen kommt deine Schwester an.«

»Hör mal, ich wollte dir was sagen. Da ist dieser Typ in der Mayo-Klinik …«

»Das hast du mir schon erzählt. Bitte, Theo.«

»Ich könnte dir einen Flug für heute Nachmittag buchen.«

»Ich weiß, dass du das könntest.«

»Mom.«

»Genug«, beschloss sie mit so viel mütterlicher Autorität, wie sie nur aufbringen konnte.

»Okay«, entgegnete er. »Wir kommen dich bald besuchen. Bloß noch ein paar Wochen.«

»Ich fahre nirgendwohin. Grüß Cindy schön von mir.« Sie hoffte, sie klang nicht unaufrichtig. Was er an ihr nur fand, das würde sie nie verstehen. Ihre Schwiegertochter war humorlos und pedantisch, aber ziemlich hübsch und gepflegt. Sie investierte unglaublich viel Mühe in ihr Aussehen. Iris hatte Cindy noch nie ohne Make-up gesehen, selbst früh am Morgen nicht. Ihr schien das ein fürchterlich anstrengendes Leben zu sein.

Aber vielleicht empfand sie es auch nur so, weil sie selbst ebenfalls die Tendenz hatte, nach außen hin die Fassade zu wahren, und das machte sie Cindy gegenüber besonders kritisch.

Sie biss in das Brötchen. Das Kauen fiel ihr schwer, und die gebräunte Kruste tat ihr am Gaumen weh. Jetzt fiel der Regen in dicken Tropfen. Sie roch den Duft von nassem Holz, der von ihrer Terrasse herüberwehte, und überlegte, auf welches Essen sie wohl Lust hätte. Neulich hatte sie einen Cheeseburger von McDonald's versucht und musste mittendrin aufgeben. Vielleicht ein Pudding oder Trifle von ihrer Mutter, dachte sie. Das waren immer die Verkaufsrenner bei Kuchenbasaren und Kirchenfesten gewesen. Damals fand Iris sie zu süß und reichhaltig, aber jetzt hätte sie gerne einen Löffel davon gehabt. Wo waren die Rezepte ihrer Mutter eigentlich geblieben? Nach ihrem Tod hatte Iris das Farmhaus ausgeräumt und nur wenig aufbewahrt. Den abgenutzten Nähkasten, den ihr Vater so liebevoll geschreinert hatte, mit abgerundeten Ecken und Schwalbenschwanzverbindungen, hatte sie behalten. In diesem Kasten hatte sie, verborgen unter allerlei Garnspulen, abgewetzten Nadelkissen und einer rostigen Schere, eine kleine Bibel gefunden, als hätte ihre Mutter sie dort versteckt. Aber irgendwann in den letzten dreißig Jahren hatte Iris den Nähkasten aus den Augen verloren. Und anscheinend auch die Rezepte. Sie erinnerte sich noch genau an das ordentliche, von Gummibändern zusammengehaltene Päckchen, das sie komischerweise in der obersten Schublade der Wäschekommode entdeckt hatte. Die Rezepte hätte Iris niemals weggeworfen, obwohl sie selber nie danach gekocht hatte. Sie hatte ja nicht einmal die Gummibänder abgenommen – was hätte sie denn zaubern sollen, vielleicht einen Jenny-Lind-Kuchen? Sie wusste jedenfalls, dass sie die Rezepte nicht in Florida hatte. Sie konnte haargenau sagen, was sich in ihren vier Wänden befand; das war das Gute an der kleinen Wohnung. Vielleicht hatte Glenn sie ja an sich genommen. Er hatte immer eine Schwäche für Süßes gehabt. Glenn. Unglaublich, vierzig Jahre waren sie verheiratet gewesen. Vierzig Jahre! Die meiste Zeit hatten sie sich gut verstanden. Natürlich hatte es gelegentlich Meinungsverschiedenheiten gegeben, aber nie richtigen Streit. Er war ein fürsorglicher, netter Ehemann und Wochenendvater gewesen. Sie hatte sich nie gefragt, ob sie glücklich war, darum musste sie auch nie über eine Antwort nachdenken. Inzwischen aber war ihr klar, dass Vertrautheit nicht dasselbe wie Liebe war. Als er sie am Ende verließ – sie hatte seit Jahren von Marie gewusst – und die Wut und Angst verflogen waren, hatte Iris sich befreit gefühlt.

Es war Zeit für die erste Handvoll Pillen des Tages. Iris schenkte sich ein Glas Wasser ein, angelte die bernsteinfarbenen Medizinfläschchen vom Fensterbrett und stellte sie mit einem lauten Klappern auf die zitronengelb geflieste Arbeitsplatte. Sanibel, diese Wohnung, sogar diese Fliesen, das alles war ein starker Bruch mit ihrer früheren Existenz. Es war seltsam, dass sie sich nach der Scheidung plötzlich nicht mehr für die Äußerlichkeiten interessierte, die vorher so eine große Rolle gespielt hatten: die Windsor-Stühle, die restaurierten Truhen, die Eichenkommoden, die Spiegel aus dem 18. Jahrhundert, das Haus im Kolonialstil, den North Shore Country Club. Ihre Kinder hielten ihre Entscheidung für ein Anzeichen von Traurigkeit und Depression, für eine Flucht. (»Eine Wohnung in Florida? Du magst die Sonne doch überhaupt nicht. Was willst du denn machen, Shuffleboard spielen?«) Der Umzug von Chicago nach Sanibel war tatsächlich eine Art Flucht gewesen, das gab sie gerne zu, aber sie hatte sich hier so gut gefühlt wie seit langem nicht mehr. Sie hatte Trost gefunden in den unpersönlichen, weiß gestrichenen Räumen, die sie im »Florida-Stil« eingerichtet hatte: Pastellfarben, Bambus, weißer Lack, Bilder mit Meerlandschaften und Muscheln. In dieser hotelartigen Nüchternheit, weit weg und unbeschwert von den Erinnerungen, befreit von jeglicher Sentimentalität, hatte sie sich wohlgefühlt. Sie brauchte sich nur um sich selbst zu kümmern, nicht um die Terminpläne, die Unordnung oder die Bedürfnisse anderer. Menschen ändern sich, hatte sie Samantha und Theo erklärt. Ich habe mich verändert.

Der Regen hatte nur kurz angehalten, und jetzt zogen die dunklen Wolken hinaus aufs Meer. In der Ferne zuckte ein Blitz über den Himmel. Iris dachte, sie sollte einen Spaziergang am Strand machen oder ihre Winterkleider zur Heilsarmee bringen oder der Enkeltochter, die sie niemals kennenlernen würde, einen Brief schreiben. Aber sie wollte nur schnell wieder zu ihrem

Buch zurückkehren, zurück zu den Ramsays, die in einem verfallenen Sommerhaus am Meer lebten, und zu der schönen, mit sich selbst beschäftigten, tröstlichen, unerträglichen Mrs. Ramsay, die versuchte, den Vorstellungen ihrer Mitmenschen gerecht zu werden. Ständige Neukalibrierung. War das der Fluch des Frauseins?, fragte sich Iris. Und was fand Mrs. Ramsay an dem emotional bedürftigen, aufbrausenden Mr. Ramsay? Oder erst an acht Kindern?

Iris hatte eins gereicht: ihr Sohn Theo. Zehn Jahre später – da war sie schon vierzig gewesen, um Himmels willen – hatte sie entdeckt, dass sie wieder schwanger war. Sie hatte im Auto vor der Arztpraxis gesessen. Die Schneeflocken wirbelten durch die Luft und schmolzen auf ihrer Windschutzscheibe, und sie weinte. Sie weinte heftiger als ein Jahr zuvor, als sie vom Tod ihres Vaters erfahren hatte. Sie fühlte sich von ihrem eigenen Körper betrogen. Wieder in der Mutterschaft gefangen, gerade als Theo begann, selbständiger zu werden. Doch Abtreibung war damals verboten – eine zwielichtige und gefährliche Sache. Ihre Bekannten sprachen das Wort nicht einmal aus: »Ich habe gehört, dass Mary Joe Surrey bei einem Arzt in der South Side war, der ihr was weggemacht hat.« Außerdem hätte sie sowieso nicht gewusst, wie sie vorgehen sollte. Also tat Iris vor Glenn so, als freute sie sich. Er hatte Glückstränen in den Augen, als sie ihm davon erzählte. Die folgenden Wochen verbrachte sie hauptsächlich damit, auf eine Fehlgeburt zu warten, ein Ereignis, das jedoch nie eintraf. Samantha war ein ruhiges Baby, das viel schlief – beinahe so, als merkte sie, dass sie brav sein musste, um ihrer Mutter zu gefallen und geliebt zu werden.

Als Kleinkind war Sam auffallend schüchtern. Sie klammerte sich an Iris und verbarg ihr Gesicht in den Händen. Sie wollte nur rutschen oder schaukeln, wenn der Spielplatz leer war, und nur, wenn Iris bei ihr war. Sam weinte sogar, wenn Iris den Raum verließ und sie dann mit Glenn alleine sein musste. Iris machte sich keine großen Sorgen. Sam war nun mal ein schüchternes Kind, und ein Teil von ihr genoss es, so dringend gebraucht zu werden.

»Das ist nicht normal«, befand Glenn.

»Es geht vorbei«, erwiderte sie. »Es ist nur eine Phase.«

»Theo war nicht so.«

»Jungen sind anders.«

»Geh mal mit ihr zum Arzt. Nur, um sicherzugehen.«

Der Kinderarzt, der alte und gestrenge Dr. Kimble, erklärte Iris, sie verhätschele das Kind. »Widmen Sie ihr weniger Aufmerksamkeit. Lassen Sie sie ruhig mal weinen. Sie wird es verschmerzen.«

Also meldete Iris ihre Tochter für den Musikunterricht an, der in den Sonntagsschulräumen der Presbyterianer stattfand. Auf dem Linoleumboden hatte man Teppiche ausgelegt. An der einen Wand prangte ein Bild eines gütigen Jesus, der dem Samariter die Hand ausstreckte, an der anderen hingen mehrere Gottesaugen-Kreuze. Die anderen Mütter küssten ihre Kinder, ermahnten sie, sich zu benehmen, und gingen dann davon. Samantha klammerte sich noch fester an die Hand ihrer Mutter und drückte sich gegen ihr Bein. Iris war klar, dass es schiefgehen würde. Samantha würde sich nicht beruhigen, nachdem sie gegangen wäre. Das wusste sie einfach, aber vielleicht wusste der Arzt es doch besser?

»Mommy nicht weg«, jammerte Samantha.

»Ich warte gleich hier vor der Tür, mein Schatz. Du wirst viel Spaß haben!«

»Mommy nicht weg. Sama und Mommy nach Hause.«

»Willst du die Trommel schlagen? Schau mal. Das ist ein Tamburin. Nimm es doch mal in die Hand.« Iris löste ihre Finger aus Samanthas Umklammerung und schob ihre Tochter vorwärts. »Du bist doch schon ein großes Kind, wie Theo, stimmt's?«

Die Lehrerin, deren Frisur wie ein Helm aus weißen Löckchen wirkte, kam herüber und versuchte, Samantha in den Kreis der anderen Kinder zu führen, während Iris sich mit schnellen Schritten entfernte. Die ersten Schluchzer waren bereits zu hören, bevor sie die Tür hinter sich schließen konnte. Iris zählte auf ihrer Armbanduhr die Sekunden: zwei Minuten. Dann stürmte sie wieder hinein und holte Samantha unter den mitleidigen Blicken der Lehrerin heraus. Samantha barg ihr rotes, verweintes Gesicht an Iris' Hals. Dr. Kimble – und von Iris aus auch Glenn – konnte zur Hölle fahren. Was wussten Männer schon von der Mutterschaft? Sie hatte beschlossen, die Meinung der anderen zu ignorieren und Samantha die Zeit zu geben, die sie benötigte, um aus ihrem Schneckenhaus hervorzukommen.

Langsam rollte Iris sich auf die andere Seite, um ihre schmerzende Hüfte zu entlasten. An was für einen Unsinn habe ich mich damals geklammert, dachte sie. In Wirklichkeit hatte sie immer befürchtet, dass Samantha irgendwo tief in ihren Zellen (oder vielleicht auch in ihrem limbischen System) wusste, dass sie nicht gewollt gewesen war, dass ihre Mutter sie fortgewünscht hatte. Und Iris hatte keine Trennung von ihrer Tochter erzwungen, weil sie sich deswegen schuldig fühlte. Doch innerhalb eines Jahres hatte Samantha sich in ein unabhängiges kleines Wesen verwandelt, das seine Mutter kaum noch zu brauchen schien. Oder vielleicht hatte Iris sich das auch nur eingeredet, weil sie eine gute Mutter sein wollte. War das jetzt überhaupt noch wichtig?

Iris wachte auf der Couch auf. Das Buch lag quer über ihrer Brust, und eine dicke schwarze Fliege zog summend ihre Kreise durch den Raum. Die Gelenke taten ihr weh. Ihr Kopf schien zu groß für ihren Körper zu sein – sie konnte ihn fast nicht heben. Das Blut pulsierte hinter ihren Augen. Einen Moment lang versuchte sie, ihre Lungen mit Luft zu füllen. Sie wusste, dass sie mit den Pillen zu spät dran war, denn ihre Haut schmerzte.

Beim Aufwachen hatte sie ein Bild von ihrer Mutter auf der Beerdigung ihres Vaters im Kopf gehabt. Das war eine der letzten Gelegenheiten gewesen, bei der sie ihre Mutter gesehen hatte. Am Grab war es so windig gewesen. An diesen Sinneseindruck erinnerte Iris sich am stärksten, wenn sie an diesen Tag im Jahr 1965 zurückdachte. Mit einer Hand musste sie ihr Haar festhalten, damit es ihr nicht dauernd ins Gesicht schlug, die andere Hand hatte den Rock im Griff. Sie konnte die langsamen, gedämpften Worte des alten Pastors nicht verstehen, weil der Wind so laut pfiff und die Pappeln raschelten. Dafür, dass ihr Vater ein so stoischer Mensch gewesen war, hatte er sich einen prima Abgang verschafft, fand Iris.

Sie stand neben Glenn. In seinem schwarzen Anzug wirkte er an diesem Nachmittag im Frühherbst so unerschütterlich wie ein Baumstamm, um den das Laub wirbelte. Ihre Mutter stand alleine da, schwerfällig, die Augen tränenlos, die Hände vor dem schlecht sitzenden Kleid gefaltet, das sie am Tag zuvor in der Stadt gekauft hatte. Glenn versuchte, Iris zu ihrer Mutter zu führen.

»Ihr Ehemann wird begraben, und sie ist deine Mutter«, sagte er ihr direkt ins Ohr, damit der Wind seine Worte nicht verwehte.

»Das mag sie nicht«, erwiderte Iris. Auf ihren Wangen klebten eingetrocknete Tränenspuren im Zickzackmuster. Sie wusste, wie unangenehm ihrer Mutter all die Aufmerksamkeit und guten Wünsche und tröstlichen Umarmungen waren. Sie wollte alleine sein.

Iris trauerte um ihren Vater, aber es war so lange her, dass sie zu Hause gewesen war oder überhaupt mit ihm gesprochen hatte. Nie war er ans Telefon gegangen, stets hatte seine Frau die Vermittlerin spielen müssen. Darum war er für Iris immer weit weg gewesen. Im Grunde trauerte sie schon um ihn, seit sie Minnesota verlassen hatte.

Später, auf der Farm, tauschte sie ein verkniffenes Lächeln mit den alten Nachbarn, als sie den voll beladenen Tisch umkreisten – es gab Aufläufe und Laugenfisch, den die Sons of Norway, eine norwegische Auswanderervereinigung, gebracht hatten. Mrs. Ingebretson, die uralte Kirchensekretärin, hatte eine skandinavische Brezel gebacken. Iris hatte auf der Fahrt von Chicago nach Hause zwei Apfelkuchen gekauft, die unangetastet auf der Anrichte standen. Sie hörte zufällig, wie Glenn mit dem Postboten sprach, der gerade gefragt hatte: »Was wird sie jetzt machen?« – als ob das Leben aufhörte, sobald man alleine war. Das ärgerte Iris, obwohl sie wusste, dass der Postbote sich wirklich um ihre Mutter sorgte. Iris ging sie suchen. Sie spazierte durch die Zimmer des Hauses, in dem sie aufgewachsen war, glitt regelrecht durch die Räume, gesteuert von der Erinnerung ihrer Muskeln, und dann wagte sie sich hinter das Haus. Der Wind hatte sich etwas gelegt. Jetzt war es mild und klar, und die Luft roch nach Holzfeuer, altem Heu und Schweinemist. Da war ihre Mutter, in Gummistiefeln und einem langen Drillichmantel, den sie über ihr schlammverspritztes Kleid geworfen hatte. Sie mistete den Schweinestall aus.

»Mutter?« Iris stellte sich in ihren Pumps auf die Zehenspitzen, um die regennassen Stellen auf dem Boden zu meiden. »Hast du etwas gegessen?«

»Ich weiß nicht, warum ich mir überhaupt die Mühe mache«, sagte ihre Mutter. »Er wird ja doch alles durcheinanderbringen, sobald ich ihn wieder reinlasse.« Sie hörte auf zu arbeiten, stellte die Harke gegen die Wand und strich sich den Dreck von den Händen. Die beiden Schweine grunzten, und dann warf sich das rosigere und haarigere Tier gegen das Mittelgitter. »Elsie, benimm dich!« Sie schaute Iris direkt in die Augen. »Ich hätte mir wirklich gewünscht, dass du den Kleinen mitbringst. Ich habe ihn schon so lange nicht mehr gesehen.«

»Er ist bei Glenns Mutter«, sagte Iris. »Ich dachte, das ist am besten.«

Ihre Mutter nickte und wischte sich die Stirn mit dem Handgelenk ab. »Ich habe was für ihn. Einen Schal. Erinnere mich daran, dass ich ihn dir gebe, bevor du wieder abfährst.«

»Okay. Willst du nicht reinkommen?«

»Um Himmels willen, bloß nicht«, erwiderte sie.

Iris rieb sich die Arme. Sie war sich bewusst, dass sie in ihrem schicken Etuikleid in dieser Umgebung völlig fehl am Platze war, aber das musste eigentlich so sein, oder? Gehörte das nicht zu dem Mädchen aus der Stadt, das wieder nach Hause gekommen war? Sie schaute über das grüne Feld mit dem frisch ausgesäten Wintergetreide hinter der Scheune, das inzwischen den Jensens gehörte, und kam sich komisch vor, weil sie dem Land nicht nachtrauerte. Das ist beschämend, dachte sie.

»Ich glaube, die Gäste würden dir gern kondolieren«, sagte Iris.

Ihre Mutter zuckte mit den Schultern. »Das werden sie schon überleben.« Sie öffnete das Metallgitter. »Hier, halt mal. Ich lasse Elmer wieder rein.«

Das gefleckte Schwein ließ ein tiefes Grunzen vernehmen und mühte sich auf seine kleinen Füße. Iris, ein wenig unsicher auf ihren High Heels und darum bemüht, ihr Kleid nicht zu beschmutzen, hielt das Gittertor.

»Du siehst aus, als würdest du frieren, Iris«, sagte ihre Mutter. »Geh doch wieder rein. Ich habe hier alles im Griff. Mach dir eine Tasse Tee. Alles ist gut.«

Iris klappte das Buch zusammen und legte es auf den Boden. Ihr Arm zitterte vor Erschöpfung. Ihre Mutter hatte immer behauptet, alles sei gut, auch wenn es eben nicht gut war, aber Iris hatte sich nie die Mühe gemacht, über ihre Aussage nachzudenken. Es war leichter gewesen, an die Standhaftigkeit ihrer Mutter zu glauben, als einen Blick auf ihre Verletzlichkeit zu riskieren. Ich bin dreißig Jahre zu spät dran, dachte sie und drehte sich auf die Seite.

Durch das Fenster konnte sie den blauen Himmel zwischen den ziehenden Wolken hervorschimmern sehen. Die Luft war jetzt wärmer und der Regen vergessen. Langsam erhob sie sich von der Couch. Steh auf, Iris, steh auf, befahl sie sich. Wälz dich nicht in deinem Leid. Verschwende nicht den Tag. Ich bin eine sterbende Frau, gab sie sich selbst zur Antwort. Ich darf tun, was ich will.

Sam

Heute würde sie zuallererst den Pound Cake backen. Solange sie Ella stillte, konnte sie leicht den ganzen Kuchen alleine verdrücken. Momentan hatte sie nämlich ständig Appetit. Und wenn Jack dann vom Campus nach Hause kam, läge nur noch ein undefinierbarer, anheimelnder Duft nach Gebackenem in der Luft. Er würde sich darüber wundern, aber nicht genug, um nachzufragen.

Sie holte das Mehl und den Zucker hervor und schaute in den Kühlschrank. Sie hatte nicht ganz ein Pfund Butter und neun Eier. Wie sollte sie die Eier abwiegen? Oder das Mehl und den Zucker? Sie schloss die Augen, nahm die Butter in die eine Hand, die Eier in die andere, und konzentrierte sich. Das kam hin, dachte sie.

Sam stöberte im Schrank herum, auf der Suche nach der Kastenform, die sie von ihrer Mutter geerbt hatte, zusammen mit dem Standmixer und dem mit Samt ausgeschlagenen Kästchen mit dem Silberbesteck, das schon angelaufen war, als sie zum letzten Mal danach gesehen hatte. Den Rest von Mutters Sachen hatte

Sam in Kisten geworfen und zur Heilsarmee nach Fort Myers gebracht, wie auch die Möbel, die Seelandschaften und die Spiegel mit den Rahmen aus Treibholz. Als Einziges hatte sie einen gelben Schaukelstuhl und eine weiße Kommode behalten; beide Sachen standen jetzt in Ellas Zimmer, zusammen mit etwas Kleinkram, den sie auf dem Flug zurück nach Hause im Handgepäck getragen hatte. Als Sams Eltern geschieden worden waren, hatte ihre Mutter all die Antiquitäten abgestoßen, die sie während ihrer Ehejahre zusammengetragen hatte: restaurierte Truhen, Schaukelstühle im Kolonialstil und schmiedeeiserne Betten. Sie hatte Chicago den Rücken gekehrt und war nach Florida – auf Sanibel Island – gezogen, wo sie sich eine Eigentumswohnung kaufte. Dort hatte sie bis zu ihrem Tod vor einem Jahr gelebt, vier Monate vor Ellas Geburt.

Die Form war einfach nicht aufzufinden. Wie konnte das nur sein? Zuletzt hatte Sam sie benutzt, um Kürbisbrot für eine Feier in der Englischen Fakultät zu backen. Sie wurde ärgerlich. Jack musste sie in der Uni vergessen haben. Häusliche Details drangen nicht in sein Bewusstsein ein. Sie war sich ziemlich sicher, dass Jack in den fünf Jahren ihrer Ehe nicht ein einziges Mal Toilettenpapier, Müllbeutel oder Waschmittel eingekauft hatte. Oder Seife. Oder Zahnpasta. Du hast dich dafür entschieden, die Bedürfnisse des Babys und das Haus an die erste Stelle zu setzen – das musste sie sich manchmal sagen, um sich selbst zu beruhigen. Aber sie wusste, dass es keine wirkliche Entscheidung gewesen war. Sam fühlte sich immer noch wie die Sklavin ihrer eigenen

Biologie, und sie wütete ab und zu gegen diese Machtlosigkeit. Sie konnte die Intensität ihrer Gefühle gegenüber Ella nicht dosieren. Es war, als hätte sie eines ihrer eigenen lebenswichtigen Organe zur Welt gebracht und damit einen totalen, unausweichlichen Umsturz ihres Selbst ausgelöst.

»Du hast eine Wochenbettdepression«, hatte Melanie behauptet. »Ganz klar.«

Vielleicht hatte sie recht. Oder vielleicht war jetzt einfach alles anders.

Sam griff nach ihren Schlüsseln und zog die Haustür hinter sich zu. Beinahe wäre sie über ein Päckchen auf der Treppe gestolpert. Sie fragte sich, wo es wohl herkam, immerhin war es noch sehr früh am Tag. Andererseits hatte sie, seit sie in Madison war, auch noch kein Paket von FedEx bekommen. An der klobigen Linkshänderschrift auf dem Adressschild erkannte sie, dass ihr Bruder Theo der Absender war. Hatte er etwas für Ella geschickt? Das wäre ungewöhnlich aufmerksam von ihm, denn normalerweise überließ er seiner Frau solche Angelegenheiten. Mit dem Fuß schob Sam den schweren Karton näher zur Tür – um Himmels willen, was war da drin? Dann ging sie zum Auto.

Sie lebten auf der Eastside nahe dem Ufer des Lake Monona, in einem etwas heruntergekommenen, aber angesagten Viertel voller alter viktorianischer Häuser und Bungalows im Craftsman-Stil. Nur ein paar Straßen weiter gab es einen genossenschaftlich geführten Lebensmittelladen, eine vegane Kaffeebar, eine Suppenküche und ein Boardinghouse. Die Gentrifizierung hatte auch vor dieser Gegend nicht haltgemacht. Den baufälligen Gebäuden hatte man kosmetische Reparaturen verpasst, aber ihre frühere Schäbigkeit war dennoch nicht ganz verschwunden – das gefiel Sam. Sie war froh, nicht in der Nähe der Universität oder der herausgeputzten Westside zu wohnen.

Sie trauerte New York nicht nach, aber sie vermisste die Vielfalt und das bunte Treiben. Ihr altes Gemeinschaftsatelier hatte sich im siebten Stock eines Hauses mitten in Brooklyn befunden. Vom Balkon aus hatte sie gerne auf die Straße geschaut – die kühle Luft war eine erfrischende Abwechslung von der quälenden Hitze des Brennofens. Sie sah all die Menschen, die sich bei Junior's die Klinke in die Hand gaben, die Lichter, die Taschenläden und die Handyverkäufer auf der Atlantic Avenue, und sie hörte das Hupen der Autos, spanische und arabische Wortfetzen. Manchmal vermisste sie sogar die armselige und unheimliche Ladenpassage, an der sie auf dem Weg zur Subway vorbeigehen musste: Das R fehlte im Schild von Toys-R-Us, die Schaufensterscheibe der Parfümerie hatte einen Sprung, und die Parkgarage wirkte zu jeder Tages- und Nachtzeit gefährlich. Sie vermisste das Spiel von Licht und Schatten, das entstand, wenn Millionen von Menschen umherwuselten.

Ihr Handy klingelte. Theo. Sie ignorierte den Anruf.

Ihr Bruder war Anwalt bei einer großen Kanzlei in Washington, D. C., in der Abteilung für Firmenfusionen und -übernahmen. Seine Frau Cindy, eine Blondine mit betoniertem Pagenkopf, war Innenarchitektin.

Sie liebte einen rokokoartigen Stil mit Toile-Mustern und Streifen und führte ein florierendes Geschäft, das zwischen dem Potomac und der Chesapeake Bay operierte. Sam fand ihr Stadthaus in Georgetown gleichzeitig piekfein und geschmacklos. Auch die Doppelseite aus *Town & Country*, die Cindy ihr geschickt hatte, brachte sie nicht von diesem Eindruck ab. Theo war zehn Jahre älter als Sam, und sie hatten sich nie besonders nahegestanden. Er behandelte sie mit der typischen Herablassung eines großen Bruders, was sie wiederum reizte, weil sie sich angegriffen fühlte. Es war, als wären sie auf ewig sechsundzwanzig und sechzehn. Während des vergangenen Jahres hatten sie so viel miteinander geredet wie nie zuvor – ständig mussten Entscheidungen getroffen werden, die mit dem Tod ihrer Mutter zusammenhingen, große (Beerdigung oder Einäscherung) und kleinere (die Schriftart auf dem Gedenkzettel, der bei der Trauerfeier ausgeteilt werden sollte) und auch lächerliche (»Moms Friseurin behauptet, sie hätte ihr einen Jadering versprochen«).

Iris, ihre Mutter, hatte Brustkrebs gehabt. Die doppelte Mastektomie, die Entfernung der Lymphknoten und die Bestrahlung waren nicht schnell oder umfassend genug erfolgt, um sämtliche verborgenen Krebszellen zu zerstören, die sich in ihrem Körper eingenistet hatten und sechs Monate später zum vernichtenden Schlag ausholten. Zum Schluss hatte Iris sich – zu Sams Entsetzen – gegen die verheerenden Nebenwirkungen und die minimalen Chancen der Chemotherapie entschieden. Iris spielte weder Opfer noch Märtyrerin, aber sie hatte immer Gleichmut gezeigt. Das waren ihre skandinavischen Gene, sagte sie immer. Ihr Vater stammte nämlich aus Norwegen. Als Sam ihre Mutter davon überzeugen wollte, nach Madison zu ziehen, lachte Iris nur und erklärte, sie sterbe lieber bei sonnigen vierundzwanzig Grad. Also kam Sam zu ihr. Sie ließ Jack allein und ging nach Florida, letztlich nur für drei Wochen. Iris war an ihrem zweiundsiebzigsten Geburtstag gestorben. Theo und Cindy waren einen Tag zu spät gekommen.

Sie bog auf die East Washington ein, die schäbige Einkaufsmeile, die auf der Landenge zwischen dem Lake Monona und dem Lake Mendota verlief, vom Capitol bis zur Interstate: Scheckbüros, Schnellrestaurants, Schnapsläden und ein Vierundzwanzig-Stunden-Sexshop, der, wie sie gelesen hatte, in diesem Jahr schon fünfmal überfallen worden war. Aus reiner Gewohnheit schaute sie in den Rückspiegel, um sich von Ellas Wohlergehen zu überzeugen, und als sie den leeren Kindersitz sah, setzte ihr Herz für einen Schlag aus, bevor ihr Hirn die Kontrolle übernehmen konnte. Sie fuhr am Lotus House vorbei – das war ein Massagesalon nahe des Highway 30 –, außerdem an einem Stripclub und dem flachen Gebäude des Admiral Motel, das Zimmer mit Telefon und HBO-TV für 31,95 Dollar offerierte. Der Bereich um die Motelrezeption war mit Kunstrasen ausgelegt, und ein kaputter Chevrolet Monte Carlo stand vor dem Fenster des ersten Zimmers, seit Monaten schon. Die Tür eines anderen Zimmers stand sperrangelweit offen. Das erste Mal, als sie diese Straße entlanggefahren war, hatte sie sich gewundert. Sie hatte geglaubt, in Madison würde man, nach guter Midwest-Art, seine Laster schamvoll verborgen halten.

Während der Fahrt versuchte sie zu ergründen, warum sie sich immer so schnell über Jack ärgerte: Weil er seinen Tag angehen konnte, ohne sich ständig Sorgen um das Baby machen zu müssen. Weil er keine Ahnung hatte, welche Babyöltücher er kaufen sollte. Weil er wollte, dass sie wieder normal wurde. Wegen allem und wegen nichts. Er war einfach ein praktisches Ventil für ihre Gefühle. Sie atmete tief durch die Nase ein und bemerkte einen Fleck mit eingetrockneter Spucke und Süßkartoffeln auf ihrer Bluse. Ella aß inzwischen richtig und trank weniger an der Brust, darum schrumpften Sams feste Brüste wieder – leider. Irgendwie war Jack auch daran schuld.

Während der Schwangerschaft hatte Sam das Gefühl genossen, ihren Körper einem anderen Wesen zu überlassen, und zum ersten Mal seit der Pubertät war es ihr gleichgültig gewesen, wie sie aussah und dass ihre Oberschenkel die Nähte der Jogginghose dehnten. Sie hatte sich keine Gedanken darüber gemacht, ob sie den zweiten Donut auch noch essen durfte. Damit hatte sie in der Vergangenheit schon genug Zeit verschwendet. Aber in der Schwangerschaft hatte sie etwas über sich selbst gelernt. Sie war glücklich darüber gewesen, wie ihr Körper funktionierte, dass er ein werdendes Leben nährte, dass er fruchtbar war und einen Zweck erfüllte. Und nachdem Ella geboren war, verschwand das alles wieder blitzschnell. Sam sorgte sich über die Hautfalten an ihrem Bauch und die silbrigen Dehnungsstreifen, die wie Finger über ihrer Hüfte lagen. Beim Babyschwimmen beäugte sie die Körper der anderen Mütter, während sie *Wheels on the Bus* sangen und ihre Babys durch das Wasser gleiten ließen. Sie wusste, dass sie sich eigentlich über Ellas fröhliches Quietschen und ihre strampelnden Beinchen freuen sollte. Die Rückkehr ihrer Eitelkeit enttäuschte sie.

In der Drogerie suchte ihr Post-Baby-Hirn (es war in der Größe um vier Prozent geschrumpft, hatte sie gelesen) nach dem Grund, warum sie gekommen war. Sie wanderte die Gänge auf und ab. Plastikbeutel? Batterien? Als sie neben dem abgepackten Brot stand, fiel es ihr wieder ein.

An der Kasse wartete Sam mit ihrer Kastenform hinter einer dünnen jungen Frau mit schlechter Haltung. Sie war sicher kaum älter als zwanzig und trug ein Kapuzensweatshirt und einen rosa Minirock aus Nylon, der schlaff an ihren Hüften herunterhing. Ihre Haare sahen zusammengeklebt aus und bedeckten das halbe Gesicht, ganz so, als wollte sie von ihrer auffällig großen Nase ablenken. Sie war stark geschminkt, mit einer dicken Schicht Billigpuder, der nicht zu ihrem Teint passte, blauem Eyeliner und dunklem, metallisch glänzendem Lippenstift.

»Die sind abgelaufen«, sagte die Kassiererin, eine Frau mittleren Alters, eine Spur zu laut. Sie seufzte und gab dem Mädchen zwei Rabattcoupons zurück. »Und außerdem darf man nur einen pro Artikel einlösen.« Sie reichte einen weiteren über die Kasse hinweg.

»Tut mir leid, das habe ich nicht gewusst«, sagte das Mädchen zum Boden und steckte die Coupons wieder ein.

Sam blickte auf die Einkäufe der jungen Frau: Shampoo, Seife, Kaubonbons, Fertiggerichte und viele kleine Artikel, die schon über die Kasse gelaufen waren. Kondome, einzeln eingepackt, etwa dreißig Stück. Und dann bemerkte sie, was das Mädchen an den Füßen trug. Plastik-Plateauschuhe. Sie ist eine Prostituierte, dachte Sam und bedauerte sie sofort. Sie tat ihr leid, weil sie die Kondome gesehen und weil die Kassiererin sie zur Schnecke gemacht hatte. Sam hoffte, die junge Frau würde sie anschauen, damit sie sie anlächeln und damit sagen konnte: Ich verurteile dich nicht. Wir müssen alle sehen, wie wir überleben. Alles wird gut.

Das Mädchen nahm die Tüte vom Tresen und schlich mit hängenden Schultern davon. Die Kassiererin blickte ihr kopfschüttelnd nach. Sam vermied den Augenkontakt mit der Angestellten, weil sie sich nicht auf ihre Seite schlagen wollte. Sie würde sie dafür bestrafen, dass sie so unhöflich gewesen war.

Draußen riss der Himmel auf. Der Regen war vorbei. Der Wind war frisch und roch nach nassem Laub.

Als Sam den Wagen startete, sah sie die junge Frau in einem verbeulten, angerosteten weißen Auto eine Reihe weiter. Mit Hilfe des Spiegels in der Sonnenblende zupfte sie sich die Augenbrauen. Arbeitete sie tagsüber? Oder guckte sie Fernsehen, bis es Zeit war? Wo wohnte eine Prostituierte in Madison? Wie sah ihr Alltag aus?

Sam wartete. Das Mädchen fuhr rückwärts aus der

Parklücke. Und Sam folgte ihr. Sie ließ immer ein bisschen Abstand zwischen ihrem Auto und der weißen Limousine, als sie beide von der East Washington nach links abbogen. Sie wusste, dass es mehr als merkwürdig war – geradezu idiotisch –, einer wildfremden Frau einfach so hinterherzufahren, aber das war ihr egal. Sie wollte nicht nach Hause.

Die Frau blinkte links, und Sam tat das Gleiche. Sie bogen in das Sunrise Inn ein. Das war nicht ganz so mies wie das Admiral, aber es war trotz allem schäbig, dubios und irgendwie zwielichtig. Durch milchige Fensterscheiben konnte man ein Schwimmbecken sehen – ein Ort, an dem man sich jede Menge Keime oder irgendwelche Geschlechtskrankheiten einfangen konnte. Das Motel lag nur ein paar Läden von dem Massagesalon entfernt. Sam fuhr nebenan auf den Parkplatz einer schmuddeligen Kindertagesstätte namens Kidzone. Das Geschäftsschild war angeschlagen und ausgeblichen und die Fenster schmutzig gelb.

Als die Frau aus dem Wagen stieg, wirkte sie noch verhuschter, als sie Sam in dem Supermarkt erschienen war. Das Gesicht mit der spitzen Rattennase war blass, die Schultern hingen nach vorne, während die Frau sich mit einer großen Limo und den Drogerie-Tüten abmühte. Sie fummelte ihren Schlüssel ins Türschloss und rüttelte am Griff, bis die Tür schließlich aufsprang. Dann drehte sie sich um und schaute direkt auf Sam, die erstarrte und hoffte, die Windschutzscheibe würde sie verdecken. Die Frau ging hinein und wurde von dem schwarzen Zimmer verschluckt. Hinter ihr schlug die Tür zu.

Eine stämmige, schwarzhaarige Frau, die trotz der Kälte nur eine Jogginghose und ein bauchfreies Top trug, kam aus einem anderen Zimmer getrottet, lehnte sich mit dem Rücken an den Balkon und rauchte eine Zigarette. Sie schnupperte an ihrer Achselhöhle, ohne eine Miene zu verziehen. Ihre Schultern waren voller Aknenarben, und ihre Ellenbogen wirkten trocken und rissig. Ein Junge in Batman-Maske streckte den Kopf aus der Tür. Plötzlich kam Sam der Gedanke, dass der Junge genauso alt war, wie ihr Sohn inzwischen wäre, und ein heißes, stechendes Gefühl von Schuld durchfuhr sie. Sie hatte sich nie gestattet, um ihn zu trauern. Das verdiente sie gar nicht.

Die Frau schrie den Jungen an, er solle wieder hineingehen, und deutete mit der Zigarette ins Haus.

Sam schüttelte den Kopf. Was mache ich hier?, dachte sie. Dann spielte sie die Nachricht ihres Bruders ab.

»Sammy, hier ist Theo. Du hast heute sicher das Paket bekommen, das ich dir per Express geschickt habe. Ich habe versucht, die letzten Sachen von Mom durchzusehen, und ich dachte, du willst dir manches davon vielleicht auch anschauen. Vergilbte Fotos, dies und das – wahrscheinlich Erinnerungsstücke. Alles in einer alten Holzkiste. Ich weiß nicht, ich will nicht unsensibel klingen, aber ich will wirklich nichts davon. Bei mir verschimmelt das alles bloß im Keller. Du warst immer sentimentaler als ich. Und jetzt hast du Ella. Ruf mich an.«

Sam empfand den Verweis auf Ella wie eine Anklage. Cindy und er hatten sich jahrelang bemüht, ein Kind zu bekommen, erst mit Clomifen, um einen Eisprung auszulösen, dann mit fünf IUI-Versuchen und schließlich mit sechs IVF-Zyklen zu je 15 000 Dollar. Es klang ein bisschen unfair, aber Sam war davon überzeugt, dass Cindy zu dünn war, um schwanger zu werden. Sie übergab sich heimlich und betrieb zwanghaft Ausdauersport. Als Cindy zweiundvierzig wurde, hatten sie aufgehört, es zu versuchen. Einmal hatte Sam eine Adoption vorgeschlagen, aber Theo war alles andere als begeistert gewesen.

»Wir wollen ein eigenes Kind haben, nicht das von jemand anderem«, hatte er erklärt. »Und dabei bleibt's.«

Sams Freundin Mina aus New York hatte für ihren schwulen Bruder und dessen Partner ein Kind ausgetragen. Sam bewunderte die Großherzigkeit ihrer Freundin und fand, dass sie das fast zu einer Heiligen machte, aber sie liebte weder Theo noch Cindy genug, um das Thema auch nur zu erwähnen. Sie hätten sowieso nicht gewollt, dass sie ihr Kind austrug. Dadurch würden sie nämlich ewig in Sams Schuld stehen. Vor allem aber war die Sache zu intim, und Intimität war in ihrer Familie noch nie besonders großgeschrieben worden.

Als Sam nach Florida gefahren war, hatte sie sich dafür gewappnet, ihre Mutter abgemagert und krank zu erleben, und sie hatte befürchtet, ihr nicht in die Augen sehen zu können. Doch als sie von Iris am Flughafen abgeholt wurde, fand sie, dass ihre Mutter auffällig unauffällig aussah. Ihr brünettes Haar war zu einem schicken Bob geschnitten, und sie trug eine weiße Leinentunika mit Khakihosen. Die große Sonnenbrille hatte sie sich auf den Kopf geschoben. Als sie sich umarmten, war Sam irritiert, wie klein ihre Mutter sich anfühlte. Ihre Brustprothesen waren fest und groß, und ihr Gesicht hatte eine gesunde Farbe von der Sonne angenommen. Insgesamt war Sam erleichtert. Vielleicht hätten sie doch noch mehr Zeit zusammen. Inzwischen war ihr Schwangerschaftsbauch zu sehen, ein fester, kleiner Hügel, den Iris lächelnd streichelte.

Doch die Illusion, Iris ginge es gut, verschwand schon bald. Als sie die Wohnung erreichten, war die Energie, die Iris in den ersten Eindruck gesteckt hatte, bereits verbraucht. Auf den Stufen vor der Tür musste ihre Tochter sie stützen. Und später, als Sam ihr beim Baden half, wurde Iris' Zerbrechlichkeit erschreckend deutlich. Wann hatte sie ihre Mutter zuletzt nackt gesehen? Sie erinnerte sich an den Tag vor vielen Jahren – da musste Iris Ende vierzig gewesen sein. Iris hatte geduscht und war in Gedanken, so dass sie das Handtuch, das sie um ihren Körper gewickelt hatte, einfach abnahm und aufhängte. Da hatte Sam die fraulichen runden Hüften, die vollen Brüste und die kleine Speckfalte am Bauch ihrer Mutter gesehen.

Jetzt hatte sie keine Kurven mehr, und über ihren Knochen lag nichts Weiches. Ihre Haut wirkte schlaff, trocken und dünn. Zwei zackige diagonale Narben kreuzten wütend ihren Oberkörper, dort, wo früher die Brüste gewesen waren.

»Ich hab es ihnen leichtgemacht«, sagte Iris. »Ich wollte keine Rekonstruktion. Kurz und schmerzlos.«

Sie zuckte mit den Schultern. »Es war kein so großer Verlust. Obwohl die Narben wirklich fies jucken. Darauf könnte ich gut verzichten.«

Tapfer versuchte Iris, einen unbekümmerten Ton anzuschlagen, und Sam spielte mit. Mit einem Waschlappen reinigte sie die Überreste des Körpers, der sie geboren hatte. Wegen Sams Schwangerschaft wurde das Bad zu einem seltsamen Ballett. Jede Bewegung musste sie ihrer neuen Form anpassen.

»Deine Frisur ist schön«, bemerkte Sam, und beide lachten.

»Irgendwann wirst du verstehen, wie schwer es mir fällt, dich um mich zu haben«, sagte Iris, als hätte Sam das nicht schon selbst gemerkt.

»Ich bin froh, dass ich bei dir sein kann, Mom«, hatte Sam geantwortet. »Ich möchte nicht, dass du das als ein Opfer siehst.«

»Es tut mir sehr leid, dass ich so viel von dir verlangen muss«, hatte Iris darauf gesagt.

Durch die Windschutzscheibe konnte Sam sehen, wie drei kleine Mädchen mit kurzen schwarzen Haaren und Ohrringen aus der Tür der Tagesstätte gewatschelt kamen, angeführt von einer winzigen alten Frau mit einem zylinderartigen Hut.

Sie waren vermutlich Hmong, eine Volksgruppe aus Südostasien, von der Sam noch nie gehört hatte, bevor sie nach Madison gezogen war. Zum ersten Mal hatte sie die Hmong auf dem Bauernmarkt gesehen. Sie waren klein von Gestalt und hatten breite, liebenswürdige Gesichter. Ihre Erzeugnisse waren billiger als die der anderen Stände. Während des Vietnamkrieges hatte die CIA sie angeworben, um in Amerikas »Geheimem Krieg« zu kämpfen. Als sich die USA aus der Region zurückzogen und die Kommunisten an die Macht kamen, rächten sie sich an den Hmong. Hunderttausende flohen, und viele dieser Flüchtlinge landeten schließlich in Wisconsin.

Wie konnte ich mich jemals über irgendwas beklagen, dachte Sam. Für die Hmong muss der erste Winter in Wisconsin wie die Verbannung in eine Eishölle gewesen sein.

Eins der kleinen Kinder weinte. Der Rotz lief dem Mädchen in den offenen Mund, aber die alte Frau ignorierte es. Sie führte ihre Schützlinge – die für die Kälte nicht warm genug angezogen waren, wie Sam bemerkte – über den Parkplatz und hinaus auf die Einkaufsstraße. Sam beobachtete im Rückspiegel, wie die kleine Gruppe im Gänsemarsch über die belebte Straße trottete. Nach einer Weile war der wippende schwarze Hut das Einzige, was sie noch erkennen konnte. Sam hatte die Sozialwohnungen von Madison noch nicht gesehen, aber sie wusste, dass sie sich ganz in der Nähe befanden, versteckt hinter den Fast-Food-Restaurants und den Reifenläden. Waren sie dorthin unterwegs? Hätte sie ihnen anbieten sollen, sie zu fahren?

Ein lautes Klopfen an ihrer Fensterscheibe ließ sie erstarren. Es war ein Polizist. Aus seinem Funkgerät dröhnte ein Rauschen und Piepen, durchmischt mit der abgehackten Stimme einer Frau aus der Zentrale. Sam ließ das Fenster herunter.

»Ist ihr Kind da drin?«, fragte er und deutete auf die Tagesstätte.

»Nein. Sie ist bei … Ich habe nur … kurz Pause gemacht und nachgedacht.«

»Sie lungern hier herum. Vor einer Kindertagesstätte.«

»Was? Nein, nein. Ich fahre ja schon weg.« Sie setzte sich aufrecht und griff nach dem Zündschlüssel.

»Moment mal. Sie fahren nicht weg, bevor ich es Ihnen erlaube. Führerschein und Fahrzeugpapiere, bitte.«

Als der Polizist mit Sams Papieren davonging, entdeckte sie das Spiegelbild ihres Autos im Fenster von Kidzone und begriff mit Schrecken, dass er gerade überprüfte, ob sie irgendeine Perverse war, die auf der Liste der registrierten Sexualstraftäter stand. Sie war starr vor Scham. Schweißtropfen rannen an ihrem Körper herunter, und sie wusste nicht, was sie mit ihren Händen anfangen sollte. Schließlich umfasste sie die untere Querstrebe des Lenkrads. Dann kam der Cop zurück und reichte ihr die Papiere ins Auto.

»Tut mir leid, wenn ich Aufregung verursacht habe. Ich bin Mutter«, sagte sie, als würde diese Tatsache sie von jedem Argwohn freisprechen.

»Machen Sie, dass Sie wegkommen, Ma'am«, bellte er und verschwand.

Mit zitternden Händen startete sie den Wagen und fuhr rückwärts aus der Parklücke, in Sichtweite des Cruisers. Sie wollte lächeln und winken, um jeden Verdacht des Polizisten zu zerstreuen, aber sie ließ es bleiben, weil sie wie so oft in letzter Zeit nicht wusste, ob sie es schaffen würde, normal zu wirken. Während des vergangenen Jahres war ihr das Gefühl für sich selbst abhandengekommen, als wäre ein innerer Filter kaputtgegangen. In dem Moment, als sie den Gang einlegte und aufsah, bemerkte sie die Frau, der sie gefolgt war. Sie stand im Türrahmen eines Motelzimmers und naschte Skittles-Kaubonbons aus einer großen Tüte. Das Haar hatte sie sich jetzt zu einem Pferdeschwanz gebunden, der ihre spitze Nase betonte, und auf die Lippen hatte sie lila Lipgloss aufgetragen. Sie trug weder Schuhe noch Strümpfe und hatte einen Fuß in die Kniekehle des anderen Beins gelegt, wie ein Flamingo. Im Grunde war sie ein ganz normales Mädchen. Irgendwann ein paar falsche Entscheidungen, und prompt war sie auf die schiefe Bahn geraten. Sam konnte bestimmt mit ihr reden und versuchen, eine Beziehung zu ihr aufzubauen, warum auch nicht? Wen willst du eigentlich überzeugen?, fragte sie sich selbst. Du kannst ja nicht mal mit deinem Ehemann reden. Aus dem Augenwinkel sah sie den Polizisten und fuhr langsam davon.

Sie merkte, dass der Tag ihr entglitt, dabei musste sie doch etwas zustande bringen. Der Gedanke, dass ihre Arbeit absurderweise mit Jacks Karriere zusammenhing, verursachte ihr Augenschmerzen. Sie machte sich auf den Weg in die vertraute Nachbarschaft, wo die Bäume farbig leuchteten, die Sonne hoch am Himmel stand, Tibetflaggen und Fahrräder die Veranden zierten und Schilder im wuchernden Rasen der Vorgärten steckten: ES GIBT KEINE SAUBERE KOHLEKRAFT, ICH STEHE AUF RALPH NADER, HEUTE STEHEN WIR AM AB-

GRUND – MORGEN SIND WIR EINEN SCHRITT WEITER. Vor den Hauseingängen sah man Vogelscheuchen und aufwendig geschnitzte Kürbislaternen, und Sams Nachbar hatte einen lila Elchkopf an seine Haustür montiert.

Als sie aus dem Auto stieg, empfand sie ein seltsames Gefühl von Freiheit – sie hatte nichts zu tragen außer einer beschichteten Kastenform. Keine Einkäufe, keine Windeltasche, kein Baby. Sie genoss ihre völlige Unbeschwertheit. Doch als sie auf ihr kleines weißes Haus zuging, rückte das Paket auf den Stufen in ihr Blickfeld. Furcht legte sich über die Leichtigkeit. Vielleicht wäre es besser, nicht noch mehr über ihre Mutter zu wissen. Wusste sie denn nicht schon genug?

Sie hob den Karton hoch, schleppte ihn hinein und ließ ihn auf den Küchentisch plumpsen.

Violet

Violet führte ihre Mutter an der Hand durch Chinatown, weg von Madam Tangs Rauchsalon und zurück in eine vertrautere Gegend. Auf der Sonnenseite der Park Row wechselten sie in ein gemütliches Tempo und wurden zu einem Teil des nachmittäglichen Menschenstroms aus Händlern und Kunden, die vom Chatham Square her kamen. Während sie langsam um die Straßenbiegung wanderten, zeichnete sich vor ihnen das gewaltige Park Row Building ab, das eines Tages, wenn man es fertiggestellt hätte, das höchste Gebäude der Welt sein würde.

»Er heißt Mr. Lewis, und er ist ein wohlhabender Gentleman«, sagte Lilibeth versonnen, die Hand auf den Hals gelegt. Sie sprach über ihren neuesten Galan. Violet mochte es sehr, wenn ihre Mutter in dieser Stimmung war, dann fühlte sie sich weniger von ihren Launen irritiert.

»Er ist Bankbeamter«, erklärte sie, als hätte sie schon völlig vergessen, dass sie verheiratet war.

Lilibeths stets ordentlich frisiertes Haar war jetzt zerzaust, die Haarnadeln hatte sie nachlässig hinter die Ohren gesteckt. Ihr Kleid aus weißem Leinen und Spitze war am Saum schmutzig, und wenn der Wind blies, konnte man ihre dünnen Arme in den bauschigen Ärmeln erkennen.

»Er weiß noch nichts von dir«, sagte sie. »Ich wollte ihn nicht abschrecken. Du weißt ja, wie es ist, Vi.«

Und ob Violet es wusste. Seit ihrer Ankunft in New York City hatte es eine ganze Reihe von Männern gegeben: Pfandleiher, Wohltäter, Falschspieler, Politiker. Und jedes Mal übertrieb Lilibeth ihren singenden Tonfall und tat wie eine feine Dame.

Das fand Violet zu Anfang seltsam, dann ärgerlich, und schließlich ignorierte sie es. Wenn die Stadtmenschen – besonders die Männer – glauben wollten, dass sie aus einem Herrenhaus mit weißen Säulen kam, dann sollten sie eben. Wenn ihre Mutter alle möglichen Geschichten erfand, ließ Violet niemals durchblicken, dass Aberdeen – eigentlich ganz Barren County – das Allerletzte war. Es hatte überhaupt nichts Vornehmes, nur Prärie, Höhlen und Erdlöcher voller Bisamratten, wilde Truthähne und Schlangen.

Nino sagte, das machte nichts, denn jeder in der Stadt stammte ursprünglich von einem anderen Ort, und er wäre lieber aus Kentucky als aus Kalabrien, darum sollte sie zufrieden sein.

Violet dachte nicht gern darüber nach, dass ihre Mutter ohne sie wohl besser dran wäre, und sie war immer noch bereit, Lilibeth von neuem zu glauben, dass dieses Mal endlich mehr daraus werden würde. Ihre

Mutter hätte sie schließlich auch in Aberdeen zurücklassen können, aber das hatte sie nicht getan.

Als sie sich dem Rathaus näherten, flogen die Tauben auf und ließen von einem alten Brötchen ab, dessen Krümel unter Violets Füßen knirschten. Ein paar Jungen, die ihre Hosenbeine bis unter die Knie hochgerollt hatten, spielten im Park nebenan eine Partie Münzenwerfen. Sie erkannte einen Dieb, der auf der Doyers Street sein Revier hatte, und Buck, einen Zeitungsjungen mit zwei vorstehenden Schneidezähnen. Mit seinen Mausaugen funkelte er sie böse an, neidisch, weil sie sich gut mit Nino verstand.

Der Dieb schaute von seinem Spiel auf, pfiff und riss sich das Hemd vorne auf. Lilibeth rief häufig solche Reaktionen hervor. Violet blickte finster drein, aber ihre Mutter merkte nichts davon und spazierte lächelnd weiter, begleitet vom Gezwitscher der Stare in den Büschen.

Die Gaslampen wurden entzündet, und die elektrischen Lichter der Brücke – ein blauweißes Licht alle dreißig Meter von Manhattan bis Brooklyn – brannten hell in der Dämmerung. In den Fenstern der rußgeschwärzten Mietshäuser spiegelten sie sich wie Punkte aus Feuer.

Bald waren sie in der Water Street angelangt, wo das Halbdunkel eine Mischung aus glitzernden Verlockungen und Sünde zu verheißen schien. In einer Gasse hatten sich Dockarbeiter mit Wollmützen versammelt und beobachteten unter lautem Gejohle einen Hahnenkampf. Violet blieb stehen, um einen Blick auf die Hähne zu erhaschen, die umeinander herumtänzelten und sich mit ihren gespitzten Schnäbeln und geschärften Krallen gegenseitig blutig hackten.

»Komm jetzt«, drängte ihre Mutter. »Hör auf zu trödeln. Du gehörst in die Wanne.«

Mit Mr. Lewis' Hilfe hatte Lilibeth ein neues Zimmer in dem Gebäude am Kai gemietet, eine Mansarde mit Fenster und Waschbecken. Die Decke war niedrig, aber das Zimmer wirkte überraschend geräumig. Von einem bestimmten Blickwinkel aus konnte Violet ein winziges Dreieck des Flusses erkennen, in dem sich die Lichter der Stadt spiegelten. Sie wünschte sich, dass dieses Zimmer zu ihrem Zuhause wurde.

»Ich habe eine Arbeit«, berichtete Lilibeth und huschte mit der Hand durchs Haar. Sie drehte sich von dem Wassertopf auf dem Herd zu Violet um und lächelte sie mädchenhaft und zufrieden an.

»Wirklich?«

»Ein bisschen bügeln. Für die Frau des Lebensmittelhändlers, Mrs. Baker, du weißt schon, sie hat dieses komische platte Gesicht. Vielleicht kannst du mir dabei helfen?«

Violet nickte, weil sie die gute Laune ihrer Mutter nicht dämpfen wollte.

»Ich gehe da nicht mehr hin. Zu Madam Tang.« Mit feuchten Augen drehte Lilibeth sich wieder um.

Die Luft, die vom offenen Fenster hereinkam, war kühl und roch nur ganz leicht fischig. Violet klopfte mit den Fingerspitzen auf die Scheibe und zwang sich, nicht schon wieder nach der Leine der Hoffnung zu greifen, die ihre Mutter jedes Mal wieder auswarf, wenn sie sich auf ihre Mutterrolle besann.

»Du bereust doch nicht, dass du mitgekommen bist, oder, meine Kleine?« Lilibeths Gesichtszüge drohten zu entgleisen. Ihre Augen waren feucht und weit aufgerissen.

»Nein, Mama«, sagte Violet. Und sie sagte die Wahrheit.

Ihre Mutter schüttete mehrere Kannen mit kaltem Wasser vom Waschbecken in eine Blechwanne, die auf dem Boden stand. Dann wickelte sie Handtücher um den Topf auf dem Herd und goss das kochende Wasser dazu.

»Ich habe nicht geahnt, dass sie dir deine schönen Haare abschneiden würden.« Sie half Violet, ihr Kleid über den Kopf zu ziehen. »Das ist wirklich schade.«

Die Wärme machte Violets Haut rosa, und ihr Dreck färbte das Badewasser grau. Sie schloss die Augen, als ihre Mutter ihr das Wasser über den Kopf goss. Violet hatte sie vermisst – es war ein instinktiver, wortloser Schmerz gewesen –, egal, wie oft sie sich selbst das Gegenteil eingeredet hatte, egal, wie sehr sie nicht abhängig sein wollte von jemandem, dessen Augen ständig auf ein weit entferntes, unsichtbares Land gerichtet waren.

»Mit der neuen Frisur siehst du deinem Vater noch ähnlicher.«

»Das stimmt nicht.«

»Er sah gut aus«, sagte Lilibeth. »Auf seine Weise.«

Nach der Hochzeit, als klar wurde, dass Lilibeth nicht

in der Lage war, zu kochen oder sich um die Hühner zu kümmern oder gar Plätzchen zu backen (»Warum sollte ich so was auch können«, hatte sie sich bei Violet beklagt), da machte Bluford deutlich, dass er sich betrogen fühlte. Der letzte Rest an Zuneigung zwischen ihnen vertrocknete und wehte fort wie totes Laub.

»Glaubst du, er vermisst uns?«, wollte Violet wissen.

»Wohl kaum«, antwortete ihre Mutter und seifte Violets Haare ein. »Aber wir vermissen ihn auch nicht, stimmt's?« Sie kicherte. »Sein blöder Gang, ganz gebeugt, weißt du noch? Als hätte er Angst gehabt, dass es Frösche vom Himmel regnet.«

»Und wie er Kekse gegessen hat. Er hat erst mal das ganze Oberteil abgebissen und so gekaut, dass alle Welt sehen konnte, was er im Mund hatte«, fügte Violet hinzu.

»Und seine Mutter erst. Diese hässliche Alte mit dem vernarbten Gesicht, die bei Tisch laut gerülpst hat.«

»Ich hab es gehasst, dass er mich immer ›das Mädchen‹ genannt hat«, sagte Violet.

Das Badewasser kühlte schnell ab. Lilibeth spülte Violets Haare aus und half ihr, sich mit einem dünnen Tuch abzutrocknen, das sie aus Kentucky mitgebracht hatten.

Violet fühlte sich ruhig und geborgen durch die Berührung ihrer Mutter.

»Du warst nie seine Tochter«, bemerkte Lilibeth, die jetzt auf dem Bett lag. »Du brauchst dir doch bloß seine eisblauen Augen anzugucken. Du warst immer meine Tochter. Du hast mich zur Mutter gemacht. Du bist die

Einzige, die das jemals sagen kann.« Sie schloss die Augen.

Violet zog ein altes Kleid an. »Ich hab Hunger«, verkündete sie.

»Schau mal in den Schrank. Ich kann dir gleich was machen.«

»Gehst du nachher aus?«, fragte Violet.

»Mr. Smith lädt mich ins Varieté ein. Das wird sicher fantastisch.«

Reginald Smith war ein Dichter mit müden Augen, der einen ausgefransten Mantel und eine goldene Uhr trug. Seine wohlhabende Uptown-Familie gewährte ihm eine ansehnliche Apanage, dank derer er sich einen gewissen, wenn auch bescheidenen Lebensstil leisten konnte. In seinem großen, schäbigen Apartment übernachtete ihre Mutter häufiger, vermutete Violet. Wenn er sich nicht gerade in seiner Wohnung einsperrte und seinen Hirnwindungen ein Gedicht abtrotzte, das sicher für Wirbel sorgen würde, wenn er es bloß den richtigen Leuten zu lesen geben könnte (»Er schreibt wunderschöne Sachen, Vi. Bei uns zu Hause wüsste das niemand zu würdigen.«), dann vergötterte er Lilibeth, nannte sie »Liebling« und führte sie aus. Violet hatte ihn erst ein einziges Mal getroffen. Sie durfte mitgehen, als die beiden sich ansahen, wie Elefanten für den Zirkus von einem Schiff geladen wurden. Er war aufgedreht herumgesprungen und hatte mit den Armen gewedelt wie ein Zauberer. Als sie ewig auf die Elefanten warten mussten, hatte er Violet einen riesigen rosafarbenen Lutscher gekauft und erklärt, sie sei der Inbegriff von

Unschuld und Schönheit. Wenn er dabei war, wechselte Lilibeth immer zu ihrer melodischen Südstaatenstimme – das mochte er.

Violet hatte nicht viel für ihn übrig, aber sie hielt ihn für ungefährlich. Sie fand ihn albern, fadenscheinig wie eine Puppe aus Papier. Aber Lilibeth begann, länger wegzubleiben als nur eine Nacht hier und da. Sie wurde immer blasser und war gleichzeitig apathisch und aufgewühlt. Sie war ständig müde, schlief aber nie, klagte über Kopfweh und schmerzende Hüften und scheute das Licht. Es war Nino, der herausfand, was mit ihr los war. Er beobachtete, wie Lilibeth in das Treppenhaus verschwand, das zu Madam Tang führte, während benebelte Kunden wieder herauskamen.

»Das ist 'ne Opiumhöhle«, sagte er. »Da rauchen sie das Zeug in Pfeifen.«

Es war keine echte Überraschung. Schon seit ihrer Ankunft in der Stadt hatte Lilibeth es scheinbar darauf angelegt gehabt, sich ins Unglück zu stürzen. Doch in dem Moment hatte Violet das Gefühl, eine Falltür würde sich unter ihren Füßen öffnen und sie ins Dunkle, Kalte werfen. Die Welt war von neuem unbegreiflich und bedrohlich geworden. Lilibeth hatte sie mitgenommen, als sie Aberdeen verließ, aber jetzt, wo sie hier waren, wurde Violet klar, dass sie ihr zur Last fiel und dass ihre Mutter besser dran wäre ohne sie.

Lilibeth drehte sich zur Wand. »Kannst du heute Abend alleine bleiben?«, fragte sie.

Violet nickte, obwohl sie wusste, dass ihre Mutter sie nicht sehen konnte, und sah sich die vielen Schüsseln,

Gläser und Töpfe an. Das Einzige, was sie finden konnte, war eine Zwiebel, die an einer Stelle schon matschig und feucht war, aber dann entdeckte sie ein Päckchen Pekannüsse und ein Bündel Dollarscheine in einer Kaffeebüchse. Vielleicht war Mr. Lewis ja doch ganz in Ordnung. Sie wartete eine Weile, schaute zu, wie das letzte bisschen Licht aus dem Zimmer entwich, knabberte die süßen, weichen Pekannüsse und trank den starken, heißen Tee in kleinen Schlucken. Sie fühlte sich sauber und warm und gut. Schließlich stellte sie die Tasse ins Waschbecken, nahm sich einen Dollar von dem Bündel und stellte die Büchse wieder in das oberste Schrankfach zurück.

Die Laternen und die Lichter auf der Brücke brannten, und die Kneipen waren hell erleuchtet. Es war Nacht im Fourth Ward, und Violet saß mit den Jungs in einer Gasse hinter der Water-Street-Kneipe. Da waren Nino, Jimmy (der gerade erst aus dem Gefängnis entlassen worden war) und der teiggesichtige kleine Charlie, der den ganzen Tag über das Fett aus den riesigen Kesseln mit Knochen und Schlachtabfällen abschöpfte. Charlie musste sich ein Stück entfernt von den anderen hinsetzen, weil er nach faulem Fleisch stank.

»Mikey ist mit dem Zug weggefahren«, berichtete Nino und warf eine Austernschale fort.

Violet sah ihn lange an, um zu prüfen, ob er es ernst meinte. »Woher weißt du das?«, fragte sie. »Er wird bestimmt bald wiederauftauchen.«

Sie griff sich ans Knie, um den Schorf von einer

Wunde abzukratzen. Als sie aus dem Fenster im Heim geklettert war, hatte sie sich verletzt.

»Sein Papa hat ihn dazu gezwungen. Er hat ihn mit seinem Gürtel verdroschen. Mikey hat noch versucht, sich in der Lagerhalle zu verstecken, aber sie haben ihn wohl erwischt.«

»Wieso wollte er unbedingt, dass Mikey fährt?«, wollte Violet wissen.

»Sie zahlen bares Geld für Kinder«, rief Charlie von seinem Platz aus.

»Ich dachte, das sind Prediger«, warf Violet ein.

Nino zuckte mit den Schultern.

»Verdammt, wo soll ich unterschreiben?«, lachte Jimmy. »Ich hab nix gegen gutes Geld.«

»Du bist zu alt«, erklärte Nino.

»Ich sehe keinen Tag älter aus als fünfzehn«, sagte Jimmy und riss Nino die Flasche aus der Hand.

»Wo fährt der Zug überhaupt hin?«, fragte Violet.

»Irgendwo Richtung Westen. Wo die Farmen sind«, behauptete Nino.

Violet dachte an die Weihnachtskrippe, die sie einmal gesehen hatte, mit sanften Tieren und dem kleinen Jesuskind.

»Ich hab gehört, sie machen die Kinder zu Sklaven«, sagte Charlie. »Und jetzt gebt mir die Flasche.«

Violet nahm einen Schluck von dem scharfen Rum, bevor sie die Flasche weiterreichte. Sie konnte ihre Mutter nicht verlassen, und ihre Mutter würde das auch gar nicht erlauben.

Drinnen spielten sich die Musiker ein. Violet ging

um das Haus herum, um einen Blick durch das Fenster zu werfen, und stellte sich vor eine der wenigen noch heilen Scheiben. Das Licht in der Bar schimmerte in einem warmen, rauchigen Orange.

»Zwanzig Cents der Tanz«, rief der Wirt.

Zwölf Mädchen mit blumengeschmückten Haaren und Röcken, die gerade mal bis übers Knie reichten, liefen am Rand der Tanzfläche umher. Dann setzte die Musik ein, und die Mädchen bildeten zwei Reihen und wiegten sich im Takt. Einige Männer in der Bar standen auf und versperrten Violet die Sicht. Ab und zu erhaschte sie einen Blick auf die Tänzerinnen, die vorbeidefilierten, Pirouetten drehten und sich in Quadrille-Formation gegenüberstanden.

Violet hüpfte im Takt der Musik auf und ab, auch noch, als dem Geigenspieler zwei Saiten rissen. Dann kam Nino um die Ecke und blieb ein paar Schritte entfernt von ihr stehen.

»Lass das«, sagte er.

Violet hielt abrupt in der Bewegung inne, weil sie irritiert war von Ninos Tonfall und seiner unter der Oberfläche schlummernden Wut.

»Du bist doch kein Flittchen«, presste er hervor und spuckte auf den Boden.

»Das kann dir doch egal sein«, rief sie und bemühte sich, ärgerlich zu klingen, um das Zittern in ihrer Stimme zu verbergen. In der Kneipe waren die Musiker gerade zu einer schottischen Volkstanzweise übergegangen.

Plötzlich kamen Jimmy und Charlie aus der Gasse geschossen – zwei Matrosen waren ihnen auf den Fersen.

»Lauft!«

Nino und Violet rannten mit ihren Freunden kreuz und quer durch die Straßen, um die Verfolger abzuschütteln. Als sie am Fluss angelangt waren, ließen sie sich ausgepumpt zu Boden fallen, keuchten und lachten.

Li, Madam Tangs Laufbursche, lehnte an einem Laternenpfahl in der Nähe, direkt vor einem Matrosenheim.

»Wenn das nicht das Schlitzauge ist«, sagte Jimmy, als Li näher kam.

»Komm bloß nicht mehr hoch zu uns«, sagte Li wütend zu Violet.

»Und ich dachte schon, du vermisst mich«, entgegnete sie.

Nino lachte.

Li quetschte sich zwischen zwei Fässer, die neben ihnen standen. Plötzlich wuselte eine große Ratte hervor. Violet versuchte, sie mit einem Stein zu treffen.

»Was riecht denn da so?«, fragte Li und hielt sich die Nase zu.

Nino zeigte mit einer Kopfbewegung auf Charlie.

»Also, ich rieche gar nichts«, sagte Charlie. »He, Kentucky, findest du, dass ich schlecht rieche?«

»Du stinkst«, verkündete Violet.

Gewärmt von dem Rum in ihrem Bauch lehnte sie sich gegen einen Jutesack und schaute auf zu den Schiffsmasten, die bis in den Himmel zu reichen schienen. Die Mondsichel stand hoch über ihnen. Hier war also ihr Platz, und sie war froh, weder im Heim noch in Aberdeen sein zu müssen. Sie wünschte sich, dass alles so bleiben würde. Doch wenn sie weiter darüber nachdachte, würde sie zugeben müssen, dass sich bereits Dinge geändert hatten. Nino hatte ihr befohlen, mit dem Tanzen aufzuhören, und deswegen schämte sie sich auf eine Art, die neu und verwirrend war. Sie war ein Kind, ein Mädchen, das bald keins mehr sein würde.

Li sprang hervor und versuchte, die Reste aus den Pfeifen zu verkaufen, aber der junge Matrose, den er angesprochen hatte, ging eilig davon.

»Hast du das schon mal probiert?«, fragte Violet ihn, als er zurückkam.

»Das ist für Dummköpfe«, erklärte Li. »Das meint jedenfalls Madam Tang.«

»Halt den Mund«, rief Nino.

»Was?«, rief Li verärgert.

»Ich hab's probiert«, sagte Jimmy. »Es ist wie Tabak, der dich betrunken macht.«

»Du bist total bescheuert«, sagte Charlie.

Jimmy zuckte mit den Achseln und spuckte auf die Straße.

Li faltete ein Päckchen aus Zeitungspapier auf. Darin lagen schwarze, klebrige Aschereste.

»Wer will rauchen?«, fragte er und zog eine kleine Pfeife aus der Tasche, die er wie eine Zigarre zwischen die Finger nahm.

»Braver Junge«, brummte Jimmy mit tiefer Stimme. Er war kein Kind mehr, war keiner mehr von ihnen, egal wie sehr er sich bemühte, diese Tatsache zu leugnen. Nino hatte Violet anvertraut, dass Ollie Jimmy die Zeitungsrunde wegnehmen würde. Er war inzwischen zu alt für einen Zeitungsjungen. Eine große Narbe zierte seinen Handrücken.

»Ich hab einen Dollar«, rief Violet. »Was sollen wir damit machen?«

»Wo hast du den her, Mädchen?«, fragte Jimmy.

»Hab ich meiner Mutter geklaut.«

»Das zählt nicht als Klauen«, sagte Nino. »Sie hat dir doch noch nie was Gutes getan, immer nur sich selbst.«

Ein paar weißgekleidete Matrosen torkelten vorbei und sangen angeheitert *Row, Row, Row Your Boat*.

»Wollt ihr Jungs ein orientalisches Zauberpulver kaufen?«, fragte Li. Er lief zu den Matrosen hin, um das Geschäft abzuschließen.

»Lasst euch nicht schanghaien, Jungs!«, brüllte Charlie.

»Juuhuuuh!«, schrie Jimmy. »Wir lassen uns total volllaufen!«

Draußen vor dem Tiger Eye schlug die Polizei gerade auf einen Mann ein, einen Italiener, den Nino vom Schlachthaus kannte.

Die Schläge waren ohne Schwung, der Mann war schon bewusstlos. In dunklen Ecken standen andere Männer herum und schauten begierig zu. Blutige Brühe rann durch die Lücken im Kopfsteinpflaster.

»Los«, forderte Violet die anderen auf.

Als sie sich vom Wasser entfernten, wurde der faulige Fleischgeruch der Knochenleimfabrik stärker.

»He, Charlie, hier riecht es so wie du«, rief Jimmy und trat draußen vor einem verschlossenen Marktgebäude einen Stapel schimmeliges Gemüse um.

Die Dugan-Brüder saßen vor der Tür ihres Mietshauses und warfen Steine nach Passanten.

»Na, hat deine Mutter da drinnen zu tun, Red?«, fragte Nino.

»Hau ab«, erwiderte der. »Wenigstens ist sie nicht arm wie eine Kirchenmaus.«

Sie gingen zu Willy, wo man sie bedienen würde, solange sie hinten in der Gasse blieben. Seit sie in New York angekommen war, hatte Violet sich schon oft betrunken, einmal sogar noch in Aberdeen. Sie hatte sich mit einem Marmeladenglas, in das ihr Vater seinen hausgemachten Kartoffelschnaps gefüllt hatte, ins Plumpsklo eingeschlossen und das Feuerwasser heruntergewürgt, bis ihr Gesicht rot anlief und ihre Gliedmaßen ganz locker wurden. Als sie dann zurück ins Haus gegangen war, in das Haus mit dem rauen Dielenfußboden und den schiefen Wänden und der trockenen, rauchigen Luft, in der noch die Erinnerung an ihren totgeborenen Bruder schwebte, hatte sie es gar nicht mehr so schlimm wie sonst gefunden.

In der Gasse lagen Betrunkene mitten im Müll. Es war spät und kalt, und Violet fröstelte.

»Ich schlafe heute draußen, wenn du keinen Platz hast«, bot Nino ihr an.

»Sie hat ein Zimmer für uns besorgt. Ich will nicht, dass sie sich Sorgen um mich macht«, sagte Violet ein bisschen zu überzeugt. Sie schämte sich für die nackte Hoffnung in ihrer Stimme.

Nino kicherte leise. »Na schön.«

»Prost, meine Herren, meine Dame!«, rief Jimmy,

und sie stießen mit ihren Zinnbechern so heftig an, dass der Rum überschwappte.

In dieser Nacht kam Lilibeth nicht zurück in das Zimmer. Violet lag in dem Bett, das nach Rauch und Blumen roch, und lauschte den Geräuschen im Zimmer darunter: Fäuste gegen Fleisch, zerbrechendes Glas, Schluchzer einer Betrunkenen, bis die Sonne wieder aufging. Sie fragte sich, wie sich pure Stille wohl anfühlte. Wie es wäre, zu schlafen, ohne dass ihr Herz ständig stolperte. Wie ihr eigenes Atmen klang.

Als sie sich schließlich aufsetzte, hämmerte es in ihrem Kopf, und ihre Zunge fühlte sich an wie Sandpapier. Im Zimmer war es eiskalt. Im Eimer lagen ein paar Kohlenstücke, die sie in den Ofen warf, um das Feuer wieder in Gang zu bringen. Zum Glück war noch ein bisschen Kaffee in der Kanne. Sie suchte nach einem Schal in Lilibeths geblümter Reisetasche, die ein Geschenk von Bluford gewesen war. Lilibeth hätte sie in die Flitterwochen – eine Nacht in einem Hotel in Lexington – mitnehmen sollen, doch dazu war es nicht gekommen. Violet glaubte manchmal, Lilibeth wäre nur aus Aberdeen weggegangen, damit sie einen Grund hatte, die Tasche einmal zu benutzen.

In einer Zimmerecke türmte sich die Wäsche, die Mrs. Baker vorbeigebracht hatte: Hemden, Hosen, Unterröcke und Kleider. Violet fuhr mit dem Finger über den Brokatbesatz am Kragen eines Kleides. Sie hielt es sich vor den Körper und überlegte, wie es ihr wohl stünde. Wie der Rock um ihre Beine rascheln würde – darin würde sie sich vielleicht wie ein ganz neuer Mensch fühlen. Aber ihre Finger waren zu ungeschickt für die komplizierten Knöpfe und Bindebänder, und das Kleid wurde ihr langsam zu schwer. Außerdem zitterten ihre Hände schon vor Hunger. Sie legte das Kleid auf den Stapel zurück. Dann goss sie etwas Kaffee in einen Blechbecher – puh, der schmeckte bitter und verbrannt – und stellte das Bügeleisen auf den Herd.

Tatsächlich hatte sie noch nie gebügelt, aber das konnte ja nicht so schwierig sein, dachte sie und spuckte auf das heiße Eisen, bis es zischte. Sie breitete ein Männerhemd auf dem Bett aus und stellte das Bügeleisen darauf, aber als sie es ein Stück weiterschob, hinterließ es eine gelbe Brandspur. Im Zimmer roch es jetzt nach heißer Baumwolle. Sie berührte die Stelle und verbrannte sich dabei die Finger. Als sie versuchte, das Bügeleisen aufzustellen, fiel es auf den Boden. Sie gab auf und versteckte das Hemd ganz unten im Wäschestapel.

Als Lilibeth endlich zurückkam, sah sie blass und abgehärmt aus.

»Ich hole Kohlen«, sagte Violet kurz angebunden. »Und Brot.«

»Ja, ja«, seufzte Lilibeth und krabbelte ins Bett. »Kannst du mir Medizin besorgen? Ich fühle mich nicht wohl. Geld ist in der Blechdose da oben.«

»Wann darf ich denn deinen Mr. Lewis mal kennenlernen?«, fragte Violet.

Ihre Mutter zog die Brauen zusammen. »Ach, bald, Vi. Sehr bald. Du wirst ihn sehr mögen.«

»Okay«, erwiderte Violet und nahm sich vor, nicht wieder nach ihm zu fragen.

»Ich hab dir was mitgebracht.«

Sie drehte sich zu ihrer Mutter um. Violet war leicht zu beeinflussen.

Lilibeth griff in ihre Tasche und holte eine rosafarbene Rosenblüte hervor, deren Blätter durch den Transport schon etwas mitgenommen wirkten.

»Ich dachte, wir könnten sie dir in die Haare stecken.« Auffordernd klopfte sie neben sich auf das Bett und griff nach der Haarbürste auf dem Fensterbrett.

Violet schloss die Augen, während Lilibeth ihr mit der Bürste durchs Haar strich. Sie zog zwei Klammern aus ihrer eigenen Frisur und befestigte die Blume hinter Violets Ohr.

»Oh, wie schick«, rief Lilibeth. »Halt mal still. So will ich dich in Erinnerung behalten. Hier.« Sie nahm einen kleinen Spiegel aus der Tasche und hielt ihn Violet hin. »Eine richtige junge Dame.«

Violet lief rot an, als sie sich sah. Die Eleganz der Rose in ihrem lieblos abgeschnittenen Haar beschämte sie. Aber ihre Mutter sah glücklich aus. Sogar die Falte zwischen ihren Augen war im Moment nicht zu sehen, und Violet war froh darüber.

»Weißt du, dass er mich in ein Porträtstudio in der Stadt geführt hat? Da hat er eine Fotografie von mir machen lassen«, berichtete Lilibeth.

»Wirklich?«

»Ich bin noch nie fotografiert worden. Bluford hat immer gesagt, das ist Geldverschwendung, wenn der reisende Fotograf mit seiner Kamera nach Aberdeen kam. Er wollte nicht mal ein Hochzeitsbild.« Sie lächelte. »Ich wollte schon immer mal fotografiert werden. Damit ich weiß, wie ich in Wirklichkeit aussehe.«

»Du kannst doch in den Spiegel schauen«, gab Violet zu bedenken.

»Ja, schon.« Lilibeth steckte ihre Hände unter das Kissen. »Aber kennst du das, wenn du aus dem Augenwinkel dein Spiegelbild in einem Fenster siehst und zuerst gar nicht merkst, dass du es selbst bist?«

»Hm, ja«, sagte Violet, obwohl sie eigentlich nicht verstand, was ihre Mutter sagen wollte.

»Eine Fotografie zeigt dir, wie die anderen Leute dich sehen«, erklärte sie und drehte ihr Gesicht so, dass sie sich selbst im Fenster spiegelte.

»Du siehst immer hübsch aus, Mama.«

Lilibeth streckte die Hand aus, damit Violet danach greifen konnte. »Du bist so lieb zu mir. Jetzt geh. Mein Kopf tut schrecklich weh.«

»Bist du hier, wenn ich zurückkomme?«

Lilibeth nickte. »Wir frühstücken zusammen.«

Draußen roch es beißend nach den Chemikalien aus der Seifenfabrik. Violets Augen brannten. Auf dem Markt kaufte sie Brot, Äpfel und ein Stück Butter und stahl eine Handvoll Karamellen und ein Tütchen getrocknete Aprikosen. Sie suchte überall nach der Medizin für ihre Mutter, hatte aber keinen Erfolg. Dann machte sie noch einen Umweg zum Missionsbüro, weil sie neugierig war, ob die Damen vom Hilfskomitee wieder da wären und nach Kindern suchten. Vielleicht war unter den Zugkindern ja eins, das sie kannte. Sie traf niemanden an außer einem Betrunkenen, der schon halb tot wirkte. Auf dem Weg nach Hause begegnete sie Nino, der auf der Cherry Street Zeitungen verkaufte.

»Die neuesten Nachrichten, für nur einen Penny! Dreihundertsechsundzwanzig Menschen sterben bei einem Dampfschiffbrand in New Jersey! Lesen Sie alles darüber!«

Zwei Männer drückten Nino Münzen in die Hand und nahmen sich Zeitungen. Als sie gegangen waren, hüpfte Violet über die Straße.

»Hier«, sagte sie und gab ihm die Aprikosen.

»Du musst mein Magenknurren gehört haben. Was ist mit der Blume da?«

Schnell nahm sie die Rose aus dem Haar und warf sie weg. »Nichts.«

Ein dicker, rotgesichtiger Mann stürzte auf sie zu. Sein blondes Haar war raspelkurz geschnitten, und die Hände steckten in seinen Hosentaschen. Nino richtete sich auf und streckte die Brust vor.

»Eastman«, flüsterte er. Das war der Name einer Gang, die einen Abschnitt des Fourth Ward kontrollierte.

»Wunderschönen guten Morgen, junger Freund«, sagte der Mann mit ironischer Freundlichkeit. »Gib mir doch deinen Münzbeutel und alles, was du noch in der Tasche hast.«

Nino stand mit unbewegter Miene da und verschränkte die Arme. Er reichte dem Mann nur bis zur Brust.

»Hau ab«, rief Violet.

Der Mann nickte lachend. »Du gefällst mir«, sagte er und schlug Nino in den Magen.

Nino landete so plötzlich auf der Straße, dass ein Wagen in weitem Bogen ausweichen musste, um ihn nicht zu überfahren. Violet stürzte sich auf den Mann, boxte und kratzte ihn, aber er schob sie einfach weg. Sie fiel auf die Knie, und der Schmerz schoss ihr die Beine hoch. Der Mann trat den Zeitungsstapel in den Rinnstein und zeigte mit seinem fleischigen Finger auf Nino, bevor er verschwand.

»*Figlio di puttana!*«, brüllte Nino, und eine blaue Ader trat deutlich auf seiner Stirn hervor. Mit geballten Fäusten rappelte er sich auf die Knie.

Mühsam stand auch Violet auf und humpelte zu Nino herüber, um ihm dabei zu helfen, die letzten Exemplare der Zeitung zu retten. Dann setzten sie sich nebeneinander auf den Bordstein und aßen die Aprikosen.

»*E chi se ne frega*, sagt mein Vater. Pfft, wen juckt's?«

Sie spürte, dass es am besten war, wenn sie nichts dazu sagte. »Hast du beobachtet, wie sie Straßenkinder für den Zug sammeln?«, fragte sie.

Er kaute an den klebrigen Früchten herum und blinzelte hoch zu dem Seifenfabrik-Rauch, der über der Gegend lag.

»Glaubst du, sie kriegen wirklich eine Familie?«, wollte Violet von ihm wissen.

»Was?«

»Die Kinder, die mit dem Zug wegfahren.«

»Weiß nicht«, sagte er gereizt. Er war genervt von

ihren Fragen und davon, dass sie ihre Bedürftigkeit so unverhohlen zeigte.

»Vielleicht könnte ich ja mit so einem Zug wegfahren«, sagte Violet.

»Die lassen dich im Haushalt arbeiten und zwingen dich, in die Kirche zu gehen. Wie in dem beschissenen Heim.«

»Ach, ich weiß nicht.«

»Außerdem bist du kein Waisenkind«, gab Nino zu bedenken.

»Na und? Mikey war auch keins.«

Er spuckte eine faule Aprikose auf den Gehsteig. Sie wusste, dass er auch gerne mit dem Zug weggefahren wäre, aber seine Familie ließ ihn nicht gehen.

»Ich muss jetzt los, verkaufen, was das Zeug hält«, rief er. »Wir sind zu spät dran mit der Miete. Sie klopfen schon die ganze Zeit an unsere Tür.«

»Bis bald«, sagte sie und boxte ihn auf den Arm. Sie hätte so gern etwas für Nino getan, aber sie wusste, dass er sich spätestens in ein oder zwei Jahren dafür entscheiden musste, für welche Gang er kämpfen wollte.

Sie hielt das Paket mit den Lebensmitteln eng an die Brust gedrückt, damit es ihr niemand wegreißen konnte, und ging nach Hause. Die Knie taten ihr weh. Oben in den Mietshäusern holten die Frauen ihre Wäsche wegen des Rauchs herein.

Als sie hustend zurück ins Zimmer kam – die Luft war schlecht und das Treppenhaus feucht –, war ihre Mutter verschwunden, und mit ihr das Geld. Die geöffnete Blechbüchse lag leer auf dem Bett.

Es hatte eine Zeit in Kentucky gegeben, vor dem Baby, die Violet als beinahe glücklich in Erinnerung hatte. Lilibeth, mit ihrem dicken, festen Bauch, war mädchenhaft fröhlich gewesen. Ihr Haar war dicker, lockiger und blonder, und ihr Gesicht wirkte voll und gesund, wenn sie in die Stadt ging, Blaubeeren sammelte oder Bluford in die Kirche begleitete.

»Fass mal an, Vi, kannst du spüren, wie es sich bewegt?«, sagte sie, als sie zusammen am Ufer des Flusses saßen und sich das kalte, schlammige Wasser um die Knöchel spülen ließen.

Violet legte die Hand auf den Bauch ihrer Mutter und fühlte ein Boxen, wenn das Baby die Stellung wechselte – ein Ellenbogen hier, ein Fuß dort. Sie fand das seltsam, aber aufregend. Ein Bruder oder eine Schwester. Selbst ihr Vater schien besser auf sie zu sprechen zu sein und ohrfeigte sie nicht mehr sofort, wenn sie wieder einmal die Bohnen anbrennen oder ein Ei fallen ließ oder einen neuen Bleistift für die Schule brauchte.

»Er ist sich sicher, dass es ein Junge wird«, sagte Lilibeth, rupfte die Federbüschel eines Lampenputzergrases auseinander und ließ den Flaum vom Wind wegblasen. »Wir werden ihn William nennen.«

Wenn es ein Junge wird, dachte Violet, ist er vielleicht netter zu mir. Damals wirkte das Haus noch weniger einengend – ihre sauertöpfische, Tabak kauende Großmutter war noch nicht eingezogen –, und Bluford hatte sogar aufgehört, Lilibeth mitten in der Nacht zu behelligen.

Violet brauchte all das Grunzen, Knarren und Stöhnen nicht mehr zu ertragen, wenn sie auf ihrer Pritsche im Wohnzimmer lag.

Während der warmen, feuchten Tage im Frühling, als ein schwerer Geruch nach Walchgras und Fuchsschwanz in der Luft lag, saß Lilibeth in dem kaputten Sessel auf der Veranda, legte ihre bloßen, schmutzigen Füße auf das Geländer und beobachtete die Vögel, die Ameisen, ihren Bauch und den Himmel.

»Kannst du deiner Mama ein bisschen Wasser bringen?«

Violet, die es gar nicht mochte, beim Fröschefangen gestört zu werden, riss sich vom Bach los und ging zum Wasserfass. Dort trank sie erst selbst einen kühlen Schluck, bevor sie ihrer Mutter einen Krug füllte.

»Suchst du was?«, fragte Violet, als sie ihrer Mutter den Krug reichte.

»Ich beobachte, wie alles wächst«, antwortete sie, lächelte und stellte die Füße auf den Boden. »Komm doch mal kurz zu deiner Mama auf den Schoß.«

Violet, die inzwischen zu alt und zu groß dafür war, versuchte, dort zu sitzen, wo das Baby nicht war, und legte ihr Gesicht an den Hals ihrer Mutter.

»Das gefällt mir«, sagte Lilibeth.

»Es ist zu heiß«, entgegnete Violet. Sie sprang auf und lief über die Veranda.

»Du hast schon immer deinen eigenen Kopf gehabt. Dann geh halt.«

Das Blut kam ein paar Tage später. Erst waren es nur ein paar Flecken im Bett, aber bald rann es Lilibeth die

Beine hinunter, und schließlich kam ein Schwall rosafarbenes Wasser, bevor sie es aufs Klohäuschen schaffte.

Es gab keinen Arzt in Aberdeen, aber das hätte auch nichts geholfen. Das Baby, ein Junge, war tot, bevor es geboren wurde, blau und glitschig. Mit einem Tuch wischte Bluford das Blut aus dem Gesicht des Babys und wickelte es in eine Decke, während es immer noch mit dem Mutterkuchen verbunden war. Das war die einzige Gelegenheit, bei der Violet ihren Vater zärtlich erlebt hatte. Sie beobachtete vom Türrahmen aus, wie er die Stirn des Babys küsste und das Bündel in Lilibeths Arme legte. Dann schob er Violet beiseite und verschwand.

Die Frau eines Nachbarn kam mit Kohlblättern, um den Schmerz in Lilibeths milchgefüllten Brüsten zu lindern. Der Pfarrer kam, um die Seele des Babys zu segnen.

»Er war warm«, behauptete ihre Mutter noch wochenlang danach. Sie schaute verwirrt und verletzt drein. »Einen kurzen Augenblick lang war er warm.«

Nach zwei Tagen hatte Bluford das eingewickelte Kind genommen und es im Garten unter den Zweigen des Maulbeerbaums begraben, dessen reife und faulende Beeren die Erde bald mit einem klebrigen, tintendunklen Lila überzogen hatten. Innerhalb weniger Wochen war die Grabstelle so dicht von Unkraut überwuchert gewesen, dass sie nicht mehr zu finden war.

Violet wartete noch einen Tag lang auf ihre Mutter, bevor sie sich wieder zu Madam Tang aufmachte. Dieses

Mal ging sie allein, und sie hatte keine Angst. Männer in schicken Anzügen schlichen ins Haus – sie hasste sie alle. Chinesische Händler schoben ihre Karren mit Hühnerfüßen und Wurzeln und Fisch herum. Die Männer aus dem Viertel trugen kurze Hosen und Hemden ohne Kragen. Sie entdeckte nur zwei Frauen. Eine war kaum größer als sie selbst und eilte mit einem Sack voll Gemüse und einem Baby auf dem Rücken an ihr vorbei. Die andere war jung. Sie hatte eine ordentliche Hochsteckfrisur und rosa geschminkte Lippen. Sie warf Violet einen abschätzenden, konkurrierenden Blick zu, bevor sie weiterging.

Dann kam Lilibeth heraus. Sie sah zerzaust aus und trug ein Kleid aus braunem Samt mit Puffärmeln, das Violet nicht kannte. Mit einer Hand schirmte Lilibeth ihre Augen vor der Sonne ab.

»Mama«, rief Violet und lief zu ihr herüber.

Lilibeth zuckte zusammen, fasste sich aber schnell wieder und bemühte sich um ein Lächeln.

»Hallo, meine Kleine«, sagte sie langsam, die Zunge schwer vom Opium. »Ich wollte gerade los, um dich zu holen. Bist du allein zurechtgekommen?«

»Mrs. Baker hat einen Stapel Wäsche vorbeigebracht.«

Ihre Mutter nickte mit ausdruckslosem Gesicht. »Ich dachte, du könntest ein bisschen bügeln«, sagte sie. »Deine kleinen Hände sind sicher geschickt darin.«

Violet knabberte an ihrem schmutzigen Daumennagel. »Ein neues Kleid«, bemerkte sie.

»Gefällt es dir?«, fragte ihre Mutter und fuhr verträumt mit den Handflächen über den Samt. »Ich war mit Mr. Lewis in einem Restaurant in der Stadt, da konnte ich ja wohl kaum eins von meinen alten Kleidern anziehen. Das hättest du sehen sollen, Vi. Weiße Tischtücher und Kristallglas. Der Braten war ein Gedicht, und die süßen kleinen Karotten erst! Vielleicht gehen wir da mal zusammen hin. Du und ich.«

Sie hatten Chinatown verlassen, und die Männer auf der Straße warfen Lilibeth jetzt ganz unverhohlen Blicke zu und tippten sich mit gierigen Augen an die Hutkrempe.

»Wir haben keine Kohlen mehr«, sagte Violet.

»Hmmm.«

»Und auch kein Essen.«

Lilibeth blieb stehen und schaute Violet an. Sie legte ihr die Hände auf die Schultern. Ihr Atem roch nach Rauch.

»Violet«, sagte sie. »Ich habe nachgedacht. Du weißt, wie sehr ich mich anstrenge. In ein oder zwei Tagen werde ich Reginald treffen. Du erinnerst dich doch an Reginald? Er wird mir ein bisschen was geben, da bin ich mir ganz sicher. Aber bis dahin weiß ich auch nicht weiter. Ich weiß nicht, was ich noch machen soll. Komm in meine Arme! Ich liebe dich doch so.«

Violet war es, als läge ein Stein in ihrem Bauch. Sie wusste, was jetzt kam. Ihre Mutter umschloss sie wie mit Vogelflügeln.

»Dieses Mal ist es bloß für ein paar Tage. Das verspreche ich dir«, beteuerte Lilibeth. »Sei ein braves Mädchen, Vi, deiner Mutter zuliebe. Gehorche der Heimaufseherin.« Sie strich mit der Hand über Violets Stirn. »Wenigstens müssen sie dir nicht wieder die Haare schneiden.«

Violet hielt die Tränen zurück und biss fest in das weiche Fleisch ihrer Wange, bis sie mit der Zunge das warme, salzige Blut schmeckte. »Nein«, sagte sie leise.

Ihre Mutter tat, als hätte sie nichts gehört. Sie legte eine Hand auf die Brust und blinzelte in die Sonne.

»Ich gehe da nicht mehr hin«, verkündete Violet und blieb stehen.

»Bitte, Violet, mach es mir doch nicht so schwer. Ich tue, was ich kann.« Ihre Augen, die immer noch von den Drogen geweitet und geschwollen waren, glänzten jetzt tränenfeucht. »Ich hätte dich auch bei ihm lassen können, aber das habe ich nicht getan. Ich wollte, dass wir zwei es gut haben.«

Violet hätte am liebsten auf ihre Mutter eingeschlagen, ihr gegen das Schienbein getreten und das feine Kleid zerrissen. Noch mehr wünschte sie sich allerdings, ihre Mutter könnte sie einfach ins Bett bringen und ihr das Lied vorsingen, das sie früher immer gesungen hatte, wenn Violet fiebernd in ihrem Eisenbett gelegen und die Zweige der schiefen Kiefer durchs Fenster betrachtet hatte.

Ein Zigeuner zog munter über den Berg,
querte das Tal voller Kühle.
Er lachte und sang, bis der Wald erklang,
und gewann so der Lady Gefühle.

Wenn Lilibeth sang, war ihre Stimme wie ein flüsternder Rauchkringel, der langsam fortschwebte. Violet wollte, was ihre Mutter ihr niemals geben konnte. Sie wollte etwas anderes als dieses Leben.

»Es gibt da einen Zug«, sagte Violet und schaute auf den Gehsteig. »Du kannst mich in den Zug setzen.«

Iris

Beim Zaun an der Ostseite des Gartens blühten die Rosen noch immer. Waffenstillstandstag, 1940. Wegen des Feiertags war heute keine Schule, darum blieb Iris zu Hause. Am Abend vorher hatte sie sogar ins Kino gehen dürfen – ein seltenes Vergnügen für Iris, die unzählige Stunden mit Tagträumen über Hollywoodfilme verbrachte, in denen sie selbst stets die weibliche Hauptrolle spielte. Sie waren bis nach Caledonia gefahren, um *Sein Mädchen für besondere Fälle* zu sehen. Aber Iris fand, die Fahrt war ein Opfer, das man eben in Kauf nehmen musste, um Cary Grant auf der großen Leinwand bestaunen zu können. Rosalind Russell war zwar nicht so glamourös, wie Iris gehofft hatte, aber sie hatte es trotzdem genossen, sich von dem Film in eine andere Welt entführen zu lassen, und die Eintrittskarte später an den Spiegel über der Frisierkommode gesteckt. Einen Moment lang saß sie still da und wickelte sich eine Strähne aus ihrem Pferdeschwanz um den Finger, dann stand sie auf, um ihre Haferbreischüssel auszuspülen.

Ihre Mutter war in die Stadt gegangen, um einen ihrer

berühmten Jenny-Lind-Kuchen ins Veteranenheim zu bringen, und ihr Vater war irgendwo draußen auf den Feldern hinter dem Berg, um nach den Pflänzchen des Winterweizens zu schauen. Iris zog sich eine Strickjacke über und ging hinaus in den Garten, wo man seltsamerweise noch immer Spinat und Brokkoli ernten konnte. Es war November, und die Temperatur betrug etwa 18 Grad. Seit Wochen war es ungewöhnlich warm gewesen. Ihr Vater hatte sich schon Sorgen darüber gemacht, dass die Pflanzen zu weit aus dem Boden schossen, bis der Frost kam, aber Iris war glücklich, noch etwas von der bitteren Kälte verschont zu werden, die bis April anhalten würde.

Es kam keine Warnung, keine Unwetterankündigung im Radio, keine Sirene. Zuerst wehte der Wind, und Iris tanzte in ihrem Rock herum. Aber plötzlich wurde es sehr kalt, vom Himmel regnete es eisige Graupel, und der Wind blies sie beinahe um. Da wusste Iris, dass etwas Schreckliches passieren würde. Sie rannte ins Haus. Innerhalb einer Stunde war die Temperatur unter den Gefrierpunkt gefallen, und draußen tobte ein Schneesturm. Der Wind blies den Schnee in alle Richtungen. Im Fenster war nichts als Weiß zu sehen. Sie erkannte nicht einmal die Lichter des Autos, das bis zur Veranda vorfuhr. Dann kam ihre Mutter keuchend zur Tür hereingestürmt. Ihr Pullover, ihr Haar, sogar ihre Wimpern waren mit Schnee bedeckt.

Iris lief zu ihr hin. Sie war erleichtert, sie zu sehen, aber sie fand das alles auch ein bisschen aufregend. Es war wie damals, als sie wegen eines Tornados in den

Keller mussten. Sie hatte sich wie Dorothy im *Zauberer von Oz* gefühlt, während der Wind über sie hinwegheulte. Sie hatten gesungen und die Gurken gegessen, die sie mit ihrer Mutter im Herbst zuvor eingelegt hatte.

»Wo ist dein Vater?«, fragte ihre Mutter.

Normalerweise schaute sie gelassen drein, aber jetzt war ihr Gesicht ängstlich angespannt und nass vom Schnee.

Iris' Magen krampfte sich zusammen. An ihn hatte sie gar nicht gedacht.

»Iris, schau mich an«, rief ihre Mutter und packte sie mit kalten, kräftigen Fingern an der Schulter. »Ist er nicht nach Hause gekommen?«

»Er muss in den Geräteschuppen gegangen sein. Ganz bestimmt!«

Ihre Mutter eilte zum Küchenfenster, aber sie konnte nicht einmal bis zum Hühnerstall sehen. Sie rannte zur Abstellkammer, wo sowohl das Werkzeug als auch die Putzsachen und Winterstiefel untergebracht waren. Iris wusste, dass ihre Mutter hinausgehen würde, um ihn zu suchen.

»Nein, Mutter!« Sie fing an zu weinen und geriet in Panik. »Du kannst jetzt doch nicht rausgehen!« Eigentlich wollte sie sagen, du kannst mich doch nicht alleine lassen, aber das wäre egoistisch gewesen.

»Hol mir meinen Mantel, Iris, und Handschuhe und eine Mütze. Und dann noch die Wolldecke aus der Zederntruhe.«

Mit klopfendem Herzen trug Iris die Sachen zusammen. Ihre Mutter befestigte das Ende einer Seilrolle an ihrem Mantel und wickelte sich die Decke um den Kopf. Das Seil war etwa dreißig Meter lang.

»Halt das andere Ende fest«, befahl ihre Mutter. Sie gab ihrer Tochter einen Kuss, was nicht oft vorkam. »Es wird schon gutgehen, Iris.« Und dann war sie verschwunden. Krachend fiel die Tür gegen die Hauswand.

Iris wickelte sich das Seil um die Hand und zitterte, weil der Schnee in die Küche hereinwehte. Sie beobachtete, wie sich die Rolle langsam abwickelte. Und als das Seil sich straffte, betete sie zu Gott und bot ihm alles an, was sie besaß, wenn er ihr nur die Eltern heil zurückbrachte. Vor der Tür wuchs ein Haufen aus Pulverschnee.

Zehn Minuten später kamen sie. Benommen stolperten sie durch die Tür. Ihr Vater hatte die Decke um und hielt noch immer die Hand ihrer Mutter. Steif saß er am Küchentisch, während ihre Mutter die Badewanne füllte. Sie wickelte ihn aus der Decke, schälte ihn aus seinen durchnässten Kleidern und führte ihn dann ins dampfige Badezimmer.

Iris hatte die ganze Zeit stumm danebengestanden. Sie konnte nicht reden und hielt noch immer das Ende des schlaffen Seils in den Händen.

Ihre Eltern schlossen die Tür und stiegen zusammen in die Badewanne.

Es war wärmer geworden, und die Luftfeuchtigkeit hatte sich im Laufe des Morgens ebenfalls erhöht. Iris, deren Finger in letzter Zeit schnell kalt wurden, fühlte sich wohl in der Hitze. Sie fand es schwierig, sich an ihre Gefühle während dieses Schneesturms vor fast sechzig Jahren zu erinnern, aber ihr Herz zog sich noch immer zusammen, wenn sie an die Brutalität des Sturms dachte und daran, wie nahe Leben und Tod beisammengelegen hatten in diesen bangen Minuten, in denen sie mit einem Seil in der Hand dagestanden und gewartet hatte. Während der Tage danach erzählte man sich von denen, die umgekommen waren: Entenjäger, die der Sturm auf den Inseln im Fluss überraschte, eine Familie, die es nicht mehr aus dem Auto schaffte, ein junger Farmer, der Holz aus dem Schuppen holen wollte, sich dabei verlief und auf dem Feld erfror. Wie leicht hätte es auch Samuel Olsen treffen können, der eine halbe Meile vom Haus entfernt bei seinem Weizenfeld arbeitete, dann irgendeine Richtung einschlug und loslief, in der Hoffnung, sein innerer Kompass würde ihn leiten. Und tatsächlich stieß er auf seine unerschrockene, zähe Frau, die sich ein Seil um den Bauch gebunden hatte und ihn nach Hause führte.

»Das, was du getan hast, war so mutig«, hatte sie am nächsten Morgen zu ihrer Mutter gesagt.

»Man tut für seine Lieben, was man kann«, hatte ihre Mutter entgegnet. »Das hat nichts mit Mut zu tun.«

Iris war noch immer nicht klar, was sie von der Ehe ihrer Eltern halten sollte. Als Kind hatte sie es ihnen übelgenommen, dass sie nicht Händchen hielten oder zu der Musik aus dem Radio tanzten. Später reimte sie sich zusammen, dass beide wohl nicht viel vom Leben erwarteten und sich mit dem bloßen Zusammenleben zufriedengaben. Inzwischen aber hatte sie erkannt, dass in der Ruhe und Beständigkeit ihrer Zuneigung füreinander etwas viel Stärkeres lag: Ihre Eltern hatten immer gewusst, dass sie sich aufeinander verlassen konnten.

Iris schwang ihre Füße von der Couch und zuckte zusammen, als sie den Boden berührten. Sie sah nur noch Sterne und hörte ihren eigenen Puls so laut wie Hammerschläge. Als sie wieder klar sehen konnte, blickte sie sich im Zimmer um und überlegte, welche Dinge sie entsorgen konnte, so dass ihre Kinder nicht damit belastet wurden: Eine Schale mit Muscheln, die sie auf ihren Strandspaziergängen gesammelt hatte, das Scrabble-Spiel (es war Henrys), das Kniffel-Spiel, einen Bildband mit Hochglanzfotos von Sanibels »Ding«-Darling-Wildreservat, und eigentlich auch den Fernseher. Obwohl – vielleicht wollte Samantha ja fernsehen, wenn sie hier war.

Es war zwar nie direkt ausgesprochen worden, aber es war sonnenklar, dass Samantha zu Iris kam, um ihre Mutter bis zu ihrem Ende zu pflegen. Nachdem weder die beidseitige Mastektomie noch die Bestrahlung verhindern konnten, dass der Krebs mittlerweile in den ganzen Körper vorgedrungen war, hatte Iris ihren Onkologen gefragt, wie viel Zeit ihr seiner Einschätzung nach noch blieb. Sie ging von einem Jahr aus. Aber er zuckte mit den Achseln, hob die Handflächen und sagte: »Vielleicht sechs Monate, wenn Sie Glück haben.« Glück. So hätte sie es nicht ausgedrückt, aber sechs Monate danach tickte ihre Uhr noch immer. Doch das Ticken wurde zögerlicher, unregelmäßiger und jeden Tag ein wenig langsamer.

Morgen würde Samantha kommen. Manchmal erschien Iris ihre Tochter wie ein zwitschernder Vogel, unruhig und rastlos. Die Ehe und die Kunst – Samantha war eine anerkannte Keramikerin – hatten sie stabilisiert, aber jetzt, wo sie ein Kind in sich trug, war ihre Nervosität zurückgekehrt. Ihren Schwiegersohn Jack konnte man nicht unbedingt als Hauptgewinn bezeichnen. Er war ganz in Ordnung, dachte Iris, aber sie hatte auf jemanden mit ein bisschen mehr Schwung gehofft. Wahrscheinlich gründete sich ihr Urteil darauf, dass seine Hand bei der Begrüßung ganz schlaff in ihrer gelegen hatte. Sie wusste, dass sie unfair war, aber sie hatte Angst davor, dass ihre Tochter ihre eigenen Fehler wiederholen und sich mit dem Mittelprächtigen zufriedengeben würde. Samantha war nicht wie Iris, das stimmte schon. Samantha sehnte sich danach, Mutter zu sein. Mit jeder weiteren Schwangerschaftswoche wurde sie beschwingter (»Mom, sie ist schon so groß wie ein Baseball!«). Die Mutterschaft sah sie nicht als Verpflichtung an, die es zu erfüllen galt. Iris machte sich Sorgen, was passieren würde, wenn die Euphorie irgendwann nachließ und die harte Arbeit begann. Wenn ihre Tochter sich stundenlang um das Baby kümmern musste, das nach Nahrung, Aufmerksamkeit und Trost verlangte. Stunden, in denen man sich fragte, ob es das wirklich wert gewesen war.

Ach, Samantha, dachte Iris. Ich wünschte, ich könnte dann für dich da sein.

Plötzlich klopfte es an der Tür, und Iris fuhr zusammen. Samantha? Nein, nein, sie war immer noch in

Wisconsin. Und ich bin hier auf der Couch in Sanibel, murmelte Iris, um sich zu beruhigen. Dann klopfte es von neuem.

»Ich komme«, sagte sie schwach und wischte sich die Spucke aus dem Mundwinkel. Sie erhob sich und wankte zur Tür. Erst im letzten Moment bemerkte sie, dass sie noch im Morgenmantel steckte. »Wer ist da?«

»Ich bin's, Liebes. Stephen, dein Nachbar.«

Sie öffnete die Tür. Die eindringende feuchte Wärme fühlte sich weich und schwer an, der Himmel war wieder klar. Stephen stand mit freiem Oberkörper vor ihr, so dass ihr Blick auf seine muskulöse, glatt rasierte Brust und seine orangefarben schimmernde Sonnenbräune fiel. Er trug seine Uniformhose und Slipper mit Quasten.

»Es tut mir so leid, dass ich dich störe«, keuchte er. »Das ist mir wahnsinnig peinlich. Ich habe mich ausgeschlossen. Ich bin rausgegangen, um mich von einem Freund zu verabschieden. Ich hatte was in die Tür geklemmt. Aber das ist ja egal, oder? Jedenfalls komme ich zu spät zur Arbeit, und das darf nicht passieren. Die Tagung hat begonnen. Diese verrückten Orchideentypen.«

Wovon redet er?, dachte Iris.

»Kann ich dir irgendwie helfen?«, fragte sie schließlich.

»Ich müsste über deinen Balkon auf meinen klettern. Wenn es dir nichts ausmacht.«

»Natürlich nicht«, antwortete sie und öffnete die Tür ganz. »Komm rein.«

»Ich liebe deine Wohnung«, sagte er und schaute sich um. »Sie ist so …«

»Alte-Oma-in-Florida-mäßig?«

Stephen drehte sich um.

»Aber nein. Irgendwie so ein Jahrhundertmitte-Chic. Weißer Lack ist heute wieder total angesagt.«

Iris kicherte und genoss seine Schmeicheleien. Unter seiner oberflächlichen Nettigkeit entdeckte sie freundliche Augen, wassergrün und klar.

Stephen bückte sich, um das Buch aufzuheben, das ihr beim Aufstehen heruntergefallen war. »Buchclub?«, fragte er und betrachtete den Umschlag.

»Mitgliederzahl eins«, erwiderte sie und zeigte auf sich selbst.

»Kommen sie dort an?«

»Was?«

»Beim Leuchtturm.«

»Ich weiß nicht. Der junge Mann will dorthin, aber der Vater findet immer einen Grund, nicht aufzubrechen.«

»Das Gefühl kenne ich«, sagte Stephen und gab ihr das Buch zurück.

Auf einmal wünschte sie, sie hätte sich all die Jahre mehr um Kontakt zu ihm bemüht. Ihn mal zum Tee eingeladen. Oder mit Scones bei ihm geklingelt, wenn der Mann für die Nacht im Morgengrauen wieder gegangen war. Und weshalb hatte sie den erbsengroßen Knoten ignoriert, den sie zum ersten Mal an dem Abend gespürt hatte, als Henry ihr erklärte, er könne seine Frau nicht verlassen? Sie hatte ihn ertastet und dann so getan, als wäre nichts. Aus Angst oder aus Resignation? Oder wollte sie sich einfach ausklinken? Sie konnte es immer noch nicht sagen. Erst viele Monate später, als ihre Brust fürchterlich zu schmerzen begann, konnte sie sich selbst nichts mehr vormachen. Jetzt fand sie es verrückt, dass sie der Krankheit einen solchen Vorsprung eingeräumt hatte.

»Ich bin dir ewig dankbar, Irene«, sagte Stephen. »Du bist ein Schatz. Die neue Frisur steht dir übrigens echt gut. Eine elfenhafte Anna Wintour.«

Sein Kompliment war grotesk, aber sie fühlte sich trotzdem geschmeichelt. Das wäre ihr letzter Haarschnitt, und sie freute sich, dass es ihm aufgefallen war.

Als Stephen durch die Küche ging, bemerkte er ihre Tablettenbatterie auf dem Tisch – er blinzelte kaum merklich. Iris wollte ihm gerade erklären, was es damit auf sich hatte, aber er ging schnell weiter, offensichtlich wollte er keine Details von ihr hören. Sie stellte sich vor, was er gerade dachte: Das Leben ist schon schwer genug, auch ohne das Leid der anderen.

Er schwankte ein bisschen, als er über das Balkongeländer kletterte. Seine Beine zitterten.

»Wenn du je was brauchst …«, begann er. Sein Angebot verhallte, während er seine Balkontür aufschob.

Iris hob die Hand, um ihm zu winken, aber da war Stephen schon verschwunden.

Die Begegnung hatte sie ermüdet. Sie ging in die Küche und starrte auf ihre Medikamente. Widerwillig nahm sie ihre Pillen ein, und jede einzelne hinterließ einen unangenehmen, kreidigen Geschmack in ihrer

Kehle. Sie schaute in den Kühlschrank, nahm eine Schüssel Himbeeren heraus und stellte sie neben ihr Buch auf den Tisch. Dann ließ sie sich wieder in den Sessel sinken.

Warum war Mrs. Ramsay bloß so scharf darauf, dass alle heirateten, wo ihre eigene Ehe doch nicht gerade berauschend war? Vorsichtig knabberte Iris an einer Beere. Sie biss nicht richtig zu, weil sie Angst vor den Kernen hatte. War die Ehe denn überhaupt so was Tolles? Manchmal vermisste sie Glenn. Die gemeinsamen Jahre bedeuteten eben auch eine gemeinsame Geschichte. Sie hatten sich blind verstanden. Vielleicht waren ihre Gefühle füreinander nie ein großes Thema gewesen, aber sie hatten über ein stummes Vokabular, über eine Körpersprache verfügt, mit der sie in der Welt zurechtkamen. Nach der Scheidung hatte es ihr leidgetan, dass sie den einzigen Menschen verloren hatte, mit dem sie ernsthaft über Samantha und Theo reden konnte, den einzigen Menschen, dem sie nichts erklären musste. »Typisch Theo, stimmt's?«, oder »Ich befürchte, dass Samantha irgendeinen Blödsinn macht.« Iris hoffte, dass Glenn sie auch manchmal vermisste. Vielleicht, wenn Marie nicht aufhörte, über Traumfänger und Türkisschmuck und Räucherstäbchen zu plappern, oder worüber sie eben miteinander redeten. Dann dachte er möglicherweise sehnsüchtig an Iris. Sie fragte sich, ob Glenn zu ihrer Beerdigung kommen würde. Sollte es denn überhaupt eine Beerdigung geben? Nein. Ach, was sollten die ganzen Gedanken? Sie wäre sowieso tot, Ende der Debatte.

Ihre Mutter war an einem Herzanfall gestorben, im Schlaf, mit neunundsiebzig Jahren. Sie hatte alleine auf der Farm (oder was davon übrig war) gelebt, mit ein paar Hühnern und zwei Schweinen. Das Farmhaus war marode, die Veranda hing an einigen Stellen durch, und der Flieder, den Iris' Vater gepflanzt hatte, war zu einem wirren Dickicht aus duftenden Zweigen geworden. Ihre Mutter war schon immer zäh gewesen, hatte sich nie erlaubt, krank oder verletzt oder müde zu sein, darum war Iris besonders froh gewesen, dass ihr das Schicksal einer heimtückischen, bösartigen Krankheit erspart geblieben war. Ihre Mutter war gestorben, ohne über den Tod nachdenken zu müssen, und das war sicher besser, als sich ständig davor zu fürchten.

Es war elf Uhr. Iris musste unter die Dusche, sich anziehen, eben einen ganz normalen Alltag spielen.

»Kämpf weiter, jeden Tag aufs Neue, Liebes«, hätte Henry mit seiner warmen, ruhigen Stimme gesagt. Und sie hätte sich daran geklammert. Sie vermisste ihn so sehr.

Er war ein hochgewachsener Mann mit leicht gebücktem Gang. Seine Haare waren weiß, und auf seiner Adlernase saß eine Hornbrille. Wie man sich einen echten Professor eben vorstellt, dachte Iris. Er hatte einen Lehrstuhl für Geschichte an einem kleinen College in New England inne. Von Anfang an hatte sie gewusst, dass er verheiratet war. Aber selbst nachdem sie sich zweimal auf einen Kaffee getroffen hatten und einen Nachmittag lang auf dem Indigo Trail durch das Naturreservat spaziert waren, um die Vögel zu beobachten, war Iris nicht bewusst gewesen, dass sie am Beginn einer Affäre standen. Auf dem Weg nach Hause – sie fuhren an Zwergkiefern und Palmen und Seehafer vorbei, der Sand trat über die Straßenränder, und der Himmel war ein einziger blauer Schleier – berührte er sie. Seine Hand schloss sich vielsagend und weich um ihre Finger.

»Sie sind wunderbar«, sagte er.

Sie errötete so heftig, dass sie sich abwenden musste, um ihr Gesicht zu verbergen. Ihr Herz pochte laut. Nie hätte sie sich träumen lassen, dass sie nach Glenn jemals wieder Verabredungen mit Männern haben würde, und erst recht nicht, dass sie in ihrem Inneren noch einmal die sengende Hitze spüren würde, die männliche Aufmerksamkeit ihr bescherte.

Drei Pelikane schossen vor ihnen über die Straße.

»Ich glaube, ich sollte mich jetzt verabschieden«, sagte sie, als er vor ihrer Wohnung anhielt.

Sie sahen sich an und brachen gleichzeitig in übermütiges Gelächter aus.

»Ich weiß, dass das nicht ganz passend ist«, bemerkte er, »aber ich fürchte, Sie machen mir weiche Knie.«

»Ich vermute, Ihre Knie sind ohnehin nicht sehr stabil«, erwiderte sie.

»Ich habe aber nur ein künstliches.«

»Möchten Sie noch mit reinkommen?«

»Sehr gerne.«

An diesem Tag schliefen sie nicht miteinander, und auch nicht an vielen der folgenden Tage. Sex war sowieso nicht das, worauf es ihnen ankam. Zwischen ihnen entwickelte sich vielmehr eine Intimität, die Iris in dieser Form noch nie erlebt hatte. Es war, als hätten sie sich schon vor sehr langer Zeit kennengelernt und einander nun nach vielen Jahren wiedergetroffen, ohne dass die Dummheiten der Jugend oder die Ängste der mittleren Lebensphase dazwischengekommen waren. Sie waren alt, er war sogar noch älter als sie, und das war irgendwie das Schöne daran. Sie brauchte weder eine Rolle zu spielen noch sich um ihr Aussehen Gedanken zu machen oder darum, ob sie ihn zufriedenstellte. Sie brauchte einfach nur sie selbst zu sein, und das war eine Offenbarung.

Manchmal versuchte sie, sich über Henrys Rückzug hinwegzutrösten, indem sie sich sagte, dass sie nun wenigstens nicht mehr erleben musste, wie er mit ihrer Krankheit und ihrem qualvollen, demütigenden Verfall umging. Na, das ist doch wenigstens ein Trost, dachte sie trocken.

Reiß dich zusammen, Iris. Sie zog den Morgenmantel und das Nachthemd aus – die Möwen würden sich an ihrer Nacktheit bestimmt nicht stören –, streckte die Arme über den Kopf und atmete ein, so tief sie nur konnte. Dann ging sie ins Badezimmer und drehte die Dusche auf.

Irgendwie musste sie es hinbekommen, Henry noch ein letztes Mal zu sehen.

Sam

Niemals würde Sam dieses Gefühl vergessen: Sie hatte nach unten gefasst und gespürt, wie der Kopf des Babys langsam zum Vorschein kam. Beinahe wäre sie in Lachen ausgebrochen, denn es war so unwirklich, so absurd. Ella kam zwei Wochen zu spät. Sie war erstaunlich faltenlos und sauber, ihr Haar voll und dunkel. Ihr langer, rosiger Körper wog mehr als vier Kilo, und ihre Beinchen falteten sich sofort zusammen wie ein Flügelpaar. Als die Hebamme Sam den noch immer mit ihr verbundenen Körper auf die Brust legte und Ella wie ein blinder, neugeborener Vogel blinzelte, da glaubte Sam in ihrer Euphorie, dass sie nun in das Kontinuum der Geschichte eingehen würde (obwohl es eigentlich ein erstaunlicher Gedanke war, dass sie nie ein Teil davon gewesen sein sollte). Hatten alle Mütter diese Empfindung? Wie war das bei ihrer eigenen Mutter gewesen? Sam dachte damals, dass nichts mit dem Gebären eines Kindes zu vergleichen war – kein Erlebnis, keine Leistung, keine Vision. Wie unwesentlich waren doch die Dinge, über die sie sich bis dahin gesorgt hatte! Dazu gehörte auch ihre Karriere. Was spielte es schon für eine Rolle, ob sie noch eine weitere Vase verkaufte? Wie banal. Sie war Mutter – und alles andere war nur noch Nebensache.

Es hatte auch dunkle Momente gegeben, aber daran wollte sie gar nicht mehr denken. Etwa diese quälenden Nächte, wenn Ella einfach nicht schlafen wollte; als Sam sie nicht aus dem Arm legen durfte, selbst nach Stunden des Stillens, Wiegens, Schaukelns, Bittens, Weinens und auch Betens. Mit glasigen Augen musste Sam ertragen, wie ein Sturm der Erschöpfung und Verzweiflung in ihrem Kopf wütete. Sie fühlte sich, als hätte das Baby ihren Willen gebrochen, und war kurz davor, es einfach in seinem Bettchen liegen zu lassen und zur Haustür hinauszuspazieren. Jack schlief ahnungslos in ihrem großen Bett, während Sam sich im Morgengrauen schließlich auf dem Boden von Ellas Zimmer zusammenrollte. Doch zum Glück kam immer ein neuer Morgen, der Sams Gefühle wieder in Ordnung brachte und ihren Mutterinstinkt zurechtrückte. Dann wusste Sam, dass die zerstörerische Wut der Nacht nur ihrem Schlafmangel zuzuschreiben war.

Sie stand im Türrahmen ihres Ateliers, eines Raums, den man vom Keller abgetrennt hatte. Die meiste Zeit des Jahres ließ eine Reihe von Glasbausteinen genügend Licht hinein. Obwohl Sam das Atelier ein Jahr lang nicht mehr genutzt hatte, roch es nach Tonstaub. Sie blickte von der Töpferscheibe zu ihren Werkzeugen, die ein bisschen wie die Instrumente eines mittelalterlichen Wundarztes anmuteten, grob und scharf und bizarr. Da war auch die Schüssel mit den inzwischen spröde gewordenen ledernen Poliertüchern, die sie zum Abrunden der Ecken brauchte. Das Steckbrett darüber war übersät mit Bildern von Gefäßen, die sie bewunderte und begehrte, von antiken japanischen Werken über skandinavische Stücke der Jahrhundertmitte bis zu den Schöpfungen von Brother Thomas. Schnell wandte Sam den Blick ab. Dieser Raum war für sie einmal so etwas wie die Antwort auf alles gewesen. Sie schloss die Tür und ging wieder nach oben.

Das Paket, das Theo geschickt hatte, stand immer noch auf dem Tisch. Mit einem Schlüssel schnitt sie das Klebeband durch, riss die Pappflügel auf und rief Theo an.

»Hallo. Hast du das Paket bekommen?«, fragte er.

»Ja, danke. Hast du die Sachen durchgesehen? Oder hast du sie einfach nur losgeschickt?«

»Ich habe sie durchgesehen. Ein bisschen jedenfalls.«

»Gerade habe ich den Karton geöffnet, und auf der Holzkiste innen ist Mäusescheiße.«

»Nein. Wirklich?«

»Theo.«

»Okay. Ich war zu müde. Ich hab kurz reingeguckt und das Ganze dann einfach wieder zugeklebt.«

Sam schüttelte den Kopf. Durch das Küchenfenster konnte sie erkennen, wie ein großes, pelziges, kurzbeiniges Tier über die hintere Veranda huschte und im seitlichen Teil des Gartens verschwand. Ein Dachs? Ein Igel?

»Wo kommen die Sachen überhaupt her? Die Wohnung war leer, als ich gegangen bin.«

»Aus Dads Keller. Er meinte, er hätte das Zeug wohl aus Versehen mitgenommen.«

»Acht Jahre lang hat er das nicht gemerkt? So ein Idiot.« Sam wusste, dass sie wie ein pubertierender Teenager klang. Aber so fühlte sie sich immer, wenn sie mit Theo sprach.

»Jetzt hör aber auf, Sammy.«

Sam telefonierte nur selten mit ihrem Vater. Er und seine zweite Frau Marie – zwanzig Jahre jünger als er – wohnten in einem Reihenhaus in einem Vorort von Las Vegas. Als Glenn mit Iris in Chicago gelebt hatte, war er ein konservativer, gesetzter Immobilienanwalt gewesen. Jetzt hatte Marie ihn in eine Witzfigur verwandelt, in einen Rentner, der Polohemden anhatte und Countrymusic liebte. Er trug sogar Sandalen. Für Sam roch das nach einer Lebenskrise, und außerdem fand sie es beleidigend gegenüber ihrer Mutter. Sie vermisste ihn, aber sie brachte es noch nicht fertig, Frieden mit ihm zu schließen.

»Kein Wunder, dass er so lange gebraucht hat, um die Sachen zu finden. Sie sind ja ständig damit beschäftigt, sich überall im Land Autorennen anzuschauen«, ätzte sie.

»Sie sind zufällig gerade in Kanada«, erwiderte Theo. »Sei doch nicht so ein Snob.«

»Cindy wäre sicher begeistert, wenn sie mit dem Wohnmobil nach Georgetown kämen.«

»Cindy mag Dad.«

»Darum geht es nicht.«

»Worum dann? Dass du immer noch sauer auf ihn

bist, weil er eine lieblose Ehe beendet und sein Glück mit einer anderen gefunden hat? Mom war froh, als Dad ging. Er hat ihr einen Gefallen getan.«

»Du hast doch null Ahnung von Mom«, sagte sie mit melodramatischem Überschwang.

»Ach ja? Du bist also die Märtyrerin, die sie einen Monat lang gepflegt und dadurch den absoluten Einblick in ihre Psyche gewonnen hat. Vergessen wir mal nicht, dass ich zehn Jahre mehr mit ihr verbracht habe.«

»O ja, und du klingst total reif.«

»Ich muss jetzt los. Ich habe eine Sitzung.«

»Ich muss auch Schluss machen, Ella ist wach«, log sie. »Grüß Cindy von mir.«

»Lass mich wissen, was in der Kiste ist.«

»Das hättest du wohl gerne.«

Egal, was in der Kiste war, es hatte so lange darin gelegen, dass es auch noch ein bisschen länger warten konnte, dachte Sam. Sie war schon ganz zittrig vor Hunger. Sie holte die Reste des Brathähnchens vom Abend zuvor aus dem Kühlschrank und stellte sie auf den Küchentisch, dann nahm sie sich den Orangensaft. Aber zuerst musste sie pumpen. Sie fühlte sich wie eine Kuh, und allein dieser unwürdige Zustand war Grund genug, Ella so selten wie möglich wegzugeben. Wie machten das nur die Frauen am Arbeitsplatz? Sie zog ihre Bluse und den BH aus, setzte sich an den Tisch und legte die trichterartige Vorrichtung an die Brust. Der Motor surrte und klopfte, und ihre Milch lief in die Flaschen, während sie sich einen Hühnerflügel abriss und die Haut wegknabberte. Sie aß und aß, pulte mit den

Fingern noch das letzte bisschen Fleisch vom Knochen und tastete das Gerippe ab, damit ihr ja nichts entging. Das Essen spülte sie mit dem Orangensaft runter, den sie direkt aus dem Karton trank. Als sie ihn wieder absetzen wollte, rutschte er ihr aus den fettigen Fingern, und etwas Saft tropfte auf ihren Schoß. Sie hoffte, dass der Briefträger heute nicht früher als sonst kam. Was ist bloß aus mir geworden?, dachte sie.

Nachdem die eine Brust etwas über einhundert Milliliter hervorgebracht hatte – die linke schaffte immer mehr als die rechte –, wischte Sam sich die Hände an der ohnehin schon saftbespritzten Jeans ab und nahm die Pumpe auf einer Seite ab. Die Uhr an der Kaffeemaschine zeigte 12:19. Sie hatte immer noch vier Stunden für sich, bevor sie Ella wieder abholen musste, und damit genug Zeit, um mit dem Modellieren zu beginnen. Aber sie hatte keine Energie. Sie fühlte sich irgendwie wirr, und in ihrem Kopf wirbelten Sorgen herum, die nichts mit dem Ton zu tun hatten. Das Gespräch mit Theo hatte sie aufgewühlt, und die Kiste mit dem Mäusedreck stand auf der anderen Seite des Tisches. Vielleicht war es auch die Prostituierte, die ihr das Gefühl gab, die ihre Ängste um die eigene Kreativität plötzlich belanglos erscheinen ließ – diese Frau gab schließlich ihre Würde auf, um ein Zimmer in einer miesen Absteige bezahlen zu können. Oder vielleicht lag es daran, dass Ella – jetzt, wo sie nicht in der Nähe war – gar keine so große Rolle in Sams Gedanken spielte, wie sie geglaubt hatte.

Und da war immer noch das erste Baby, ein Junge,

den sie Charlie genannt hätten, der Sohn, der inzwischen drei Jahre alt gewesen wäre. Sie hatte ihn vergessen wollen – mit Jack redete sie nie über ihn –, aber natürlich ertappte sie sich oft beim »Was-wäre-wenn«-Spiel. Was für ein Kind wäre er wohl gewesen?

Sie quälte sich mit ihrer unterdrückten Schuld. Während des Ultraschalls in der zwölften Woche, bei dem die Nackenfalte des Fötus geprüft wurde, hatte die Radiologin zunächst gestutzt, aber letztlich waren alle Werte im unteren Normbereich gewesen, und die Hormonmessung war erfreulich ausgefallen.

Sam hatte sich nicht mal Sorgen gemacht, als die große Nadel bei der Fruchtwasseruntersuchung in ihren Unterleib eindrang. Die Ergebnisse bekam sie erst nach zwei Wochen, weil das Labor geschlampt hatte. Sie hatte einen Anruf von einer Urlaubsvertretung erhalten, während ihr eigentlicher Arzt in Costa Rica das Surfen lernte.

Trisomie 21. Down-Syndrom. Sam war die eine von siebenhundert.

»Ach, und es ist ein Junge«, hatte der Arzt noch hinzugefügt.

Vor der Schwangerschaft hatten Jack und sie genau gewusst, was sie tun wollten, wenn sich herausstellen sollte, dass Sam ein Down-Baby erwartete, aber sie hatten natürlich nicht damit gerechnet, dass es wirklich so kommen würde. Als es dann doch so kam, war Sam ziemlich verunsichert. Sie hatte schon gespürt, wie das Baby strampelte, sich aber eingeredet, das Ziehen in ihrem Bauch käme von einer Magenverstimmung. Sie wünschte sich eine Fehlgeburt, doch ihr Wunsch wurde nicht erhört. Sam musste sich in eine Abtreibungsklinik in der Nähe des Campus begeben – im Krankenhaus führte man den Eingriff nicht durch –, wo sie zusammen mit Jack im Wartezimmer neben den College-Mädchen und deren Jungs saß. Dort erlaubte sie sich keinen Blick auf ihren Bauch, keine Zweifel, kein Zaudern und keinen Gedanken an die moralischen Dornenzweige, von denen sie umgeben war.

Sie hatte darauf gehofft, einmal damit abschließen zu können, aber vier Jahre danach war es ihr noch immer nicht gelungen. War das mit dem »Abschließen« vielleicht sowieso bloß ein großer Mythos?

In Sams linker Brust war kein Tropfen Milch mehr, darum schaltete sie die Pumpe aus. Sie sehnte sich nach Stille. Dann zog sie den BH und die Bluse wieder an. Der Kühlschrank gurgelte und summte, und Eichhörnchen jagten über das Dach. Mit einem Klick und einem Luftstoß fuhr die Heizungsanlage hoch. Die Sonne schien durchs Fenster und wärmte Sam den Rücken. Jetzt hätte sie gerne an ihrer Töpferscheibe gesessen, in ihrer üblichen Haltung, den linken Ellenbogen gegen die Hüfte gestützt, während ihre nassen Hände einen Klumpen Ton zu einem Zylinder formten und die hypnotische Sinnlichkeit des Töpferns sie fort aus ihren Gedanken trug. Aber sie konnte sich nicht dazu durchringen, aufzustehen, die sechs Schritte zur Kellertür zu machen, die Treppe hinunterzugehen und ihre Hände in den Ton zu versenken. Die Hürde dieses ersten Schritts schien unüberwindlich.

Stattdessen griff sie sich den geöffneten Pappkarton und warf den Mäusedreck und die alten, zusammengeknüllten Zeitungen in den Müll. Dann holte sie vorsichtig die sperrige Holzkiste heraus und stellte sie auf den Tisch. Sie war eigentlich ganz schön, aus Ahornholz vermutlich, mit einer dunklen Patina überzogen, die viele Hände und Behandlungen mit Öl hinterlassen hatten. Sam bestaunte die solide Wertarbeit, den genau passenden Deckel und die Messingscharniere. Die Innenseite des Deckels war mit ausgefranster roter Seide ausgeschlagen, in der noch drei rostige Nadeln steckten. Iris war nie eine große Näherin gewesen, aber vielleicht hatte ihr diese Kiste einfach gut gefallen.

Sam atmete tief durch. Vor ihr stand eine Kiste mit Dingen, die ihre Mutter aufgehoben und für die Zukunft weggepackt hatte, und doch war ihr nie aufgefallen – oder es war ihr gleichgültig –, dass diese Dinge abhandengekommen waren.

In der Kiste fand Sam einige Umschläge. Iris hatte es immer gemocht, wenn die Dinge ordentlich verpackt waren. Nach der Scheidung hatte sie verkündet, das Beste sei jetzt, dass niemand mehr ihre Ordnung durcheinanderbringe. In ihrer Wohnung hatte sie ihre Pullover einzeln in Tüten verpackt und das Kleingeld, nach dem Münzwert sortiert, in von Sam angefertigten Bechern aufbewahrt. In ihrem Kühlschrank war alles ordentlich in verschiedenen Tupperware-Dosen verstaut, und selbst für die TV-Fernbedienung gab es ein eigenes Körbchen.

Sam nahm sich einen großen Umschlag von ganz

oben, bog den Metallverschluss auf, öffnete die Klappe und schüttete den Inhalt auf den Tisch.

Aus dem Umschlag purzelten mit Gummibändern zusammengehaltene, vergilbte Karteikarten – Rezepte, die in einer flüssigen, schnörkeligen Frauenhandschrift geschrieben waren. Sam blätterte die Karten durch: Petersburger Torte, Sirupbrot, Karamellpudding, Tennessee Silver Cake, Jenny-Lind-Kuchen. Bei Letzterem handelte es sich um ein seltsames Backwerk mit Brandy und Rosinen und Erdbeermarmelade. Die Desserts waren allesamt sehr aufwendig und passten so gar nicht zu Iris, deren Standardrezept ein zartbitterer Schokoladenkuchen ohne Mehl gewesen war. Sam war fasziniert von dem altmodischen, ein wenig steif klingenden Namen eines Rezeptes: »Rosen-Conserve«. Sie zog die Karte heraus und las die Zubereitungsanleitung.

Blütenblätter von erblühten, nicht aber verblühten Rosen sammeln. Wiegen und zur Seite legen. Die gleiche Menge Zucker abwiegen, in eine Schüssel füllen und mit gerade so viel Wasser ergänzen, dass der Zucker feucht wird. Die Schüssel in die Sonne stellen, bis der Zucker sich aufgelöst hat, dann den Inhalt bei niedriger Hitze erwärmen. Sobald der Zucker kocht, die Blütenblätter hinzugeben. Zehn Minuten lang vorsichtig umrühren, dann vom Herd nehmen. Abkühlen lassen und in Gläser füllen.

Stammte dieses Rezept von Iris' Mutter? Sam wusste kaum etwas über sie, nur, dass sie die Frau eines Farmers in Minnesota gewesen und zufälligerweise irgendwo in

Wisconsin aufgewachsen war. Sie konnte sich nicht richtig vorstellen, dass die nüchterne Landfrau, die sie auf Fotos gesehen hatte, diese »Rosen-Conserve« zum Kirchenpicknick beisteuerte.

In einem weiteren Umschlag entdeckte Sam einen Taschenkalender von 1965, das Programmheft einer Schultheatervorstellung (*Im Dutzend billiger* mit Theo in der Rolle des Frank Gilbreth, eines Effizienzexperten mit zwölf Kindern), ein Kinderbild (eine lila Krakelei auf rotem Tonpapier, vermutlich von Sam), einige Notenblätter mit Weihnachtsliedern und eine billige Geldbörse, deren Stickerei sich bereits auflöste.

Eine zerknüllte Kinokarte von 1940 fiel auf die Tischplatte: *Sein Mädchen für besondere Fälle*, mit Cary Grant und Rosalind Russell. Sie versuchte sich auszumalen, wie ihre Mutter mit dreizehn Jahren sehnsüchtig die Schauspieler auf der Leinwand anschmachtete. Iris hatte dieses Souvenir fast sechzig Jahre aufbewahrt. Was steckt wirklich dahinter?, fragte sich Sam. Ein Artefakt ohne Kontext warf mehr Fragen auf, als es beantwortete. Sie hatte immer geglaubt, ihre Mutter zu kennen, aber in Wirklichkeit war Iris ihr zunehmend zu einem Rätsel geworden. Es war, als hätte Iris sich nach Scheidung und Umzug wieder in die Person verwandelt, die sie vor der Geburt ihrer Kinder gewesen war – und von dieser Person wusste Sam überhaupt nichts. Oder vielleicht war sie auch zu einem ganz anderen Menschen geworden.

Während ihrer gemeinsamen Zeit in Sanibel hatte Sam ihre Mutter oft in einen Liegestuhl auf den Balkon gesetzt und ihr eine Decke über die schwachen Beine gelegt. Dann genossen sie zusammen Tee und Scones aus der Bäckerei von nebenan, und sie redeten miteinander, als wären Iris' Tage nicht gezählt.

»In meinem hohen Alter bin ich tatsächlich noch zur Leseratte geworden, das hättest du wohl nicht gedacht«, sagte Iris. Sam, die ihre Mutter nur als Illustriertenleserin in Erinnerung hatte, staunte darüber, dass sie jetzt *Zum Leuchtturm* verschlang. Das in Plastik eingeschlagene Buch lag auf ihrem Schoß. »Bisher hatte ich zum Lesen keine Geduld, aber jetzt ist es für mich wie Meditieren. Dazu bin ich ja auch nie gekommen.«

»Warum hast du dir ausgerechnet Virginia Woolf ausgesucht?«

Ihre Mutter spitzte die Lippen. »Tja, hätte ich besser erst deinen Ehemann konsultieren sollen? Ein netter junger Mann in der Bibliothek hat mir das Buch empfohlen. Und mir gefiel die Idee einer Familie in ihrem Sommerhaus, auch wenn die fröhliche Stimmung am Anfang trügerisch ist. Ich hoffe, ich kriege es durch, bevor ich den Löffel abgebe.«

»Mom.«

»Hast du's denn gelesen?«

»Im College, glaube ich.«

»Ich finde es jedenfalls ganz wunderbar. Vielleicht solltest du es mitnehmen. Ich glaube kaum, dass die Bücherei dich in Wisconsin aufspürt.« Sie lachte, aber dann brauchte sie eine kleine Pause, um tief durchzuatmen.

Sam war nicht in der Lage, mit ihrer Mutter über die Dinge zu reden, die wegen ihres bevorstehenden Todes noch zur Sprache kommen sollten – etwa die Tatsache, dass Sam ihr erstes Baby abgetrieben hatte. Warum konnte sie ihr das nicht sagen? Gerade jetzt. Wenn ihre Mutter entgegnen würde, das sei okay, Sam habe die richtige Entscheidung getroffen, dann würde sie sich vielleicht befreit fühlen. Aber Sam konnte diese »neue« Iris seit der Scheidung nicht mehr einschätzen. Würde sie das Richtige sagen? Sam wusste nicht, ob Iris sich wie ihre Mutter verhalten würde.

»Du schaust mich an, als wolltest du was von mir«, bemerkte Iris. »Ich hab aber nichts für dich. Keine Plattitüden. Keine Weisheit. Du brauchst nichts mehr von mir, Samantha.«

Iris schlug ihr Buch auf. Die Meeresbrise wehte ihr das dunkle Haar aus dem Gesicht, das hager und bläulich, aber auch ungewohnt zufrieden wirkte. Da drehte sich das Baby in Sams Bauch, und ihr wurde klar, wie schlecht sie sowohl auf die bevorstehende Geburt als auch auf den bevorstehenden Tod vorbereitet war.

»Weißt du, was meine Mutter immer gesagt hat?«, fragte Iris. »Die Leute denken zu viel. Und ich finde, sie hat recht.«

»Mom?«

»Hol dir doch auch was zu lesen. Im Wohnzimmer liegen ein paar Einrichtungsmagazine auf dem Couchtisch.«

Sams Nachbar Ted, der nebenan in einem baufälligen viktorianischen Haus mit Hühnerstall dahinter lebte, kam mit gewohnt federndem Schritt auf Sams Haustür zugelaufen. Sie war froh, dass sie die Bluse wieder angezogen hatte. Ted hatte weiße, zu einem Topfschnitt frisierte Haare und trug am liebsten Flanellhemden und ausgewaschene Jeans. Er hatte Ende der bewegten sechziger Jahre die Universität von Madison besucht und war danach in der Stadt hängen geblieben. Inzwischen lehrte er Mathematik am örtlichen Junior College. Beim Harken und Schippen kam man am besten mit ihm ins Gespräch; Ted war nämlich ein fanatischer Schneeschipper, der seinen Gehweg stets absolut eisfrei hielt. Jack liebte es, Ted in Fahrt zu bringen, indem er ihn auf den 18. Oktober 1967 ansprach, den Tag, an dem Ted zusammen mit Hunderten anderer Studenten gegen die Anwerber von Dow Chemical – den Hersteller von Napalm – protestierte.

»Wir hielten das Commerce Building besetzt, und dann marschierten die Cops auf. Die Bullenschweine haben uns mit Schlagstöcken zusammengeprügelt. Es war ein richtiges Blutbad«, hatte Ted ihnen wild gestikulierend geschildert, als sie ihn zum ersten Mal getroffen hatten. »Habt ihr schon mal Tränengas abgekriegt? Davon würde ich euch echt abraten. Das ist total gruselig. Furchtbar. Man kann die Augen nicht mehr öffnen und meint zu ersticken. Diese verdammten Bullen.«

Eines der Dinge, die Jack an Madison am besten gefielen, war die Tatsache, dass er neben Ted wohnte. Oft ging er raus zum Schneeschippen, und wenn er eine Stunde später wieder zurückkam, mit roten Wangen und laufender Nase, hatte er wieder ein neues Detail über Ted erfahren.

»Wusstest du, dass Ted früher bei der Gewerkschaft aktiv war?«

»Wusstest du, dass Ted eine siebenundzwanzigjährige Tochter in Poughkeepsie hat?«

»Wusstest du, dass Teds Haare innerhalb eines Jahres weiß geworden sind?«

Ted war eine Quelle nie versiegender Rätsel. Warum ließ er Tag und Nacht den Fernseher laufen? Was war aus Mrs. Ted geworden? Was fing er mit all dem Platz in seinem großen Haus an? Sam und Jack liebten es, ihr Bild von Ted mit neuen Mosaiksteinchen zu ergänzen und wilde Vermutungen anzustellen. Dabei lachten sie viel, nicht etwa, weil sie sich über Ted lustig machten, sondern weil sie von Teds Heiterkeit angesteckt wurden. Sie mochten seine eigenartige, menschenfreundliche Einstellung. Damals war alles noch gut gewesen zwischen Sam und Jack. Inzwischen lachten sie nicht mehr so viel – Sam jedenfalls nicht. Sie stellte sich Jack bei der Arbeit vor, wie er seinen Charme in der englischen Fakultät verbreitete und froh war, sie los zu sein. Wie konnte sie ihm das verdenken?

Ted schirmte das Gesicht mit den Händen ab, um durch die Scheibe sehen zu können, und winkte lebhaft, als er Sam entdeckte. Er hob die Augenbrauen und lächelte breit.

»Hallo, Ted«, begrüßte sie ihn, als sie die Tür öffnete.

»Tag auch! Mann, ist es wirklich schon Herbst? Wir haben doch erst den vierten Juli gefeiert! Wo ist denn die Kleine?«

»Bei einer Freundin.«

»Das ist gut, das ist gut. Tut mir leid, dass ich einfach so reinplatze.«

»Gar kein Problem. Komm doch rein«, sagte Sam aufrichtig. Sie freute sich, ihn zu sehen.

»Nur ganz kurz«, murmelte er, als er hereinkam. »Ich wollte dir nur sagen, dass du auf der Straßenseite parkst, wo der Kehrwagen durchfährt. Nicht, dass du einen Strafzettel kriegst.«

»Das hab ich ganz vergessen. Vielen Dank, das ist lieb von dir«, erwiderte sie.

»Klar, gern geschehen. Ich will nicht, dass jemand diesen Parkplatzdespoten zum Opfer fällt. Vor ein paar Jahren habe ich eine Petition gestartet, um die Schilder auszuwechseln, weil man im Winter nicht genau weiß, wo man parken darf und wo nicht. Ich hab über zweitausend Unterschriften zusammenbekommen.«

»Wow. Und was ist dann passiert?«

»Nicht viel. Aber der Bürgermeister hat mich empfangen.« Ted tänzelte aufgedreht herum, und seine weißen Haare hüpften. »Du wirkst, als wärst du mitten in einem Projekt.«

»Ich war dabei, eine Kiste mit alten Sachen von meiner Mutter durchzusehen.«

Ted blies die Backen auf und schüttelte den Kopf. »Wann ist sie von dir gegangen?«

Lustiger Euphemismus, dachte Sam. Als wäre ihre Mutter einfach losgelaufen, außer Sichtweite.

»Vor einem Jahr«, antwortete sie.

»Das ist eine Art Initiationsritus für Erwachsene, findest du nicht? Mein Vater war ein Sammler. Er hatte zwanzig Jahrgänge des *Sunset*-Magazins aufgehoben, vom Boden bis zur Decke war alles voll damit. Und ein ganzes Zimmer voller Kaffeedosen. Ich mache keine Witze.«

»Und was hast du mit dem Zeug gemacht?«

»Zuerst bin ich alles Stück für Stück durchgegangen, weil ich wissen wollte, was für ein Mensch mein Vater eigentlich war.« Er lachte. »Aber nach zwei Tagen habe ich begriffen, dass es keinen Sinn hatte. Wenn ich was Wichtiges gefunden hätte, hätte ich in jedem Fall ahnungslos davorgestanden, weil er ja nicht mehr da war, um es mir zu erklären.« Er zuckte übertrieben heftig mit den Schultern. »Dann hab ich einen Container angefordert.«

»Wo hat dein Vater denn gelebt?«

»In Los Alamos, New Mexico. Da bin ich auch aufgewachsen. Er hat an der Wasserstoffbombe mitgearbeitet, aber das habe ich erst Jahre später erfahren. Du kannst dir bestimmt denken, dass wir nicht unbedingt einer Meinung waren.« Er klatschte in die Hände. »Also dann. Ich lass dich jetzt wieder an die Arbeit. Das ist schon eine komische Mischung, oder? Das, was von einem Leben übrig bleibt.« Ted öffnete die Tür und trat hinaus auf die Veranda. »Total verrückt«, murmelte er und schüttelte den zerzausten Schopf. »Bis dann! Ich muss los, zur Vorlesung.«

Sam winkte und lächelte. Das waren wieder ein paar wertvolle Einträge für die Akte Ted. Sie freute sich schon darauf, Jack beim Abendessen ihre neuen Erkenntnisse zu präsentieren. Vielleicht würde sie Linguini Carbonara mit Rucolasalat machen und so tun, als wäre alles wie immer. Aber dann fiel ihr ein, dass er japanisches Essen mitbringen würde und dass sie die Auftragsarbeit für seinen Kollegen noch vor sich hatte und nicht wusste, wie sie anfangen sollte, und dass sie keine Ahnung mehr hatte, was normal war. Sie hatte immer geglaubt, sich selbst zu kennen, aber diese Sicherheit war ihr im vergangenen Jahr völlig abhandengekommen.

Der Baumwurzeltyp. Den hatte sie ganz vergessen. Während sie das Sunrise Inn observiert hatte, war er gekommen und wieder gegangen.

Bei wie vielen Gelegenheiten hätte ihre Mutter den Krebs entdecken können? Zum Zeitpunkt der Diagnose war die Krankheit schon in Stadium vier gewesen. Die Krebszellen waren vom eigentlichen Tumor in einem Milchgang in die Lymphknoten der Achselhöhle vorgedrungen und hatten von dort aus die Knochen befallen, wo sie sich weiter vermehrten. Zum Schluss hatte der Krebs noch auf Leber und Lunge übergegriffen. Es waren Monate, sogar Jahre vergangen, in denen sie einen Knoten hätte bemerken können. Sie hätte einfach zum Arzt gehen können, der ihn ganz unkompliziert herausgeschnitten hätte. Sam bemühte sich, den hartnäckigen, heimtückischen Gedanken, dass Iris absichtlich zu lange gewartet hatte, aus ihrem Bewusstsein zu verbannen.

Sie steckte die Wäsche in die Maschine und achtete darauf, dass Ellas kleine Socken ganz unten lagen, damit sie nicht wieder den Ablaufschlauch verstopften. Dann stellte sie die Maschine an und ließ den Blick durch den Keller schweifen.

Nur eine Sache, beschwor sie sich selbst, fang nur eine einzige Sache an, dann wird der Drang, etwas zu schaffen, sich ganz von selbst wieder einstellen. Der Ton-Fangeimer, den sie unter dem Kellerwaschbecken eingebaut hatte, war randvoll und schwarz – die Tonreste aus ihren Werkzeugen und Schwämmen hatten sich in schimmeligen Schlamm verwandelt. Sam hockte sich hin und schraubte den Verschluss der Konstruktion auf. Leider hatte sie aber vergessen, das Ventil zu schließen, darum spritzte die stinkende Brühe auf ihre Hände, bevor sie langsam in Richtung des Ablaufsiebs im Boden sickerte. Sam musste lachen. Nachdem sie die Bescherung notdürftig weggeputzt hatte, leerte sie den Fangeimer und wusch sich die Hände.

Das Telefon klingelte – und sofort funktionierte Sam wieder wie eine besorgte Mutter. Ella, Ella, Ella! Sie rannte hoch, um abzunehmen.

»Hallo?«

»Alles läuft super, mach dir keine Sorgen«, sagte Melanie.

»Ella …«

»Schläft im Laufstall, so wie du es nie für möglich gehalten hast. Vor zehn Minuten hat Sarah mir Bericht erstattet, aber es ist gar nichts passiert, außer dass Rosalee ›Scheiße‹ gesagt hat, als sie sich mit Apfelmus bekleckert hat.«

»Das ist ja toll«, rief Sam mit gespielter Begeisterung.

»Ich meine, das mit Ella.« Ein Teil von ihr hatte sich gewünscht, dass das Babysitter-Experiment scheitern und Ella sie zu sehr vermissen würde. Insgeheim hatte Sam gehofft, dass man sie rufen musste, damit sie herbeieilen und allen zeigen konnte, dass sie nicht verrückt war, bloß weil sie nicht von ihrer Tochter getrennt sein wollte.

»Samantha, du kannst mir nichts vormachen. Ich weiß genau, dass du gehofft hast, du müsstest kommen und sie abholen. Aber da liegst du falsch. Die Kleinen können tatsächlich ohne uns existieren.«

Sam konnte ein Klick-Klack von Melanies Laptop-Tastatur hören. Sie klemmte sich den Hörer zwischen Ohr und Schulter, öffnete den Kühlschrank, nahm eine halbe Flasche Riesling heraus – wo kam die eigentlich her? – und trug sie zum Küchentisch.

»Ich bin froh, dass es so gut läuft«, erwiderte Sam. »Wirklich. Na ja, okay. Ich wollte, dass sie mich vermisst. Aber jetzt bin ich froh, ganz bestimmt.«

»Und wie läuft's bei dir?«

»Ich hab's noch nicht mal hingekriegt, einen Sack Ton aufzumachen.«

»Das ist doch okay. Ich hab den ganzen Morgen damit verbracht, Promiklatsch-Blogs zu lesen und Online-Scrabble mit meiner Mutter zu spielen.«

»Mel, ich komme nicht weiter.«

»Ich weiß. Das erste Jahr macht uns alle fertig. Mach einen Massagetermin aus oder so was. Heute ist kein guter Tag, um wieder mit dem Arbeiten anzufangen.«

In dem Moment spürte Sam, wie dankbar sie für diese

Freundin war – das hatte sie sich bisher nicht ausreichend klargemacht. Sie holte ihren Lieblingsbecher (ein großes eiförmiges Gefäß mit glänzender, seladongrüner Glasur) aus dem Schrank und schenkte sich etwas Wein ein.

»Also, jetzt kommt der eigentliche Grund, warum ich anrufe. Wir wollen euch beide nächste Woche zum Abendessen einladen. Zusammen mit Kelly und Michael. Ihr kennt sie von dem Grillfest letzten Sommer. Wie wär's mit Donnerstag?«

»Das klingt toll. Ich muss Jack fragen …«

»Er hat Zeit. Doug hat das schon mit ihm geklärt.«

»Ach so. Na gut.«

»Es gibt aber eine Einschränkung«, sagte Melanie. »Du kannst die Kleine nicht mitbringen. Du musst dir einen Babysitter besorgen. Wenn du keinen findest, besorge ich dir einen. Das meine ich ernst. Wenn du Ella mitbringst, muss sie den Abend auf der Veranda verbringen.«

»Einverstanden«, antwortete Sam. Sie hoffte, sie würde das tatsächlich schaffen.

»Okay. Ich versuche jetzt, was zu schreiben. Wir sehen uns in drei Stunden.«

Seit anderthalb Jahren, während der gesamten Schwangerschaft und Stillzeit, hatte Sam sich vom Alkohol ferngehalten, was im Grunde kein Opfer für sie gewesen war, aber als sie an dem kalten, süßen Wein nippte, noch dazu mitten am Tag, verspürte sie einen unerwarteten Kitzel. Sie schloss die Augen und ließ die Schultern sinken, und dann fiel ihr plötzlich ein, dass sie vergessen hatte, das Auto wegzufahren, trotz Teds Erinnerung.

Zu Sams Erleichterung steckte kein Strafzettel unter dem Scheibenwischer. Sie wendete und parkte auf der anderen Straßenseite. Als sie nach hinten auf den leeren Kindersitz schaute, spürte sie einen Stich im Herzen. Sie vermisste ihre Tochter: ihre rosa Lippen, ihr Lächeln mit geöffnetem Mund, ihren übergroßen Kopf, die Falten an ihren Ellenbogen und ihre speckigen Knie, den nach außen gestülpten Nabel auf ihrem ballonförmigen Bauch. Ella würde Sam immer weiter entgleiten und sie Tag um Tag weniger brauchen.

Jack rief an, aber Sam ging nicht ans Telefon. Sie konnte ihm unmöglich gestehen, dass sie noch nicht einmal angefangen hatte.

Der Tag war doch noch schön geworden. Der Himmel leuchtete jetzt hellblau, und die Sonne schien trügerisch warm, aber die langsam kahl werdenden Bäume ließen keinen Zweifel daran, dass der Winter vor der Tür stand. Durch die Windschutzscheibe konnte sie erkennen, dass Teds Fernseher lief – die Gerichtsshow *Judge Judy* flimmerte über den Schirm –, obwohl er gar nicht zu Hause war. Der alte Mann in einer roten Windjacke, der eine Straße weiter in einem Haus mit Bowlingbällen vor der Tür wohnte, führte seinen Corgi aus, wie er es jeden Tag zweimal zu tun pflegte, immer auf der selben Strecke und zur selben Uhrzeit. Auf Sam hatte der Mann einen einsamen Eindruck gemacht, darum war sie immer besonders freundlich zu ihm gewesen, aber dann hatte er seinen Hund einmal in ihren

Vorgarten kacken lassen, während Sam vom Fenster aus zusah – da war es schlagartig vorbei gewesen mit ihrer Sympathie. Eine junge Frau, die sie nicht kannte, schob ein Baby in einem 400-Dollar-Kinderwagen herum. Wahrscheinlich war sie das Kindermädchen der neu zugezogenen Familie, die das seltsam eklektische Tudor-Haus (scherzhaft »die Burg« genannt) am Lake Monona gebaut hatte. Als die Frau mit dem Handy telefonierend näher kam, konnte Sam ihre vollen Lippen und ihre runden slawischen Gesichtszüge erkennen.

Und dann dachte Sam an die Prostituierte, die ihre Skittles naschte und jetzt langsam zum Lotus House schlenderte, oder schlimmer noch, bei einer der Tankstellen am Highway 51 oder 92, dem Admiral oder dem Parkplatz des Red Light Entertainment auf Kundschaft wartete.

»Hallo«, sagte Jack. »Ich weiß, du bist bei der Arbeit. Ich wollte mich nur bedanken. Weil du die Sache für Franklin machst. Sei nicht so streng mit dir selbst. Es muss nicht perfekt werden. Bis heute Abend.«

Sie wollte nicht zurück ins Haus gehen. Der einzige andere Ort, der ihr einfiel, war irrational, ja, beunruhigend, aber sie wollte sich noch einmal dort umschauen. Sie ließ den Wagen an und fuhr zurück zum Sunrise Inn.

Violet

Nino hustete und spuckte und steckte den Kopf unter die Pumpe, um einen Schluck Wasser zu trinken. Es war ein warmer, feuchter Spätnachmittag, der Frühling ging langsam in den Sommer über, und die Slaughter Alley strahlte eine Art faulige Reife aus.

»Charlie meint, ich könnte am Kessel arbeiten«, sagte Nino. »Wenn ich zu alt bin für die Zeitung.«

»Du könntest auch mit mir kommen«, schlug Violet vor. »Wir würden auf einer Farm arbeiten. Das ist doch besser, als zu stinken wie Charlie.«

Er lächelte. »Kennst du diesen Bobo? Er hat überall solche blauen Flecken, weil er irgend so 'ne Krankheit hat.«

Sie nickte. Sie hatte den Jungen schon in Ninos Haus gesehen. Seine dünnen Beine waren übersät mit gelben und lila Flecken.

»Er hat's versucht«, berichtete Nino. »Keine Italiener, haben sie gesagt. Keine Chinesen, Neger, Juden, Spanier, Türken. Auch keine Russen.«

»Na und? Du könntest dich doch trotzdem in den Zug schmuggeln.«

»Hab noch nie ’ne richtig echte Kuh gesehen«, wandte er ein. »Was soll ich denn auf so einer Farm schon groß machen?«

»Weiß nicht. Das Gleiche wie ich. Gut essen. Spielen. Mais ernten kann doch nicht so schwer sein.«

Finster schüttelte er den Kopf.

Wenn sie Nino hätte, könnte sie ohne ihre Mutter auskommen. Aber wie konnte sie bloß beide verlassen? Sie trat gegen eine Tüte voller Asche, die ihren Inhalt in hohem Bogen durch den Innenhof spuckte. Sofort fluchten die Frauen an den Waschbrettern kreischend auf Italienisch.

Violet und Nino rannten auf die Straße und sprangen über den Abwasserkanal, hinein in die letzten Strahlen der Nachmittagssonne.

»Wie viel haben sie deiner Mama gegeben?«, wollte Nino wissen.

»Nix.«

»Sie gibt dich weg für nix?« Sein Gesicht verzog sich zu einer schockierten Grimasse.

Violet zuckte mit den Achseln. »Sie wollte mich sowieso ins Heim geben.«

Eine heruntergekommene, gebeugte Frau durchsuchte mit Hilfe eines Stocks den Abfallhaufen vor dem Laden. Sie machte sich nicht einmal die Mühe, die Fliegen von ihrem Gesicht zu verscheuchen.

»Ist deine Oma schon gestorben?«, fragte Violet.

»Gestern dachte ich, sie gibt gleich den Löffel ab, weil ihr Kinn schon unten hing. Aber sie lebt immer noch, da oben«, erklärte er und deutete mit dem Kopf in Richtung ihrer Wohnung. »Ein Wunder, dass er sie noch nicht aus dem Fenster geschmissen hat.«

»Komm morgen zum Bahnhof«, bat sie ihn. Er rieb sich den Nacken. Normalerweise redeten sie nicht so ernst und direkt miteinander, und sie merkte, dass es ihm nicht gefiel. »Wir fahren zusammen von hier weg.«

Der ältere der Dugan-Brüder rannte vorbei, ein Blitz aus roten Haaren.

»Wir geben dich als meinen Bruder aus«, sagte sie.

Nino schaute ihr in die Augen, und Violet spürte, dass er im Kopf die Wahrscheinlichkeit ausrechnete, nach der ihnen eine Flucht gelingen würde. Sie malte sich aus, wie sie nebeneinander im Zug saßen und zusahen, wie die Stadt durchs Fenster immer kleiner wurde. Das würde ihr größtes Abenteuer werden.

»Also, kommst du mit?« Sie biss sich auf die Lippe, um ein Lächeln zu verbergen.

»Kann nicht«, antwortete er.

Etwas Kaltes, Stechendes breitete sich in Violets Innerem aus, aber sie sagte nichts, weil sie Angst hatte, ihre Stimme würde sie verraten.

Sie wollte Nino mitten ins Gesicht schlagen, und sie wollte weinen, weil alles so unfair war, und sie wollte ihm Dinge anvertrauen, die sie niemals über die Lippen brächte.

»Ich gehe Jimmy suchen«, verkündete Nino. »Willst du mitkommen?«

»Kann nicht«, antwortete sie.

»Na gut«, sagte er und schaute über ihren Kopf hinweg in die Luft.

In diesem Augenblick spürte sie bereits den unerträglichen Verlust.

»Also, tschüss dann wohl«, sagte er und zog seine Hose hoch.

»Ja«, erwiderte sie.

Sie legte grüßend die Finger an die Schläfe, und dann war er weg.

»Das ist nur für kurze Zeit, Vi. Du weißt doch, dass ich dich nicht einfach im Stich lasse. Ich bin ja deine Mutter.«

Lilibeth legte ihren Schal, eine kleine Bürste und einen Kamm oben auf die wenigen Kleider ihrer Tochter und packte alles in ihre geliebte Reisetasche. Aus einem kleinen Beutel zog sie das Seidensäckchen mit der Eule, das Geschenk, das Bluford ihr vor der Hochzeit gemacht hatte. Die Stickerei um die Augen der Eule herum war ausgefranst, und die Seide wirkte fleckig und leicht angeschimmelt. Lilibeth fuhr mit dem Finger über die Eule, und Wehmut lag in ihrem Blick.

»Das war mal wunderschön«, sagte sie. »Hier.«

Violet nahm das Säckchen und strich sich damit über die Wange.

»Du lieber Himmel«, rief Lilibeth plötzlich und riss die Arme hoch. »Das hätte ich ja fast vergessen!«

Aus der Manteltasche holte sie ein schmales, silbernes Etui und streckte es Violet hin. Lilibeth versuchte, ein Lächeln aufzusetzen, aber stattdessen rollte ihr eine Träne über die Wange. In dem Etui befand sich – gegenüber von einem roten Samtpolster – die Fotografie, die

Mr. Lewis in Auftrag gegeben hatte, sepiafarben und erstaunlich scharf. Auf dem Bild wirkte Lilibeth ernst, mit beinahe schläfrigen Augen. Hinten am Kopf hatte sie das Haar zu einem lockeren Knoten aufgesteckt, und zu beiden Seiten der Stirn kringelte sich eine Locke hinab. Sie trug ein dunkles Taftkleid mit einem hochgeschlossenen Kragen aus weißer Spitze. Lilibeths Körper schien sich vom Betrachter abzuwenden, aber ihr Gesicht schaute direkt in die Kamera. Die Augen wirkten dunkel, ganz anders als das Blau, das Violet kannte, und ihr Blick war undurchdringlich, beinahe herausfordernd.

»Man kann dort ein Kleid fürs Bild auswählen«, schwärmte Lilibeth. »Ich kam mir vor wie ein kleines Mädchen, das ein Kleid von seiner Mutter anprobiert. Eigentlich wollte ich lächeln, ich dachte nämlich, das würde netter wirken. Aber der Mann meinte, ich soll das nicht machen. Die Leute lächeln nicht, wenn sie abgelichtet werden.«

Fasziniert betrachtete Violet die Fotografie. Die Frau, die darauf abgebildet war, sah wichtig und klug aus, fast schon stark. Sie erinnerte überhaupt nicht an die Frau, die in Tränen ausbrach, als ein Sturm im Mai das Rotkehlchennest im Holzapfelbaum zerstört hatte (»Drei wunderschöne blaue Eier, Violet, stell dir nur vor«), oder an die Frau, die aus dem Fenster starrte, als Bluford einen Besenstiel nahm und Violet damit schlug, weil sie die Tür vom Hühnerstall offen gelassen hatte. Und schon gar nicht an die Frau, die zwei Tage lang mit ihrem toten Baby im Bett lag.

Ich will nicht wegfahren, dachte Violet.

»Ich durfte aus drei Bildern auswählen«, erzählte Lilibeth. »Ich hoffe, ich habe mich für das beste entschieden. Mit den Haaren bin ich aber nicht zufrieden. Ich sehe alt aus. Findest du mich denn hübsch?«

Violet nickte. Sie hatte das Gefühl, der Boden öffnete sich unter ihren Füßen. Ich werde das machen, was du sagst, ich werde nicht viel essen, ich werde mich in Zukunft benehmen, wollte sie beteuern. Lass mich nicht gehen.

»Du denkst doch an mich, nicht wahr, Vi?«

Violet war zumute, als hätte man ihr den Mund mit Dreck gestopft.

Nino kam nicht, um sich von Violet zu verabschieden, und auch keiner der anderen Jungen. Sie wusste, dass sie bald nur noch Stoff für eine Geschichte wäre, so wie Sammy, der im Fluss ertrunken war, oder George, der sich nach Kalifornien aufgemacht hatte, um Gold zu suchen. Und nach einiger Zeit wäre sie dann ganz vergessen.

Um vier Uhr sollte sie bei der Kinderhilfe erscheinen. Lilibeth puderte ihr das Gesicht und band ihr eine grüne Schleife ins Haar. Sie sprachen nicht darüber, wo sie hingehen würden und wo Violet hinfahren würde. Sie nahmen die Straßenbahn – es war das erste Mal, dass Violet mit einem Fahrschein fuhr – bis in die East 22nd Street, und Violet spürte ein leichtes Angstgefühl in sich aufsteigen. Die Gegend hier hätte auch in eine andere Stadt gepasst. Die Häuser waren hoch, die Straßen breit und sauber. Lilibeth umklammerte die Karte, die sie im Missionsbüro bekommen hatte, und überprüfte die Adresse ein weiteres Mal. Dann gingen sie nach Westen, zu dem letzten Gebäude vor der Park Avenue, einem großen Sandsteinhaus mit Bogenfenstern und zwei Gaslaternen auf jeder Seite des Eingangs.

»Ach, ich weiß nicht, Vi. Vielleicht sollten wir morgen wiederkommen«, sagte Lilibeth und fächelte sich Luft ins Gesicht. »Ich weiß nicht, was ich von der Sache halten soll.« Sie nahm Violet bei der Hand. »Was meinst du? Willst du wirklich fahren?«

Ich will bei dir bleiben, dachte Violet. Aber sie wusste, dass das ein Ding der Unmöglichkeit war.

»Komm schon, Mama«, drängte sie.

Sie wurden von einer lächelnden Frau mit dicklichem Gesicht und Mausaugen empfangen, die von Kopf bis Fuß in Schwarz gekleidet war. Mit zitternden Fingern reichte Lilibeth ihr die Karte.

»Gott segne euch«, sagte die Frau. »Wie heißt das Kind?«

»Violet«, antwortete Lilibeth leise. Sie räusperte sich. »Violet Elaine White.«

Violet blickte sich in dem dunklen, holzgetäfelten Foyer um. Auf einem Beistelltisch stand eine Vase mit cremefarbenen Rosen. Sie versuchte, sich einen Punkt auszusuchen, auf den sie sich konzentrieren konnte. Sie musste ihre äußerliche Entschlossenheit bewahren. Schließlich entdeckte sie eine Delle in dem Marmorboden.

Die Frau holte ein Schriftstück aus einem Ordner.

»Bitte unterschreiben Sie hier, Mrs. White. Das ist nur eine Formalität. Sie brauchen sich nicht mit den Einzelheiten zu befassen.«

Hiermit bestätige ich, dass ich Violet Whites Mutter und einzige Sorgeberechtigte bin. Ich stimme zu, dass das Kinderhilfskomitee ein Zuhause für meine Tochter aussucht, in dem sie bis zur Volljährigkeit wohnen wird. Ich verspreche, mich nicht in die Entscheidungen des Kinderhilfskomitees einzumischen.

Lilibeth kämpfte mit den Buchstaben. Ihre Augen sprangen wild über das Papier, bevor sie schließlich einen Stift in die Hand nahm. Sie wirkte niedergeschlagen.

»Wenn die Dinge doch bloß anders wären«, murmelte Lilibeth. »Ich wünschte, alles wäre anders.«

Bring mich nach Hause, dachte Violet.

Lilibeth unterzeichnete das Schriftstück und schlug sich die Hand vor den Mund.

»Hier, meine Kleine«, sagte sie und reichte Violet die Reisetasche. »Benimm dich. Und lass nicht zu, dass sie dich zurück nach Kentucky schicken.« Sie zwang sich zu einem kurzen Lachen, das schnell erstarb und in der Luft hängen blieb.

»Mama«, sagte Violet leise. Das konnte doch nicht alles gewesen sein. Dieser schnelle Schnitt. Sie klammerte sich an die Idee von dem Zug, der sie in die Weite des Mittleren Westens bringen würde, an irgendeinen Ort auf der Karte, an den sie sich nicht mehr erinnerte. »Ich schreibe dir einen Brief«, beteuerte sie, obwohl sie genau wusste, dass sie noch nie einen Brief geschrieben und auch keine Ahnung hatte, wo sie ihn hinschicken sollte.

»Ich komme und hole dich«, versprach Lilibeth. Sie wirkte in die Enge getrieben. Ihre Augen waren weit aufgerissen und voller Angst. »Ich komme, sobald ich kann.«

»Wir übernehmen sie jetzt«, sagte die Frau. »Das ist zu ihrem Besten.« Sie trennte Violet von ihrer Mutter und legte ihr einen Arm um die Schulter.

»Woher weiß ich denn, wo sie hinkommt?«, wollte Lilibeth mit zitternder Stimme wissen. »Wie kann ich sie später finden?«

»Sie kommt in ein gutes Zuhause«, sagte die Frau leise, aber bestimmt, und zeigte nun unverhohlen ihre ganze Autorität. »Das ist das Beste für das Kind. Verabschieden Sie sich jetzt.«

Lilibeth zögerte einen winzigen Moment, aber dann zog sie ihre Tochter an ihre schwache Brust.

»Vergib mir«, flüsterte sie in Violets Haar.

Violet sah zu, wie die gertenschlanke Silhouette ihrer Mutter durch die Tür nach draußen glitt und in der heraufziehenden Dämmerung verschwand. Sie wusste, sie würde Lilibeth wiedersehen, weil sie sich absolut keine Alternative vorstellen konnte.

Jetzt kann ich gehen, dachte sie. *Ich bin schon unterwegs*.

»Hier lang«, kommandierte die Frau. »Ich nehme deine Tasche.«

Ihre Schritte klapperten auf dem glänzenden, schwarz-weiß gefliesten Boden.

»Ich behalte die Tasche bei mir«, sagte Violet, der die Veränderung im Tonfall der Frau seit Lilibeths Aufbruch nicht entgangen war. »Das macht mir nichts aus.«

»Du brauchst nichts mehr von dem, was da drin ist«, entschied die Frau. »Du beginnst jetzt ein christliches Leben, das bedeutet, du kannst noch einmal ganz von vorne anfangen.«

In Violets Hirn wirbelten die Gedanken wild umher. *Lauf*, schoss es ihr durch den Kopf, aber dann dachte sie an den Zug und daran, wie aufregend sie es fand, dass er sie an einen ganz neuen Ort bringen würde.

»Darf ich wenigstens die Fotografie haben, die da drin ist?«, bat sie und bemühte sich um eine möglichst ruhige und höfliche Stimmlage. »Ein Bild von meiner Mutter. Das ist alles, was ich haben will.«

»Still jetzt«, sagte die Frau. »Es wird alles gut. Gott beschützt dich von jetzt an.«

Violet musste schlucken. Sie war verwirrt, und ihr Herz pochte heftig, während ihre Entschlossenheit sich langsam in Luft auflöste.

Die Frau führte sie eine Treppe hoch, durch eine weitere Tür und einen Flur entlang in einen großen Raum, in dem Kinder verschiedenen Alters – Mädchen und Jungen, manche in Waisenhausuniformen, andere in abgerissener Straßenkleidung – in langen Schlangen warteten. Niemand sprach. Man hörte nur das Scharren der Stiefel, das Rascheln der Papiere und das Gemurmel der Frauen vom Hilfskomitee.

»Das ist Mrs. Pettigrew. Sie wird dich ein bisschen sauber machen und dir ein nagelneues Kleid für die Fahrt heraussuchen. Abendessen gibt es um fünf. Und morgen ist ein großer Tag für dich.«

Violet schaute auf die Tasche ihrer Mutter, die sich jetzt in den Händen der Frau befand. Ein kostbares Andenken, auf das sie keinen Zugriff mehr hatte.

»Eines Tages seht ihr euch wieder. Wenn die Dinge besser stehen«, sagte die Frau. »Dann kannst du die Sachen zurückhaben.«

»Hier entlang«, dirigierte Mrs. Pettigrew. Ihre alten, krummen Finger sahen aus wie Klauen. »Du bist ja ein bezauberndes Mädchen. Du wirst bestimmt von jemandem ausgewählt.«

Violet ließ ihren Blick über die Menge schweifen, auf der Suche nach Kindern, die sie kannte.

Ein paar der Jüngeren weinten, andere starrten nur vor sich hin ins Leere. Ein Zwillingspärchen, zwei Jungen von etwa fünf Jahren mit identischem Kurzhaarschnitt, stand in einer Ecke und hielt sich an den Händen. Auf der anderen Seite des Raums erkannte sie Buck, den Zeitungsjungen aus ihrer Gegend, der sich auf die Unterlippe biss.

»Buck!«, rief sie.

Alle drehten sich um und schauten auf sie. Er blickte sie finster an und wandte sich ab.

»Ruhig, Kind«, sagte Mrs. Pettigrew. »Jetzt wird

Dr. Smith dich anschauen. Wir wollen doch sicher sein, dass du auch kräftig genug fürs Landleben bist.«

Die Kinder erfuhren kaum etwas darüber, wohin die Reise ging. Jedes bekam ein Stück Papier mit einer Nummer darauf angeheftet, dazu eine Bibel. Auch ein anderes Geburtsdatum wurde den Kindern zugewiesen, denn so wünschten es ihre neuen Familien, sagte man ihnen. Die Mädchen trugen weiße Rüschenkleider und schwarze Schleifen im Haar. Die Jungen hatte man in dunkelblaue Anzüge mit Krawatten gesteckt.

Violet hatte keine große Ahnung von Geografie. Sie wusste nicht, welcher Staat wo lag, aber ein paar Sachen hatte sie von ihren sporadischen Schulbesuchen doch behalten: Indiana und Ohio lagen über Kentucky, und Präsident Lincoln – bei dessen Erwähnung die Lehrerin kaum ihre Verachtung verbergen konnte – war in Illinois geboren. Der Westen war ein sonniger Ort, an dem es niemals laut oder überfüllt oder schmutzig war. Die Farmen dort waren ganz anders als die dreckigen, verfallenen Höfe von Barren County, wo die Hühner im vertrockneten Boden scharrten, die Maispflanzen sich schlaff bogen, die Würmer sich durch die Kohlköpfe fraßen und die Eichhörnchen ganze Erdbeerfelder in einer einzigen Nacht verwüsteten. Die Farmen im Westen waren riesengroß und grün und boten Nahrung in Hülle und Fülle.

Im Morgengrauen wurden die Kinder gezählt und in Gruppen von etwa dreißig zusammengefasst. Jede der Gruppen war für einen der Züge bestimmt, die fächerförmig ins ganze Land aufbrachen. Buck, der eine Nummer auf gelbem Papier bekommen hatte, sollte nach Texas fahren. Das behauptete er jedenfalls auf dem Weg zum Bahnhof, während er neben Violet saß. Sie war in Kichern ausgebrochen, als sie ihn zum ersten Mal in einem Anzug gesehen hatte. Seine Haare waren ganz kurz geschnitten, was seine vorstehenden Zähne noch auffälliger erscheinen ließ.

»In Texas werde ich reiten, und eine Pistole habe ich da auch«, rief er und rutschte unbehaglich in seinen neuen Kleidern herum. »Dann komm ich zurück und erschieße meinen Pa.«

Violet lachte ihn aus. »So ein Quatsch.«

Der Zettel an ihrem Kleid war hellblau. Sie wusste nicht, wo ihr Zug hinfuhr.

Auf dem Bahnhof herrschte eine aufgeregte, beinahe festliche Stimmung. Alle wuselten durcheinander. Eine Abordnung von Wohltätern, Kirchenvertretern und Politikern hatte sich am Bahnsteig versammelt. Sie lachten und deuteten auf einzelne Kinder, betonten immer wieder, wie glücklich diese sich schätzen konnten und wie niedlich sie in den von ihnen gestifteten Kleidern aussahen. Die Frauen vom Hilfskomitee trieben die Kinder zusammen, die dann ein Vaterunser und die Zehn Gebote aufsagten und mit dünnen Stimmchen *Amazing Grace* sangen, ein Lied, das die Damen am Abend zuvor mit ihnen eingeübt hatten. Das Publikum winkte, rief »Bon Voyage« und »Gute Reise« und löste sich schließlich auf.

Violet nahm ihre Bibel und suchte die anderen hellblauen Kinder: Mädchen und Jungen verschiedenen Alters, außerdem eine Gruppe Kleinkinder aus dem Findelhaus. Mrs. Comstock, eine grauhaarige, mollige Dame mit Tränensäcken unter den Augen, war ihre Betreuerin. Wegen der ganz Kleinen fuhr noch eine Kinderschwester mit, die drahtige Miss Bodean, die ein weißes Häubchen über ihren ingwerfarbenen Haaren trug und einen Giraffenhals hatte. Ein paar der kleineren Kinder klammerten sich an Mrs. Comstocks Rock. Die Heimkinder standen einfach nur da und warteten auf Anweisungen.

Violet hielt sich vorsichtshalber weiter hinten und beobachtete trotzig ihre Mitreisenden.

»He, Nummer zwölf«, sagte sie zu einem älteren Jungen, der mit hängenden Schultern neben ihr stand. Er schaute herunter auf sein Schild. »Wo fahren wir hin?«

Der Junge zuckte mit den Achseln. »Ich krieg fünfundzwanzig Dollar im Monat als Farmarbeiter, haben sie gesagt. Mehr weiß ich auch nicht.«

Die gelblich graue Farbe seines Gesichts verriet, dass er als Kind nicht viel an der frischen Luft gewesen war. Seine Schultern wirkten verloren in dem schlecht sitzenden Anzug.

»Müssen wir alle arbeiten?«, fragte Violet.

»Keine Ahnung. Vielleicht werden die Jüngeren von Familien aufgenommen, so wie sie sagen. Dieser Nicholas aus meinem Schlafsaal«, erzählte er, »der ist etwa dreizehn. Er ist schon mal nach Iowa gefahren und von da wieder weggelaufen. Hat einen Güterzug zurück genommen und versucht, wieder ins Heim zu kommen.«

»Wie das?«, fragte Violet.

Der Junge zuckte wieder mit den Achseln und spielte mit dem Fuß an einem eingetrockneten Kaugummi auf dem Boden herum. »Hat das Heim vermisst, denk ich mal. Er wollte nicht drüber reden.«

»Du da«, sagte Mrs. Comstock und schaute auf die Passagierliste. »Violet, nicht wahr? Geh jetzt zu den anderen Mädchen. Wir steigen gleich ein.«

Iris

Brüste. Das ganze Theater um Brüste.

Aus der obersten Kommodenschublade holte Iris den Spezial-BH und die Kissen aus Silikon – ihre Prothesen. Sie waren in einer rosigen Fleischfarbe gehalten (man konnte aus drei Hauttönen auswählen) und erstaunlich schwer. Sie sahen aus wie Hühnerbrustfilets mit Brustwarzen. Die falschen Brustwarzen hatten sie gleichzeitig belustigt und bestürzt, als sie die Prothesen zum ersten Mal aus dem Etui genommen hatte. Himmel noch mal, ihr ganzes Leben lang hatte sie versucht, ihre eigenen Brustwarzen zu verstecken. Sie hatte sich für die Art von Prothesen entschieden, die man einfach in den BH schieben konnte, im Gegensatz zu denen, die direkt auf der Haut auflagen. Damals waren ihre Narben noch frisch gewesen, und sie wollte nicht, dass etwas dagegendrückte, besonders während der Augusthitze nicht. Den Sinn des Ganzen konnte sie sowieso nicht erkennen.

Iris ließ die Prothesen in die Taschen des BHs gleiten und zog ihn an. Sie fühlte sich ein wenig wie in einer

Rüstung, als wäre ihr abgemagerter Körper damit weniger verwundbar. Als die langhaarigen Mädchen beim Miss-America-Wettbewerb 1968 ihre BHs in einer Abfalltonne verbrannten, hatte Iris alle Hände voll zu tun gehabt mit Samantha, die gerade laufen lernte, und mit Theo, der zum Musikunterricht gefahren werden wollte. Außerdem musste sie Besorgungen machen und eine Dinnerparty für Glenns Golffreunde und deren Ehefrauen planen. Welche Frau hatte schon Zeit für solche Mätzchen?, fragte sie sich. Sie verstand, worum es den Protestierenden ging, und sie war auch einer Meinung mit ihnen, dass Frauen in ihrer ganzen Persönlichkeit und nicht nur ihrer Schönheit wegen wertgeschätzt werden sollten. Aber Iris hatte kein Bedürfnis nach Befreiung. Sie hatte nicht mal etwas dagegen, einen BH zu tragen, dachte sie spöttisch. Sie hatte gewusst, worauf sie sich einließ, als sie Glenn heiratete, und sie wollte gerne Mutter sein. Schließlich hatte sie sich ihr Leben doch selbst ausgesucht, oder?

Die Jalousie vor dem Fenster hob sich im Wind und fiel anschließend mit einem Klacken zurück, wieder und wieder, in einem einschläfernden Rhythmus. Vielleicht musste sie doch noch einmal die Klimaanlage anstellen. Durch die hohe Luftfeuchtigkeit ringelten sich ihre Ponysträhnen nach außen, wie kleine Flügel. Draußen schrien die Möwen, das war Sanibels ständiges Hintergrundgeräusch. Sie zog sich eine weiße Baumwolltunika an, deren Kragen hoch genug war, um die hervorstehenden Knochen und die Narben darunter zu verstecken. Samantha hatte ihr das Kleidungsstück letztes Jahr nach der Operation geschenkt. Sie war schon immer sehr umsichtig gewesen. Natürlich kommt sie hierher, um bei mir zu sein, dachte Iris. Sie entschied sich für eine schwarze Caprihose, legte sich einen Gürtel um – jede Woche ein wenig enger – und schlüpfte in ihre Sandalen. Sie fand es sehr anstrengend, sich zurechtzumachen, aber weil ihre Tochter kam, tat sie es dennoch gerne. Es war Zeit, einkaufen zu gehen.

Was würde Samantha wohl gerne essen? Als Kind hatte sie Blaubeeren, Buttergebäck, Traubensaft und Brathähnchen geliebt. Als Teenager Cola light. Aber vielleicht trank sie das Zeug jetzt nicht mehr, die Frauen heutzutage waren ja so übervorsichtig, beinahe hysterisch, wenn sie schwanger wurden. Sie selbst hatte damals Kaffee, Wein, Brie und sogar Zigaretten genossen – und wahre Prachtkinder auf die Welt gebracht. Langsam schlenderte Iris durch die Obst- und Gemüseabteilung. Bananen. Avocados. Melonen. Erdbeeren. Zitronen. Radieschen. Artischocken. Sie wollte Sam eine reiche Auswahl bieten. Das war das Mindeste, was sie tun konnte.

Sie spürte einen Anfall von Unwohlsein, als sie an der Fleischtheke vorbeiging. Ihre Abneigung gegen manche Lebensmittel und ihr mangelnder Appetit erinnerten sie an die morgendliche Übelkeit. Mit vierzig, als sie mit Samantha schwanger gewesen war, hatte die Erschöpfung sie wie ein unglaublich schweres Gewicht niedergedrückt. Von Anfang an litt sie unter Gelenkschmerzen, und die Nahrungsaufnahme beschränkte sich monatelang auf wenig mehr als Limonade und Salzkartoffeln. Für Iris war es unerträglich, ihrem Körper derart ausgeliefert zu sein, und das nahm sie dem Baby – sie spürte, dass es ein Mädchen war – richtig übel. Nachdem sie Theo zur Schule gebracht hatte, fuhr sie oft direkt nach Hause und kroch zurück ins Bett, bis es Zeit war, ihn wieder abzuholen. Glenn hatte sie nie etwas davon erzählt. Er hatte geglaubt, sie wünsche sich ein weiteres Baby – taten das denn nicht alle Frauen?

Iris konnte sich nicht daran erinnern, dass ihre Mutter ein einziges Mal »Ich liebe dich« zu ihr gesagt hätte. Sie hatte sich nie ungeliebt gefühlt, aber dennoch gespürt, dass sie nie genug von dem bekommen konnte, was sie von ihrer Mutter brauchte. Die teilte ihre Zuneigung immer nur in sparsamen Portionen aus. Wenn sie Trost brauchte, umarmte ihre Mutter sie manchmal ruppig oder gab ihr einen schnellen Kuss auf den Scheitel, und dazu sagte sie immer: »Reiß dich zusammen, Iris. Das ist doch nicht so schlimm.« In den Augen ihrer Mutter war nichts schlimm gewesen. Nicht die Windpocken, nicht der Lebertran, nicht der verstauchte Knöchel, nicht der tote Vogel und auch nicht das gebrochene Herz.

Sosehr Iris sich eine andere Mutter gewünscht hätte, so dosiert ging sie später selbst mit den Liebesbekundungen ihren eigenen Kindern gegenüber um. »Ich liebe dich« – diese Worte fühlten sich in ihren Ohren gezwungen und irgendwie auch peinlich an. Sie wurden im Familienkreis einfach nicht ausgesprochen. Wie entsetzlich verklemmt, dachte sie jetzt, absolut unverzeihlich.

Iris schob ihren Einkaufswagen zur Kasse. Als sie bemerkte, wer die Frau vor ihr war, schnappte sie vor Schreck nach Luft. Henrys Frau! Iris hatte sie erst einmal gesehen, das war auf einem Wohltätigkeitsabend für das Naturreservat, wo sie auch Henry zum ersten Mal getroffen hatte. Damals war ihr die schöne Frau in dem weißen Kleid, das eine Schulter freiließ, sofort aufgefallen. Kathleen war in den frühen sechziger Jahren seine wissenschaftliche Assistentin gewesen, dann aber aus dem Graduiertenprogramm ausgestiegen, um ihn zu heiraten und die Mutter seiner drei Kinder zu werden. Viel mehr wusste Iris nicht über sie – denn sie war ein Thema, das Henry und sie meist vermieden. Trotz allem fühlte sie sich jetzt unterlegen und eingeschüchtert. Henry hatte eine Entscheidung getroffen. Aufmerksam registrierte Iris jedes Detail an der Frau: ihre leicht gebräunte Haut, ihre muskulösen Waden (vermutlich Tennis), ihr champagnerfarbenes Haar, das sie elegant nach hinten gebunden hatte. Sie bewegte sich auf flinke, feminine Art und strahlte eine stille Selbstsicherheit und Perfektion aus. Die Frau war groß und schlank und trug ein azurblaues Hemdblusenkleid und lederne Zehensandalen, die aussahen, als wären sie in Saint-Tropez gekauft worden. Als sie ihre Kreditkarte wieder in ihr Portemonnaie steckte, lächelte sie Iris freundlich an, ohne sie zu erkennen, verstaute dann ihre Einkäufe ordentlich in einer Tasche und verließ den Laden.

»Reiß dich zusammen«, sagte Iris zu sich selbst. »Das ist doch nicht so schlimm.«

Sie dachte an den einen Abend, den sie mit Henry in ihrer Wohnung verbracht hatte. Kathleen war in Boston gewesen, um einen ihrer Söhne zu besuchen. Henry hatte ein Steinpilzrisotto in ihrer Küche zubereitet, was in Iris – zusammen mit dem Cabernet – ein beschwingtes Prickeln auslöste. Noch nie hatte ein Mann für sie gekocht – Glenn wusste ja nicht mal, wo die Pfannen waren. Henry dagegen agierte ganz souverän. Fast schon gelöst stand er am Herd, rührte immer wieder um und gab löffelweise Brühe in den Topf.

»Bei meiner Schwiegertochter hat die Fruchtbarkeitsbehandlung schon wieder nicht angeschlagen«, erzählte sie.

»Das tut mir leid. Sie muss am Boden zerstört sein. Und wie geht es Theo damit?«

»Ach, dem geht's gut. Ich glaube, für ihn ist am schlimmsten, dass er so viel für die ganzen Behandlungen ausgeben musste. Dass sie nicht schwanger geworden sind, wurmt ihn vermutlich weniger. Ich glaube sogar, er ist insgeheim ganz froh darüber.«

»Meinst du, er will gar keine Kinder?«

»Ich glaube, er hat Angst, so geht es ja eigentlich allen. Aber bei ihm kommt noch ein Schuss Egoismus dazu. Für ihn ist das Opfer im Verhältnis zum Ertrag zu groß.«

»Vielleicht sind einfach nicht alle Menschen für die Elternschaft geeignet.«

»Das stimmt. Aber ich finde, ihm würde es guttun. Ich fürchte, er hat sich zu seinem Nachteil verändert. Mein Sohn ist ein richtiger Zyniker geworden.«

»Das ist einfach die Generation, glaube ich. Benjamin ist genauso. Seine Prioritäten sind die Arbeit und das Golfen. Seine Frau spielt da nur eine untergeordnete Rolle.«

»Du hast doch gesagt, er ähnelt dir am meisten.«

Henry lachte. »Das stimmt auch. Die britische Literatur des achtzehnten Jahrhunderts war mein Golf. Hier, probier mal. Muss da noch mehr Salz dran?« Er blies auf den Reis, den er ihr auf einem Holzlöffel hinhielt.

»Mhmmm, ganz fantastisch. Zum Dahinschmelzen!«

»Genau das wollte ich – dich zum Schmelzen bringen.« Er lächelte.

Iris holte die Schüsseln vom Tisch.

»Sprich doch weiter«, forderte er sie auf.

»Ich glaube einfach, wenn Theo Vater wäre, käme das Gute in ihm wieder zum Vorschein.«

»Du meinst, dann wäre er wieder so, wie du ihn als Kind erlebt hast?«

»Vielleicht. Zumindest käme er der menschlichen Rasse dann wieder näher. Es wäre jedenfalls ein bewegendes Erlebnis für ihn.«

»Das ist wahr. Überleg nur mal, wie groß mein Ego wäre, wenn ich keine Kinder hätte.« Sie lachte. Er unterbrach das Rühren, um ihr Glas neu aufzufüllen. Dann nahm er ihr Gesicht in beide Hände und küsste sie auf die Nase.

»Das ist so wunderschön, findest du nicht?«, sagte er. »Ich fühle mich, als wäre ich zu Hause angekommen.«

Nach dem Essen saßen sie auf der Couch, tranken Ingwertee und redeten über ein Thema, das sie sonst meist ruhen ließen.

»Ab einem bestimmten Zeitpunkt war es zu spät für Änderungen. Oder dafür, irgendwas zu hinterfragen. Zu spät, über die Dinge zu sprechen, die mir in unserer Ehe fehlten, nachdem wir schon so lange zusammen waren. Ich hatte Angst, dass ich durch mein Herumbohren zu viele Fragen aufwerfen würde und wir das verlieren würden, was lange Zeit ziemlich gut war.«

»Aber es hätte doch auch besser werden können. Wenn du auf Ehrlichkeit gesetzt hättest.«

»Das ist wohl wahr. Aber ich bin niemand, der gerne Risiken eingeht. Und abgesehen von uns beiden«, er zeigte abwechselnd auf Iris und auf sich selbst, »bin ich ziemlich feige. Was meinst du denn, warum ich mir die Universitätskarriere ausgesucht habe?«

»Weil die Uni dich auf Lebenszeit wollte?«

»Genau. Und ich glaube, so was hätte ich auch gerne mit Kathleen gehabt.«

Iris nahm seine Hand mit einer Leidenschaft, die sie vorher nicht gekannt hatte. Der Mann, den sie liebte, hatte sie in ihr geweckt. »Henry, in unserem Alter reicht ›ziemlich gut‹ nicht mehr aus, findest du nicht?«

»Schuld … das ist der Feind, der rächende Feind, der uns verfolgt mit Peitschen und Stacheln«, deklamierte er in einem aufgesetzten Bariton, mit dem er von seinem Kummer ablenken wollte. »Das hat ein gewisser

Nicholas Rowe gesagt, vor dreihundert Jahren. Ich finde es gleichzeitig poetisch und grausam.«

Sie zog ihre Füße zu sich heran und fragte von da an nicht mehr nach seiner Frau. Da musste sie es schon gespürt haben, das, was sie nicht mehr aus ihrem Bewusstsein verdrängen konnte: Sie würde nicht mit ihm zusammen sein, sie konnte ihn nicht haben. Iris war das Floß im Wasser, Kathleen dagegen das Ufer. Egal, wie sehr er sich jetzt an Iris klammerte, wie warm und sicher sie sich zusammen fühlten, während sie auf dem Fluss herumwirbelten, ihre Liebe existierte nur für den Moment. Irgendwann würde er ans Ufer schwimmen müssen.

»Iris?«

Iris, die gerade ihre Einkäufe ins Auto verlud, schaute auf. Susan Harrison, ihre Maklerin, stöckelte auf dünnen Absätzen heran. Ihre Haare waren in einem schimmernden Kupferton gefärbt, ihre künstlichen Nägel sorgfältig lackiert, und an ihren Handgelenken klimperten mehrere goldene Armreifen.

»Susan. Wie schön, Sie zu sehen.«

Susan schob sich die übergroße Sonnenbrille auf den Kopf. Sie erstarrte, als sie bemerkte, wie stark Iris seit ihrem letzten Treffen vor einem Monat körperlich abgebaut hatte, lächelte dann ein wenig zu breit und entblößte dabei ihre unnatürlich weißen Zähne.

»Warten Sie, ich helfe Ihnen.« Sie nahm Iris die Tasche aus der Hand und stellte sie in den Kofferraum.

»Noch bin ich nicht tot.«.

»Ach, Iris, das wollte ich auch wirklich nicht damit andeuten«, erwiderte sie und presste die Handflächen an ihr gebräuntes, von Sommersprossen übersätes Dekolleté.

»Tut mir leid, das war ein Scherz. Ich wollte Sie eigentlich anrufen. Morgen kommt meine Tochter. Ich gebe ihr Ihre Visitenkarte.«

Susan lächelte ahnungslos.

»Wegen des Verkaufs meiner Wohnung.«

»Ach ja, natürlich!«, rief sie etwas übereifrig. »Wenn ich nur irgendetwas für Sie tun kann!«

Sie denkt, der Tod ist ansteckend, ging es Iris durch den Kopf. »Schönen Einkauf noch«, sagte sie lächelnd.

»Passen Sie auf sich auf«, murmelte Susan und hastete davon.

Iris seufzte. Dieser Ausflug in gefährliches Terrain hatte sie erschöpft. Sie fühlte sich gleichzeitig schlaff und steif. Müde ließ sie sich auf den aufgeheizten Fahrersitz fallen und schob die Hand unter den BH, um die juckenden Narben zu kratzen. Dass das Sterben auch so anstrengend sein musste.

Als sie die letzte Einkaufstüte in die Wohnung trug, klingelte das Telefon, aber sie schaltete zunächst die Klimaanlage ein – natürlich würde das nicht das letzte Mal sein. Was hatte sie am Morgen bloß gedacht? Sie wohnte schließlich in Florida.

»Hallo?« Sie atmete schwer.

»Mom? Geht es dir gut? Du hast so lange gebraucht, um ans Telefon zu kommen.«

Iris verdrehte die Augen, weil Sam schon wie ihr Bruder klang.

»Ich bin gerade zur Tür hereingekommen«, erklärte sie. Im selben Moment bereute sie, dass sie so barsch klang. »Mir geht's prima, Schatz. Ich war im Supermarkt. Einkaufen. Dein Besuch steht ja vor der Tür.«

Besuch. Tja, wie soll ich das denn sonst nennen, gab sich Iris im Kopf selbst zur Antwort und sank in den Schaukelstuhl.

»Mein Flug kommt doch ein bisschen früher an, als ich gesagt habe. Um drei. Bist du sicher, dass du bis nach Fort Myers fahren kannst? Ich nehme auch gern den Flughafenbus oder ein Taxi. Das macht mir gar nichts aus.«

»Samantha, ich kann dich abholen. Ich möchte dich gerne abholen.«

»Okay.«

»Gut. Trinkst du eigentlich immer noch Cola light?« Iris fühlte sich in der kühlen Luft nicht mehr ganz so schlapp wie zuvor.

»Ja«, antwortete Samantha. »Eigentlich sollte ich nicht. Ich hab Jack gesagt, ich hätte aufgehört, aber ich tu's immer noch.«

»Na, ich hab dir auf jeden Fall welche gekauft. Ich verpetze dich auch nicht.«

»Das Baby strampelt heute wie verrückt. Sie dreht sich ständig und stößt mich mit den Ellenbogen.«

»Theo war genauso. Ich bin mir sicher, seine Persönlichkeit war schon fertig ausgeprägt, als er schreiend rauskam, mit dem Hintern voran.«

»Weißt du, bei einer Steißlage machen sie heutzutage gleich einen Kaiserschnitt. Gott, ich will echt keinen Kaiserschnitt.«

»Du wirst das ganz prima machen. Ich finde nur schade, dass ich nicht mehr dabei sein kann.«

»Vielleicht doch? Man weiß ja nie.« Samanthas Stimme wurde schrill.

Es blieb unausgesprochen, wie lange Samantha bleiben würde, wie lange Iris noch leben würde.

Sie wollte nicht, dass ihre Tochter sich zur Märtyrerin machte.

»Tut mir leid, dass ich dich von deiner Arbeit abhalte«, sagte sie.

Iris staunte immer wieder darüber, was Samantha mit ihren Händen aus einem Klumpen Ton schaffen konnte. Von wem hatte sie dieses Talent nur geerbt? Sie fragte sich, ob in ihr selbst vielleicht auch eine ungeahnte Begabung schlummerte. Für Gartenarbeit oder Schach oder Gedichte. Sie konnte ja nicht einmal stricken, obwohl ihre Mutter immer wieder versucht hatte, es ihr beizubringen.

»Ich musste sowieso an der Töpferscheibe aufhören«, erzählte Samantha. »Mein Bauch ist dafür zu dick geworden.«

»Wenn das Baby erst da ist, wirst du bald wieder damit anfangen. Du musst dich dazu zwingen. Merk dir das. Je länger du wartest, desto schwieriger wird es. Bevor Theo kam, war ich eine begnadete Mundharmonikaspielerin.«

Sam lachte. »Darüber mache ich mir keine Sorgen.

Ich bin ja schon ganz heiß darauf, wieder mit dem Arbeiten anzufangen.«

Iris schloss die Augen. Ein plötzlicher Kopfschmerz drückte von innen gegen ihre Augenhöhlen.

»Du kannst vorher nicht wissen, wie du dich fühlen wirst.«

Sie spürte, dass ihre Tochter langsam ärgerlich wurde. Irgendwie kamen sie jedes Mal an diesen heiklen Punkt.

»Du wirst das ganz prima machen.«

Iris' Mutter war ein Waisenkind gewesen, das seine Eltern nicht gekannt hatte. Alle hatten es gewusst, aber nie offen darüber gesprochen.

»Denkst du manchmal darüber nach, wer deine Eltern wohl waren?«, hatte Iris sie einmal gefragt, als sie an einem Spätsommersonntag am Fluss saßen und Barsche angelten. Die Sonne brannte ihnen auf die Arme und Gesichter, während sie ihre Füße ins kalte Wasser hielten.

Iris ging es weniger darum, dass ein Fisch bei ihr anbiss; sie liebte es einfach, neben ihrer Mutter zu sitzen und das Rauschen des Flusses zu hören, und sie genoss die Momente, wenn die Sonne hinter den Wolken verschwand und alles plötzlich ganz kühl und klar wurde. Und da war ihre Mutter, ganz nah bei ihr.

»Aber ja«, antwortete ihre Mutter. Ihr graues Haar hatte sie zu einem Pferdeschwanz gebunden. Sie trug es nur offen, wenn sie zu Bett ging. »Ich habe manchmal an meine Mutter gedacht. Aber das bringt ja nichts.«

»Vielleicht war sie ein Filmstar«, überlegte Iris.

Ihre Mutter lachte. »Das glaube ich kaum. Im neunzehnten Jahrhundert gab es noch keine Filme.«

Iris wollte wissen, wie es im Waisenhaus gewesen war. Sie stellte sich weiße Räume mit hohen Fenstern und stille Gänge mit geräuschlos vorbeigleitenden Nonnen vor.

Ihre Mutter aber war nicht sehr auskunftsfreudig. »Ich erinnere mich kaum daran«, sagte sie. »Das ist lange her.« Mit elf Jahren war sie als Küchenhilfe in einem kleinen privaten Krankenhaus in Wisconsin angenommen worden. Dort hatte sie gelernt, wie all die aufwendigen Desserts zubereitet wurden. Mit achtzehn dann hatte sie Samuel Olsen geheiratet und war mit ihm über die Grenze nach Minnesota gezogen.

»Kann man nicht rausfinden, wer sie war?«, beharrte Iris. »Du könntest an das Waisenhaus schreiben und fragen.«

»Wir sollten aufbrechen«, sagte ihre Mutter und holte die Angelschnur ein. »Es ist bestimmt schon nach zwei. Du musst eine Schüssel Erbsen für mich schälen.«

»Nur noch ein bisschen, bitte! Ich hab noch nichts gefangen.«

Ihre Mutter lachte. »Du hast seit einer Stunde keinen Wurm mehr am Haken.«

Iris merkte plötzlich, wie schnell die Zeit vergangen war. Ihre Mutter war im Geiste schon wieder bei ihren häuslichen Aufgaben. Jetzt, wo der Herbst vor der Tür stand, würden sie lange nicht mehr zum Angeln kommen.

»Na gut, du kriegst noch zehn Minuten«, entschied ihre Mutter. »Keine Sekunde länger. Komm nicht zu spät.«

»Glaubst du, Bobby Bergesen fragt mich, ob ich mit ihm zum Tanzabend gehe?«, fragte Iris. Es war ein durchsichtiges Manöver, mit dem sie ihre Mutter, die schon aufgestanden war und den Korb mit den Fischen an sich genommen hatte, dazu bringen wollte, noch etwas bei ihr zu bleiben.

»Iris«, entgegnete sie, »alles, was ich über die Sache weiß, habe ich von dir. Glaubst du denn, dass er dich fragen wird?«

»Nein. Na ja, vielleicht«, stotterte Iris. »Ich weiß nicht. Neulich in der Stadt hat er mir zugewinkt.«

Ihre Mutter schüttelte den Kopf. Iris' Spielchen verblüfften sie immer wieder aufs Neue.

»Ich würde mir keine Sorgen deswegen machen.«

»Aber ich habe ihn gern«, rief Iris und legte die Handflächen an die Wangen.

»Jungs kommen und gehen«, hatte ihre Mutter daraufhin gesagt, mehr an den Fluss gewandt als an Iris.

Noch heute konnte Iris sich daran erinnern, wie wenig Überzeugung in ihrer Stimme gelegen hatte, wie wenig Autorität von der Art »Mutter weiß es am besten«. Sie hörte nur einen stillen Schmerz heraus, den sie nicht verstand. Sie fragte sich, ob alle Mütter ihren Kindern in gewisser Weise rätselhaft waren. Und sie fragte sich weiter, ob man seine eigene Mutter wohl besser verstand, wenn man selbst Kinder hatte. Auf diese Weise kam man ihr vielleicht ein wenig näher.

Iris hätte ihre Mutter so gerne noch bei sich gehabt. Sie glaubte nicht an den Himmel, aber in letzter Zeit hatte sie die kindische Vorstellung, ihre Mutter dort wiederzutreffen, sehr angenehm gefunden. Ihr gefiel die Idee, dass sie als alte Frauen wieder zusammenkommen würden.

Iris öffnete ihren BH und wand sich mit den Armen aus den Trägern, das schwere Teil plumpste auf ihren Schoß.

Sie hörte das charakteristische Stapfen des Briefträgers draußen vor der Tür. Es war der rothaarige Albert, der in der Sonne nie eine Mütze trug und ihr nie für den Scheck dankte, den sie ihm jedes Jahr zu Weihnachten an den Briefkasten klebte. Der Deckel klapperte, dann verschwand er wieder.

Iris fragte sich, was ihre Mutter wohl dazu gesagt hätte, dass Samantha jetzt in Wisconsin lebte. Das war eine Art von Wiederkehr. Ihrer Mutter hätte gefallen, dass ihre Enkelin kreativ war, eine Künstlerin eben.

Iris rappelte sich auf, um nach der Post zu sehen: nur Unwichtiges. Dann ging sie in die Küche. War das tatsächlich Hunger, was sie verspürte? Sie hatte Lust auf ein Sandwich mit Erdnussbutter und Marmelade. Die Gläser fischte sie aus den Einkaufstüten, die immer noch dort auf dem Boden standen, wo sie sie abgestellt hatte. Auf zwei Stück weiches Weißbrot strich sie erst eine Lage Erdnussbutter, dann die Erdbeermarmelade darüber. Salziger, süßer, weicher, cremiger Trost. Warum hatte sie so ein Brot nicht zu jeder Mahlzeit gegessen?

Den Kontoauszug, die Kreditkartenwerbung und den

Spendenaufruf einer Familienplanungsorganisation warf sie in den Abfalleimer – wenn Samantha kam, musste sie unbedingt so tun, als würde sie ihren Müll trennen. Dann überflog sie den Veranstaltungskalender.

Eine Laientheateraufführung von *West Side Story*. Nein danke. Der Kinderchor. Nein danke. Das Ying-Quartett: Tschaikowsky. In nicht ganz drei Wochen, direkt vor ihrem Geburtstag. Sie würde doch bestimmt noch bis dahin durchhalten, hatte sie doch gerade die Erdnussbutter wieder für sich entdeckt. Henry hatte eine Schwäche für Tschaikowsky. Das wäre die Gelegenheit, ihn noch einmal zu sehen. Sofort rief sie beim Ticketbüro an und reservierte zwei Karten. Sie würde Samantha mitnehmen.

Iris nahm ihr Buch von der Arbeitsplatte, wo sie es vor einer Weile abgelegt hatte. Sie hatte das Gefühl, ihre Begegnung mit Stephen läge schon Tage zurück. Im Laufe der letzten Woche hatte sie bemerkt, dass ihr das Zeitgefühl langsam abhandenkam. Mal dehnten sich die Stunden wie Kaugummi, dann wieder verschwanden sie plötzlich völlig aus ihrer Wahrnehmung. Sie musste sich einen Merkzettel mit Samanthas Ankunftszeit schreiben, nur für alle Fälle. Iris schob die Balkontür auf und trat aus der kühlen, trockenen Wohnung ins Freie. Die feuchte Wärme umhüllte sie wie eine Decke. Sie legte sich vorsichtig auf einen Liegestuhl und begab sich in die Welt von Mrs. Ramsay, die einen Strumpf für den Sohn des Leuchtturmwärters strickte, nachdem die Kinder zu Bett gegangen waren.

Sie konnte sie selbst sein, allein sein. Und das war es, wonach sie jetzt oft das Bedürfnis verspürte – nachzudenken; nein, nicht einmal nachzudenken. Still zu sein; allein zu sein. All das Sein und das Tun, das raumgreifende, glitzernde, vernehmliche, verdunstete; und man schrumpfte, mit einem gewissen Gefühl der Feierlichkeit, darauf zusammen, man selbst zu sein, ein keilförmiges Kerngehäuse im Dunkeln, etwas für andere Unsichtbares.

Ja. Iris dachte an ihre Mutter und war jetzt davon überzeugt, dass sie es genossen hatte, etwas Zeit für sich selbst zu haben, bevor sie starb. Und hier in Sanibel war Iris. Nach Ehe und Mutterschaft und später Affäre hatte sie sich in ihrer stillen Einsamkeit eingerichtet. Es war nicht das Glück, nein. Aber es war ein demütiges Annehmen ihres Schicksals.

Iris' Lider waren schwer von den starken Medikamenten; sie ließ das Buch sinken. Alle Energie war verpufft, sie war mit ihrer Kraft am Ende. Ihre Gliedmaßen waren schlaff, die Knochen fühlten sich an wie Blei und drückten bei jeder Bewegung gegen Haut und Muskeln. Die Kopfschmerzen waren zurückgekehrt und ließen die Ränder ihres Blickfelds mit jedem Pulsieren verschwimmen. Sogar ihre Lungen schmerzten. Als Kind hatte sie sich manchmal ausgemalt, dass sie schwer krank im Bett lag, die Wangen fiebrig gerötet, während ihr Vater und ihre Mutter sich um sie sorgten, leise miteinander sprachen und sie wieder gesund pflegten.

Was für eine lächerliche Vorstellung. Krank sein war dermaßen unelegant, so hässlich und gänzlich unromantisch. Der Weg hin zum Tod würde schrecklich werden. Dieses Entschwinden, diese Erosion von Körper und schließlich auch Geist.

Mühsam stand sie auf, um ihre Pillen einzunehmen. In der Küche ließ sie die bunten Tabletten in ihre Handfläche fallen. Wie viele waren wohl nötig, um dem Ganzen ein Ende zu bereiten?

Sam

Iris hatte einmal zu Sam gesagt: »Du wirst eine gute Mutter werden, weil du eine Mutter sein willst.«

Sam fuhr auf den Parkplatz hinter dem Sunrise Inn. Inzwischen fragte sie sich, ob die kryptische Vorhersage ihrer Mutter wohl bedeuten mochte, dass sie selbst keine Mutter hatte sein wollen. Oder vielleicht hatte sie auch nur zehn Jahre nach Theos Geburt keine mehr sein wollen. Aber sie war keine schlechte Mutter gewesen, nein. Vielleicht ein bisschen distanziert oder mit den Gedanken manchmal woanders. Als Kind hatte Sam sich tatsächlich oft einsam gefühlt. Iris schien viel besser mit der erwachsenen Sam klarzukommen als mit der kleinen Sam, die sie so oft verwundert angeschaut hatte, als wollte sie sagen: Wie bist du denn hierhergekommen?

Aus der Nähe erkannte Sam Dreck- und Wasserflecken auf den beigefarbenen Ziegeln des Motels. Wie trostlos, dachte sie. Ein junger Vater in tiefhängenden Jeans und einem Muskelshirt unter einem North-Face-Parka führte zwei kleine Jungen, die ebenfalls dick wattierte Jacken trugen, in ein Zimmer im Erdgeschoss. Sam fragte sich, ob das Sunrise wie so viele der billigen Motels in der Gegend vom Staat als Ausweichunterkunft genutzt wurde, da es allgemein zu wenige freie Sozialwohnungen gab.

Sie konnte nicht sagen, warum sie an diesen Ort zurückgekehrt war. Vielleicht war es ihre Vorstellung davon, wie die junge Frau lebte, die sie auf makabere Weise anzog. Unsere Lebensentwürfe sind instabil, dachte Sam, und wer ein paarmal Pech hat, gerät in einen Abwärtsstrudel. Sie ballte die Hände zu Fäusten, um ihre Fingerspitzen zu wärmen.

Im Unterschied zu anderen Schwangeren, die Sam kannte, hatte sie nie geschwitzt, nachts die Decke abgeworfen oder bei Eiseskälte nur ein dünnes Hemd angezogen. Ihre Hände waren oft kalt. Das beunruhigte sie. Vielleicht lief ja auch dieses Mal etwas schief? Sie hatte nicht auf eine Fruchtwasseruntersuchung warten wollen und schon in der zwölften Woche eine Chorionzottenbiopsie vornehmen lassen. Da war mit den Chromosomen des Babys – es war ein Mädchen – alles in Ordnung gewesen. Jedenfalls war Sam dankbar, aus der unangenehmen Eiseskälte von Wisconsin in die sanfte Hitze und Feuchtigkeit von Florida zu kommen. Trotz der Umstände freute sie sich darüber, dass sie nicht frieren musste.

Als sie und Iris auf dem Weg vom Flughafen nach Sanibel die Interstate 75 entlangfuhren, kamen sie an einer Werbetafel vorbei. Darauf war das lächelnde Mondgesicht eines Down-Syndrom-Babys abgebildet, dessen Mandelaugen die typische Epikanthus-Falte aufwiesen. In Kinderschrift stand unter dem Bild: »Ich verdiene es, zu leben!«

Sam, die am Steuer saß, damit ihre Mutter sich erholen konnte, schüttelte sachte den Kopf und spürte, wie sich in ihr eine eisige Welle bis zu den Zehen ausbreitete. Sie hatte gehofft, dass die zweite Schwangerschaft die erste in ihrem Kopf irgendwie verändern und sie selbst irgendwann an die Geschichte mit der Fehlgeburt glauben würde, wie alle anderen auch. Sie war wütend, dass sie Schuldgefühle wegen einer Entscheidung empfand, für deren Legitimität sie ihr ganzes Erwachsenenleben über gekämpft hatte. Aber es war keine ungewollte Schwangerschaft gewesen, und achtzehn Wochen waren nicht fünf Wochen, und wenn sie es genau nahm, hatte sie ihr eigenes Wohl an die erste Stelle gesetzt. Sie wollte sich nicht ihr Leben lang um ein behindertes Kind kümmern müssen. Die Broschüren über das Down-Syndrom, die die Krankenschwester ihr in die Hand gedrückt hatte, waren ungelesen in den Müll gewandert. Sie wollte keine Informationen. Sie war selbstsüchtig, oberflächlich und feige. War es denn wirklich wichtiger, dass sie ein weiteres Service töpfern konnte?

Sam hatte einmal einen Artikel über eine Frau gelesen, die ihren Adoptivsohn nach einem Monat wieder zurückgegeben hatte, weil sie keine Verbindung zu dem achtzehn Monate alten Kind fühlte und es für das Beste hielt, wenn es zu anderen Eltern käme. Die Frau und ihr Ehemann hatten seit Jahren versucht, ein eigenes Kind zu bekommen, und was sie wirklich wollten, war ein Kind, das ihre Gene trug und ihr Spiegelbild war. Die Öffentlichkeit hatte die beiden sofort verurteilt, und Sam und Jack hatten damals darüber geredet, wie traumatisch das Ganze für das Kind gewesen sein musste. Im Stillen aber hatte Sam darüber nachgedacht, ob diese Geschichte eigentlich tatsächlich so viel verwerflicher war als das, was sie selbst getan hatte.

Jack hatte damals gesagt, es sei doch nur ein zwölf Zentimeter großer Fötus gewesen, der außerhalb des Mutterleibs gar nicht lebensfähig war. Und wenn das Kind doch zur Welt gekommen wäre, hätte das Risiko bestanden, dass es schwerbehindert war, dass es nie alleine hätte essen oder sich anziehen können. Das alles wusste Sam. Sie war seiner Meinung – und trotzdem. Jack hätte vielleicht auch gesagt, dass sie nicht über die Sache hinwegkam, weil sie ihr einen Grund gab, sich selbst zu hassen, eine Wunde, in der sie herumstochern konnte. Das heißt, er hätte es gesagt, wenn sie jemals darüber geredet hätten, aber das hatten sie nicht getan.

»Wie geht es dir denn so in letzter Zeit?«, fragte ihre Mutter mit geschlossenen Augen. »Man sieht dir die Schwangerschaft kaum an.«

»Wirklich?« Das fand Sam sofort wieder beunruhigend.

»Ich meinte das nicht im negativen Sinne, Schatz«, sagte Iris, öffnete die Augen und hob den Kopf. »Du hast nicht so viel Gewicht zugelegt. Als ich mit dir schwanger war, habe ich zwanzig Kilo zugenommen. Ich hab Donuts und Eisbecher verschlungen. Ein ganzes

Jahr hat es gedauert, bis ich diese Pfunde wieder los war. Aber das war's wirklich wert.«

Sam lächelte, schaute ihre Mutter kurz von der Seite an und bog auf die Dammstraße ab. Sie wusste nicht, wie lange sie noch leben würde. Iris redete nicht über die Prognose des Arztes und nannte jede Schätzung unnütz und gefühlsduselig. »Ich sterbe, wenn ich sterbe«, hatte sie verkündet. Aber wann würde das sein? In Tagen, Wochen oder Monaten?

»Sag Jack, dass du lange vor Weihnachten wieder zu Hause sein wirst«, hatte Iris gesagt.

Als Sam das hörte – es war schon Mitte Oktober gewesen –, wollte sie gar nichts mehr wissen und diese Prognose am liebsten wieder aus ihrem Bewusstsein löschen.

»Lass uns nicht darüber sprechen«, hatte sie vorgeschlagen.

Ob ihre Mutter seit der Scheidung Verabredungen oder gar eine Beziehung gehabt hatte, wusste Sam nicht, und Theo – so vermutete sie – ebenso wenig. Abgesehen von gelegentlichen Bridgepartien schien sie jedenfalls nicht viele Kontakte zu pflegen. Nach all den Jahren voller Dinnerpartys und Tennisgruppen und den Verpflichtungen als Ehefrau und Mutter hatte Iris sich durch die Hintertür verabschiedet.

»Ich finde es so seltsam, dass du hier lebst«, bemerkte Sam.

»Ich bin hierhergezogen, weil ich so gerne Muscheln suche«, gab Iris trocken zurück. »Hier ist es warm. Es fühlte sich neu an. Nach der Trennung von deinem

Vater wollte ich etwas ganz anderes. Ich wollte weg von allem.«

Sam fragte sich, ob ihre Mutter nicht einfach nur von allem weg, sondern eher von allem abgeschnitten sein wollte. Befreit. Sogar von mir und Theo, dachte sie. So viel Tatkraft fand Sam beängstigend.

»Weißt du, die Insel selbst ist erst sechstausend Jahre alt. Ich mag die Vorstellung, wie neu alles hier ist. Als wäre es ganz zufällig entstanden«, erklärte Iris.

Sie überquerten die Brücke nach Sanibel. Im Laufe der Jahre war Sam einige Male zu Besuch gewesen, aber es fühlte sich noch immer so an, als wäre ihre Mutter nur auf Urlaub hier. Die Insel war zwanzig Kilometer lang und sechs Kilometer breit, und mehr als die Hälfte der Fläche war Naturschutzgebiet. Iris verließ Sanibel so gut wie nie.

»Ich habe schon mit Susan, meiner Maklerin, über den Verkauf der Wohnung gesprochen. Du solltest einen ganz guten Preis dafür kriegen. Die Jahreszeit ist günstig, weil die Wintergäste bald kommen.«

Sam schaute Iris kurz an und richtete den Blick dann wieder auf die Straße.

»Wir müssen uns über die Details unterhalten, Samantha.«

»Ich will aber nicht.«

»Du solltest dir nicht so viele Sorgen machen.«

Sam war verärgert. Sie hätte ihrer Mutter gerne entgegnet, dass man niemandem befehlen kann, sich keine Sorgen zu machen. Das funktionierte einfach nicht.

Sam zog den Autoschlüssel ab und versuchte, sich darüber klarzuwerden, was sie bei diesem tristen Motel eigentlich suchte. Vielleicht war die Mutter der jungen Prostituierten überfordert gewesen, und das Mädchen hatte sich ohne jede Hilfe einfach nur treiben lassen, wie ein schmutziger, halb in sich zusammengefallener Ballon, dessen Schnur sich schließlich an einem abgestorbenen Ast verhedderte. Wie leicht wir uns verirren können, dachte Sam. Aber vielleicht brauchte es manchmal gar nicht viel – nur einen freundlichen Menschen –, um jemanden aus dieser großen Einsamkeit zu retten. Sam malte sich aus, wie sie an die Tür klopfte, sich vorstellte und der Frau anbot, ihr zu helfen, bei der Jobsuche, mit etwas Geld oder einem Anruf beim Sozialdienst – egal womit. Aber warum war ihr das so wichtig? Weil du eben du bist, beantwortete sie sich die Frage selbst.

Sie stieg aus dem Auto, nicht bereit, so schnell aufzugeben. Immerhin war sie den ganzen Weg hierher zurückgefahren, auch wenn das verrückt schien. Sie wollte einen weiteren Blick auf das Leben einer anderen erhaschen, sich überwinden und einfach etwas Gutes tun. Es war zu kalt, um ohne Jacke auszugehen. Sie hatte sich von der Sonne täuschen lassen, die jetzt langsam unterging und den Parkplatz nicht mehr erwärmte. Sam schob ihre Hände in die Achselhöhlen und zog die Schultern hoch, um dem Wind, der die jungen Walnussbäume neben dem Motel durchschüttelte, etwas entgegenzusetzen. Dann ging sie außen an dem leeren, sumpfig grünen Hallenschwimmbecken entlang. Die

Fenster waren von innen mit Kondenswasser überzogen und von außen mit dem Dreck der Autos, die auf der East Washington dahinbrausten, verschmiert.

Auf dem vorderen Parkplatz angelangt, schaute Sam sich um, sah niemanden und riskierte einen Blick durch die Seitenscheibe des Autos der jungen Frau. Die blauen Vinylsitze hatten Risse und von der Sonne ausgeblichene Stellen, und das Steuerrad war mit Isolierband umwickelt. Auf dem Boden entdeckte sie einen alten Eiskratzer, eine zerrissene Karte von Wisconsin und eine halbleere Zweiliterflasche Mountain-Dew-Limonade, die unter dem Vordersitz hervorschaute. Vor der Rückbank lag ein Müllsack voll mit Kleidern, aus dem – irgendwie obszön – ein schmutziges pinkfarbenes Handtuch heraushing. Das Mädchen lebte praktisch im Auto. Sam überlegte, ob sie selbst sich nach Sesshaftigkeit sehnte oder ob es gerade das war, wovor sie davonlief.

»Hey!«, brüllte das Mädchen vom Balkon aus.

»Oh«, rief Sam aufgeschreckt. Ihr war flau im Magen geworden, nachdem sie die wenigen Besitztümer des Mädchens betrachtet hatte, Beweisstücke der Unbeständigkeit und der Isolation. Jetzt kam die junge Frau auf sie zu. Sie sah aus wie ein Kind, das man als Nutte verkleidet hatte. Ihre Knie waren knorrig und die Schuhe zu groß. Sam wich zurück, die Hände lächerlicherweise erhoben.

»Was machen Sie da … das ist mein Auto.«

»Ich weiß. Ich meine, tut mir leid.«

»Was?« Sie legte den Kopf schief wie ein Hundebaby.

»Moment mal, ich hab Sie doch schon mal irgendwo gesehen.«

»Das glaube ich kaum.«

»In der Drogerie«, sagte sie, und ihre Stimme wurde wieder lauter. »Sind Sie mir gefolgt?«

»Nein. Na ja, irgendwie schon«, stotterte Sam.

»Was, zum Geier, wollen Sie von mir?«

Sam spürte, wie ihr die Röte in die Wangen schoss und ihre Kopfhaut anfing zu prickeln. Sag es, forderte sie sich selbst auf, mach es. »Ich dachte – ich weiß nicht. Als ich Sie im Laden gesehen habe, dachte ich, Sie sind noch so jung. Vielleicht könnte ich Ihnen ja irgendwie helfen.«

»Was?« Das Mädchen schüttelte den Kopf und verschränkte trotzig die Arme vor der Brust.

»Okay«, sagte Sam. »Das war ein Missverständnis. Ein Fehler. Tut mir leid, ich geh ja schon.«

Das Mädchen schlug die Balkontür hinter sich zu.

Sam trottete zurück zu ihrem eigenen Auto und stolperte dabei über den Bordstein. Dann ließ sie sich müde auf den Vordersitz fallen. Was war nur mit ihr los? Wie hatte sie die Situation so falsch einschätzen können? Sie fühlte sich wie eine Irre. Warum kümmerst du dich nicht um deinen eigenen Kram?, fragte sie sich.

Kurz bevor Sam und Jack ihr Domizil bezogen hatten, war genau in ihrer Straße ein Haus in die Luft geflogen. Der Bewohner, ein Mann um die sechzig, hatte in Selbstmordabsicht alle Gashähne aufgedreht, und dann war sein Haus explodiert und hatte dabei noch die Hälfte des Nachbarhauses mitgerissen. Fenster, Rigipswände und Zimmerdecken waren in der ganzen Straße umhergeflogen. Der Mann hatte noch den zermürbenden Winter überstanden, gab aber auf, als schließlich der Frühling mit sprießenden Bäumen, Krokussen und Osterglocken Einzug hielt und nur noch vereinzelte Schneeflecken an schattigen Stellen zurückließ. Er musste so schrecklich einsam gewesen sein. Drei Jahre danach war das Grundstück noch immer leer und mit Gras überwachsen. Die Kinder aus der Nachbarschaft benutzten es als Spiel- und Sportplatz, auf dem sie mit orangefarbenen Kegeln die Tore markiert hatten. Von Ted hatten Sam und Jack erfahren, dass der Mann schubweise an Depressionen gelitten und kaum geschlafen hatte. Manchmal war er mitten in der Nacht zu einem Spaziergang aufgebrochen. Er war Kunstlehrer an der Highschool gewesen und frühpensioniert worden, und seitdem hatte er die Nachbarschaft nie mehr verlassen. Zum Supermarkt, der ein paar Blocks entfernt lag, war er zu Fuß gegangen, und manchmal hatte er einen Hamburger in der Bar um die Ecke gegessen. Er hatte weder ein Auto besessen noch je den Bus genommen, denn, so hatte er Ted anvertraut, er hatte nicht gewusst, wohin er hätte fahren sollen. Ted hatte sich gefragt, warum jemand, der sich am liebsten still zurückzog, mit einem lauten Knall aus dem Leben schied. Sam dagegen fand das ganz logisch. Der Mann war wütend über diese innere Leere gewesen, und er wollte, dass es alle erfuhren.

Sie wandte sich vom Küchenfenster ab. Auf der Arbeitsplatte stand einer ihrer großen Becher mit Deckel, milchig glasiert in einer Farbe, die an ein Rotkehlchen-Ei erinnerte. Sie öffnete den Deckel, dessen unglasierte Kante wie eine Nagelfeile an dem Becher entlangkratzte, und staunte darüber, wie passgenau er gearbeitet war. Aus dem Gefäß holte sie eine Handvoll geröstete Mandeln, deren rauchig-salziger Geschmack ihr das Wasser im Mund zusammenlaufen ließ, noch bevor sie davon gekostet hatte.

Und plötzlich kam ihr der Gedanke, dass sie nicht wusste, worin die Asche ihrer Mutter ruhte. In einer kitschigen Urne vom Bestattungsinstitut? In einer Kiste? In einer Tasche? Theo hatte die sterblichen Überreste nach der Einäscherung abgeholt, aber sie hatten sich noch immer nicht entschieden, was sie damit machen wollten. Sam hatte einen Becher für Mandeln getöpfert, aber nicht daran gedacht, irgendetwas herzustellen, das die Asche ihrer Mutter aufnehmen konnte.

Es war zwei Uhr. Ellas Nickerchenzeit. Sam vermisste das kostbare Gewicht eines schlafenden Babys an ihrem Körper. Ihren Mann Jack dagegen vermisste sie überhaupt nicht mehr. Und darauf beruhte auch ihre Angst. Sie fürchtete, durch ihre Liebe zu Ella wären ihre Gefühle für Jack verdrängt worden. Es waren natürlich verschiedene Arten von Liebe, sie musste sich nicht für die eine oder andere entscheiden, aber ihre Gefühle für Ella schienen tiefer zu sein, berauschend und unzerstörbar.

Draußen vor dem Fenster saß ein Eichhörnchen auf dem Zaun und knabberte an der weichen, grünen Schale einer Walnuss. Jeden Herbst ließen sich die Eichhörnchen in den Walnussbäumen nieder und fraßen sich durch den Fruchtbestand. Die Tiere fiepten und quiekten und ließen die Schalen auf den Gehweg darunter fallen, der schon bald von einer ockerfarbenen Schicht überzogen wurde. Meist schlemmten die Eichhörnchen ungefähr eine Woche lang, dann waren die Bäume leer. Als sie in Teds Garten schaute, merkte sie aber, dass es noch nicht an der Zeit war für die Eichhörnchen-Festspiele.

Ich backe den Pound Cake und schenke ihn Ted, dachte Sam. Bei der Prostituierten hatte sie sich zum Affen gemacht, aber sie konnte den Tag noch retten, indem sie nett zu ihrem Nachbarn war. Niemand würde sich mehr darüber freuen als Ted. Sie schüttete sich noch ein paar Mandeln auf den Handteller und aß sie auf. Von dem vielen Salz schien sich ihre Zunge regelrecht zusammenzuziehen. Als sie die Mandeln knabberte, wurde ihr klar, dass Iris' Kiste sich nicht einfach so in Luft auflösen würde. Sie änderte ihren Plan und setzte sich wieder an den Tisch, weil sie an diesem Tag wenigstens eine Sache erledigen wollte. Sie brauchte irgendetwas, das sie vorweisen konnte, wenn sie sich schon nicht um das Baby kümmern musste.

Da klingelte ihr Handy. Sie fuhr zusammen. Es war wieder Theo, und sie war froh darüber, obwohl sie ihn vorhin angeschnauzt hatte.

»Hallo«, meldete sie sich.

»Hallo. Tut mir leid, dass ich schon wieder störe«, sagte er.

»Du störst nicht. Was gibt's?«

»Ich muss ständig an diese Kiste mit dem Zeug denken. Ich hätte da mal reinschauen sollen. Das war echt blöd von mir.«

»Ich wusste gar nicht, dass du mal schauspielerische Ambitionen hattest.«

»Was meinst du damit?«

»Im Dutzend billiger.«

Theo lachte. »Siebte Klasse. Ich musste einen falschen Schnurrbart tragen. Eine Woche lang hatte ich einen schnurrbartförmigen Ausschlag von dem Kleber.«

»Ich schicke dir das Programmheft.«

»Und was hast du sonst noch gefunden?«

»Keine Juwelen oder so was. Sachen von uns beiden, als wir klein waren. Rezepte. Ein richtiges Sammelsurium eben. Ich hab noch nicht alles durchgesehen. Es ist irgendwie überwältigend und gleichzeitig völlig banal.«

»Ich finde es deprimierend, die Reste eines Lebens in einer Kiste zu sehen. Eintrittskarten, Zeugnisse und Schnappschüsse. Ich weiß nicht. Ich glaube, ich werde langsam alt.«

Sam fühlte sich ermutigt. »Du und Cindy, ihr solltet ein Baby adoptieren.«

»Was?«, rief er aufgebracht. »Nein.«

»Ach komm, Theo. Wenn ihr ein Kind wollt, dann müsst ihr handeln.«

Theo war einen Moment lang still und atmete dann geräuschvoll aus.

»Rauchst du?«, fragte sie.

»Ich hab wieder angefangen. Nur ein paar am Tag.«

»Ich rede nicht mehr davon. Von einer Adoption.«

»Nein, ist schon gut.«

»Ich glaube, du wärst ein guter Dad.«

»Danke, Sammy«, sagte er leise. »Ach ja, Dad und Marie kommen in eure Gegend. Macht schon mal einen großen Parkplatz für sie frei.«

»Sie kommen nach Madison?«

»Mit dem Camper. Nach ihrem Kanada-Trip in ein paar Wochen. Dad ruft dich noch an.«

»Kommt nicht in Frage.«

»Sammy, er möchte Ella sehen. Gib ihm doch eine Chance.«

Eigentlich wollte sie, dass ihr Vater zu Besuch kam. Warum konnte sie das nicht einfach zugeben?

»Ich rufe ihn an.«

»Wer's glaubt«, sagte Theo.

»Wo haben wir Mom eigentlich reingelegt?«

»Was?«

»Ihre Asche meine ich. Wo haben wir sie reingetan?«

»Das ist echt komisch. Ich habe keine Ahnung. Ich glaube, das Bestattungsinstitut hat sich darum gekümmert. Sie haben wohl irgendwas Gängiges ausgesucht.«

»Wir sind wirklich schrecklich«, seufzte sie.

»Ach komm, es war eine schwierige Zeit für uns. Das ist doch auch nicht so wichtig, oder?«

Natürlich ist es wichtig, dachte sie. Ich sollte irgendwas zu Ehren meiner Mutter machen, statt durch die Gegend zu kutschieren und Prostituierte auszuspionieren.

»Du hast sie, oder?«, fragte sie.

»Ich glaube, sie ist unten im Besenschrank.«

»Du glaubst?«

»Sam, ich hab sie, beruhige dich. Aber wir müssen uns bald darum kümmern, ja?«

Durch Ellas Geburt, dieses umwälzende Ereignis, hatte Sam völlig vergessen, dass sie die Urne noch nicht bestattet hatten, und jetzt war ein ganzes Jahr vergangen. Theo hatte recht.

Sie nahm den nächsten Umschlag aus der Kiste. Darin fand sie ein paar Fotos aus den Sechzigern, mit Leuten darauf, die sie nicht kannte. Eine Dinnerparty mit einem leeren Stuhl – Iris musste fotografiert haben. Ein Haus am See, Paare, die Piña Coladas und Zigaretten in den Händen hielten. Wer diese Menschen waren, würde für immer ein Geheimnis bleiben. Chicago während eines Schneesturms. Außerdem ein paar aussortierte Bilder von der Hochzeit ihrer Eltern. Ein Schnappschuss von Iris mit einer weißen Schleife in den toupierten Haaren. Sie stand etwas abseits und beobachtete die Feier. Eine Aufnahme von Iris, die von Glenn mit Hochzeitstorte gefüttert wurde. Sie hatte die Augen geschlossen, und auf ihren Zähnen entdeckte Sam einen Fleck mit rosa Lippenstift. Glenn lachte so, dass man sein Zahnfleisch sehen konnte. Sam fragte sich, ob ihre Mutter diese Bilder aufbewahrt hatte, weil sie es nicht übers Herz brachte, sie wegzuwerfen, oder ob sie eine Art geheime Bedeutung für sie gehabt hatten. Wollte sie damit etwas von ihrem Hochzeitstag in Erinnerung behalten, das außerhalb der offiziellen Posen lag und nicht gestellt war? Und was sollte Sam jetzt damit anfangen? Sie zurück in die Kiste legen, damit Ella sie dort in fünfzig Jahren entdeckte?

Sie faltete eine gelbe Plastiktüte auseinander. Darin befand sich, in Seidenpapier eingewickelt, ein quadratischer Bierdeckel aus irgendeinem Lokal in Chicago, das sich Le Coq d'Or nannte. Auf dem Bierdeckel war ein Hahn mit goldenen Federn abgebildet, deren Farbe sich schon halb gelöst hatte. Die Pappe war ziemlich abgestoßen. Meinst du das ernst, Mom? Ein Bierdeckel aus einer Bar?

In der Kiste war auch ein Buch, eine kleine Bibel mit einem abgenutzten, aufgebogenen schwarzen Umschlag, von dem die Goldbuchstaben schon lange abgeblättert waren. Ihre Mutter, die überzeugte Atheistin, hatte eine Bibel besessen? Sam schlug das modrige Buch auf, aber sie fand keinen Namen auf der dafür vorgesehenen Zeile. Nur das Datum war ausgefüllt: 10. Juni 1900. In der oberen Ecke prangte ein Stempel:

Kinderhilfskomitee
105 East Twenty-Second Street
New York City, New York

Die Bibel hatte anscheinend ihrer Großmutter gehört, darauf deutete das Datum hin (sie war damals etwa elf Jahre alt gewesen), aber der Stempel war merkwürdig. New York war weit weg von Wisconsin. Vielleicht hatte sie die Bibel ja auf einem Kirchenbasar gekauft, dachte Sam, so einfach konnte die Erklärung sein.

Zwischen den Seiten schaute ein Foto hervor. Sams Großeltern auf der verfallenen Veranda ihres Farmhauses im südlichen Minnesota. Die weiße Farbe der Hauswand war an vielen Stellen abgeplatzt, und die Zweige der Fliederbüsche, die alles überwucherten, verdeckten die Hausecke. Die Olsens, die zur Zeit der Aufnahme wahrscheinlich um die sechzig waren, wirkten ziemlich teilnahmslos. Sie war ungeschminkt und trug ihr weißes Haar schlicht zurückgebunden – ganz offensichtlich war ihr nicht daran gelegen, sich hübsch zu machen. Sie war eine Frau vom Land und darum weder extravagant noch eitel. Sams Großvater saß kerzengerade auf einer groben Holzbank. Er hatte die Zeitung auf dem Schoß und eine Brille auf der Nase. Die Großmutter, die es sich in einem abgenutzten Ohrensessel gemütlich gemacht hatte, strickte. Keiner der beiden lächelte, aber sie sahen auch nicht unglücklich aus. Sie saßen getrennt voneinander, was den Eindruck erweckte, als lebten sie nicht mit-, sondern nebeneinander. Es sah aus, als wollten sie jeden Moment mit dem weitermachen, was sie getan hatten, bevor der Fotograf sie bat, aufzuschauen.

Sams Großvater war die skandinavische Herkunft eindeutig anzusehen. Sein Haar war noch im Alter blond und wuschelig, viel zu weich im Vergleich zu seinem von tiefen Furchen durchzogenen Gesicht. Er war ein stiller Typ gewesen, hatte Iris erzählt, aber er konnte auch lustig sein und war meist freundlich. Er hatte es vom Farmer zum Geschäftsführer eines Futtermittelherstellers gebracht. Über ihre Mutter hatte Iris berichtet, dass sie unendlich tüchtig gewesen war, eine wirklich patente Frau.

Sam wusste nicht einmal genau, in welcher Gegend von Wisconsin ihre Großmutter aufgewachsen war. Es kam ihr wie ein entsetzliches Versäumnis vor, dass sie ihre Mutter während ihrer letzten Lebenswochen nicht danach gefragt hatte. Iris war ein Einzelkind gewesen, und jetzt war niemand mehr übrig, der Auskunft geben konnte. Andererseits hätte sie die Frage vielleicht sentimental und aufdringlich gefunden. Sam wurde bewusst, dass sie sich von ihrer Mutter bis zum Schluss eingeschüchtert gefühlt hatte.

Iris hatte zwar immer behauptet, sie habe nicht schnell genug aus der Provinz wegkommen können, aber sie hatte dennoch ab und zu mit leuchtenden Augen über die Südschleife des Root River gesprochen, wo sie als Kind viele Stunden damit verbracht hatte, Welse und Barsche zu fangen. Ganz selten hatte ihre Mutter dann noch sehnsüchtig von dem Land bei der Farm erzählt, von den Kalksteinfelsen, die mit Eichen und Hickorybäumen bewachsen waren, den Reihern und Brautenten am Flussufer, von den Ottern und Bibern. Meine Mutter!, dachte Sam. Die Frau, die alle zwei Wochen zur Maniküre ging und die Bettlaken bügelte und Pestizide auf den Rasen sprühte, damit er schön und gleichmäßig wuchs.

Seit Jahren lebte Sam schon in Madison, aber noch nicht ein einziges Mal war sie die drei Stunden zum Fluss gefahren. Warum bin ich noch nie dort gewesen?, fragte sie sich.

Durch das vordere Fenster konnte sie sehen, dass Ted vom Campus zurück war und jetzt seinen Vorgarten harkte, obwohl noch kaum Blätter gefallen waren. Seine Haare hüpften bei jedem Schwung mit der Harke. Er trug eine kastanienbraune Lederjacke aus den Siebzigern und darunter einen Rollkragenpullover. Sam bewunderte seinen Elan und Optimismus.

Der Pound Cake. Sie ging in die Küche und schaltete den Ofen ein. Ihre Mutter hatte gelegentlich einen solchen Kuchen gebacken, dann aber in einer raffinierteren Version als Sam heute. »Nimm immer etwas Vanilleextrakt dazu, auch wenn es nicht im Rezept steht«, hatte Iris ihr geraten. Und was war das für ein komisches Gewürz, das sie gerne hinzufügte? Muskatblüte, dachte Sam. Wer benutzte denn so was? Auf gut Glück durchwühlte sie die Schublade mit den Gewürzen und stieß ganz hinten auf eine kleine, ausgeblichene Büchse, die noch nicht angebrochen war. Die musste sie sich irgendwann zugelegt haben, bevor sie Jack kennengelernt hatte – ohne Zweifel auf Anraten ihrer Mutter, die ihr beim Zusammenstellen ihrer Küchenutensilien geholfen hatte, und dann war die kleine Büchse mit nach Wisconsin umgezogen.

Mit einem Messer pulte Sam die Versiegelung ab. Wie alt das Gewürz auch sein mochte, es duftete muskatartig, so wie sie es aus ihrer Kindheit kannte. Sie gab einen Viertelteelöffel davon in eine Schüssel und angelte auf dem oberen Regal nach dem Vanilleextrakt.

»Ich habe nie darüber nachgedacht, mich scheiden zu lassen«, hatte ihre Mutter gesagt und den Teller mit dem Lachs von sich geschoben. »Auch wenn ich eine Scheidung vielleicht besser gefunden hätte. Heute scheint alles so klar. Aber damals dachte ich wohl, ich bräuchte irgendwie eine Erlaubnis dazu. Etwas so Großes habe ich mir nicht zugetraut.«

Sam hatte Iris noch nie zuvor so reden gehört, und sie wünschte sich gleichzeitig mehr und weniger davon. Nach all den Jahren, in denen ihre Mutter ihre innere Festung verteidigt hatte, war die Offenheit wohltuend. Aber Sam fürchtete, Iris könnte durch diese Enthüllungen plötzlich zu einer Fremden für sie werden und ihr dann einfach wegsterben.

»Hast du von Marie gewusst?«, fragte Sam.

»Aber ja«, antwortete Iris. »Das war doch nichts. Ich glaube, die Sache hat einfach nur mein Ego angekratzt. Aber dein Vater und ich ...« Sie winkte ab, schloss die Augen und lehnte sich in ihrem Schaukelstuhl zurück, zu erschöpft, um weiterzureden.

Obwohl Iris langsam verfiel, wirkte sie paradoxerweise irgendwie jünger. Ihre Wangenknochen traten jetzt deutlicher hervor, was ihrem Gesicht eine gewisse Zartheit verlieh. Ihr dunkler, wuscheliger Bob gab ihr etwas Mädchenhaftes, und ihre Füße waren inzwischen zu groß für ihren Körper.

»Ich hoffe wirklich, dass Glenn glücklich ist«, sagte sie leise, die Augen noch immer geschlossen. »In seinem Camper.«

Beide lachten, und Sam war dankbar für die warme, salzige Brise, die durch die Balkontür hereinkam. Ihr Wohlgefühl stand in scharfem Kontrast zum schlechten Zustand ihrer Mutter. In Sams Bauch versuchte das Baby, sich mit den Füßchen auf ihre Rippen zu stellen. Iris konnte nicht mehr ohne fremde Hilfe gehen, und sie hatte Schmerzen, wenn sie lange sitzen musste. Die vielen Tabletten bekam sie mittlerweile nur noch schwer herunter. Sam war jetzt seit zwei Wochen in Sanibel, und sie hatten über viele Dinge gesprochen, die im Zusammenhang mit Iris' Sterben wichtig waren – ihr Testament, ihre Bankkonten, ihre Wünsche –, aber über den Tod selbst hatten sie nicht geredet. Iris schien kein Interesse an dem Thema zu haben, und Sam traute sich nicht, davon anzufangen.

»Komm, wir schauen uns die Vögel an«, schlug Iris vor.

Sie fuhren ins »Ding«-Darling-Wildreservat, das weniger als einen Kilometer von der Wohnung entfernt lag. Iris hatte gehofft, sie wäre noch stark genug, um ein kleines Stück zu laufen, damit sie die Alligatoren sehen und den Fischreihern nahe kommen konnten, aber es war warm und dunstig, und sie fühlte sich zu schwach, um aus dem Auto zu steigen.

»Ach, was soll's«, seufzte sie. »Die Moskitos sind jedenfalls schrecklich. Schwangere Frauen finden sie besonders unwiderstehlich.«

Also fuhr Sam langsam durch das Reservat, hielt bei den Aussichtsplattformen, Schildern und Hochsitzen an und versuchte, ihre Mutter aus dem Auto zu locken.

»Halt da mal an«, bat Iris.

Sam stoppte das Auto nahe einer geschlossenen Wand aus Mangroven, deren rostrote Wurzeln aussahen wie Tentakel, die sich in das Sumpfland krallten.

»Lies mir mal vor, was auf dem Schild steht«, sagte Iris.

»Ökosystem des Mündungsgebiets. Die Beziehung

zwischen den verschiedenen Tieren, von denen die einen die Nahrungsgrundlage für die anderen bilden, heißt Nahrungsnetz.«

»Ich dachte, da steht was über Vögel. Ibisse, Reiher, Strandläufer, Falken. Wo sind die alle? Bis jetzt habe ich nur zwei Pelikane gesehen. Dort, wo wir immer hingegangen sind, um die Rosalöffler zu beobachten.«

Wir? Sam öffnete den Mund und schloss ihn wieder. Sie traute sich nicht, nachzufragen.

»Hast du schon mal einen Rosalöffler gesehen?«

Sam schüttelte den Kopf.

»Mit diesen abgerundeten Schnäbeln sehen sie irgendwie prähistorisch aus. Wie eine vergessene Tierart. Ich glaube kaum, dass noch viele übrig sind. Vielleicht gibt es inzwischen ja auch gar keine mehr.«

Sam fuhr noch ein Stück weiter und hielt bei einem Weißgummibaum an. Darüber hatte sie in der Broschüre gelesen. Die Rinde war knallorange und blätterte ab wie vertrocknete Haut.

»Wir hätten Ferngläser mitbringen sollen«, klagte Sam. »Ich glaube, die Vögel verschmelzen einfach nur mit der Umgebung.«

»Ist schon gut, mein Schatz. Ich habe keine Liste, von der ich noch Posten abhaken muss.«

Es war später Nachmittag, Ebbe, und damit der beste Zeitpunkt, die Watvögel zu beobachten. Als sie sechs Kilometer weit gefahren waren, sank die Sonne und tauchte die Lagune in ein leuchtendes Rosa.

»Ich sollte jetzt Schluss machen, Samantha.«

»Wir sind schon beim Ausgang.« Sam bog auf die

Sanibel-Captiva-Straße ein und deutete auf den Falken, der über ihnen kreiste.

»Es hat keinen Sinn, es hinauszuzögern«, sagte ihre Mutter. »Wenn dein Körper dir den Dienst versagt, ist das kein Vergnügen, glaub mir.«

Das war nun wirklich keine Überraschung.

»Mom. Hör auf. Bitte.« Sie hatte jeden Gedanken an den Tod ihrer Mutter weit von sich geschoben, und jetzt war sie nicht darauf vorbereitet, wie schmerzhaft und heftig die Wahrheit sich anfühlte. Sie spürte, wie das Baby gegen ihre Blase drückte, und spannte die Muskeln an, um nicht in die Hose zu machen.

»Das ist so unwürdig, dieser Verfall. Ich hätte gerne ein bisschen Kontrolle über die Situation«, sagte Iris.

»Warum sagst du mir das? Ich will das gar nicht wissen.« Sams Stimme klang gepresst.

»Weil ich deine Hilfe brauche.«

»Nein. Nein, das mache ich nicht. Das kann ich nicht.«

»Doch, das kannst du.«

»Was ist mit Theo …«

»Theo. Nein. Du bist stärker, als du glaubst, wie die meisten Frauen. Ich hätte es schon längst erledigen sollen, dann hätte ich es dir ersparen können. Aber ich habe zu lange gewartet, und jetzt bin ich zu schwach dafür.« Iris schloss die Augen und verzog das Gesicht vor Schmerzen. »Wenn das Baby kommt, wirst du das alles hier vergessen.«

Das ist nicht in Ordnung, dachte Sam. So etwas von seiner Tochter zu verlangen. Sie wollte aufschreien, gegen diese grausame Bitte protestieren, das nächste Flugzeug nach Madison nehmen. Sie spürte, wie eine Zornesflamme in ihr aufloderte, wie ihr die Hitze in den Kopf schoss und dann in ein sachtes Brodeln überging.

»Du hast vielleicht noch Monate zu leben«, wandte Sam müde ein.

»Es wäre eine Gnade, Samantha. Ich kann nicht mehr.«

Vorsichtig hatte Sam das Auto ihrer Mutter wieder in der Garage unter der Wohnung geparkt und die ordentlichen Regale voller Putzmittel in beschrifteten Plastikcontainern betrachtet.

»Ich hatte an meinen Geburtstag gedacht«, hatte Iris gesagt. »Das wäre doch eine schöne Symmetrie, oder?«

Sam zog das Päckchen mit den Rezepten ihrer Großmutter aus dem Stapel auf dem Tisch, um nachzusehen, ob eins für Pound Cake dabei wäre. Das Gummiband war alt und mürbe, und als sie es abstreifen wollte, fiel es auseinander. Ein hauchdünnes Stück lavendelfarbenes Papier, das zweimal gefaltet war, flatterte zwischen den Rezepten hervor und landete in ihrem Schoß. Ein Brief. Die Tinte war verblichen, die Handschrift zittrig. Das Datum lautete: 10. Dezember 1910.

»Liebe Mrs. Olsen«, las Sam. »Mit großer Spannung habe ich Ihren Brief gelesen.«

Violet

Der Zug war laut und der Rosshaarsitz unbequem. Violet saß hinter Miss Bodean, der Kinderschwester, die kaum älter war als einige der Mädchen. Sie hielt einen Säugling in den Armen und wurde flankiert von zwei kleinen Mädchen auf der einen und einem Jungen auf der anderen Seite. Eins der Babys schrie die ganze Zeit, wurde aber übertönt von den klappernden Fenstern, der stampfenden Lokomotive und dem Gequietsche der Räder auf den Schienen. Nachdem der Zug aus der Stadt geschossen war, tauchten immer weniger Häuser auf, und die Landschaft wurde grün und hügelig.

Die Gruppe hatte den ganzen Waggon für sich. Ein winziger deutscher Junge mit strohblondem Haar bewegte sich unter Gelächter der anderen Kinder Rad schlagend über den Gang, bis man ihm befahl, sich wieder hinzusetzen.

»Warte mit der Vorstellung, bis wir in Indiana sind, Joseph«, sagte Mrs. Comstock.

»Was ist Indiana?«, fragte er.

»Das ist da, wo die Eltern sind.«

Violet saß neben einem Geschwisterpärchen mit den gleichen weit auseinanderstehenden braunen Augen. Die beiden hielten sich an der Hand und schauten geradeaus.

»Möchtest du auch mal am Fenster sitzen?«, fragte Violet den Jungen.

Er schüttelte den Kopf.

»Wie heißt du?«

»Elmer.«

»Ist das deine Schwester?«, fragte Violet und deutete mit dem Kopf auf das Mädchen.

»Ja. Ich glaub, sie hat in die Hose geschissen.«

»Stimmt gar nicht«, erwiderte das Mädchen.

»Halt den Mund, Elsie«, rief er.

»Ich riech nix«, sagte Violet.

Mrs. Comstock stellte sich in den Gang, den Körper zur Seite gedreht, damit ihr großes Hinterteil halbwegs Platz fand, und machte eine Ansage.

»Merkt euch, Kinder, Arbeit ist süß, und Faulheit ist eine Sünde. Ihr habt großes Glück, diese Chance zu bekommen, ihr könnt aus Armut und Sünde erlöst werden. Vielleicht wollen euch eure zukünftigen Eltern neue Namen geben. Nehmt sie würdevoll an.«

Violet blickte finster drein. Sie wollte keine Sarah oder Mary oder Helen sein.

»Hast du ein Problem damit, Violet?«, fragte Mrs. Comstock und blieb neben ihr stehen.

»Nein, Madam«, antwortete sie und strich Mrs. Comstock im Geiste von der Liste ihrer möglichen Verbündeten.

In der Reihe vor ihr gab Miss Bodean dem Säugling die Flasche und wiegte ihn hin und her, um ihn in den Schlaf zu lullen.

»Diejenigen von euch, die katholisch erzogen wurden, sind jetzt Protestanten. Sprecht in euren neuen Familien nicht über Riten und Heilige. Und das gilt für euch alle: Redet nicht über euer altes Leben in der Stadt. Versucht, es zu vergessen. Es ist vorbei.« Mrs. Comstock atmete tief ein und aus, als würde sie sich solidarisch auch von ihrer eigenen Vergangenheit trennen. »Ihr solltet auch nicht darüber reden, dass ihr in einem Zug voller Waisenkinder gefahren seid.«

»Warum nicht?«, wollte ein schwindsüchtig aussehendes Mädchen mit dünner, grauer Haut wissen.

Mrs. Comstock schwieg einen Moment. »Weil das besser für euch wäre«, sagte sie schließlich.

Das Mädchen zwinkerte ratlos und war nicht zufrieden mit der Antwort. »Aber die Leute, die mich aussuchen, wissen doch, wo ich herkomme.«

»Natürlich, Liebes. Aber sie möchten nicht daran erinnert werden«, erklärte Mrs. Comstock.

Bald sah Violet nichts als Bäume, nur noch Stämme und Blätter, die als verschwommene grünbraune Fläche am Fenster vorbeizogen. Sie stellte sich vor, sie hätte ein Zimmer ganz für sich allein, einen Bruder, mit dem sie angeln gehen konnte, eine Mutter, die ihr das Stricken beibringen würde, und einen Vater, der sie abends hochnahm und herumwirbelte. So döste sie vor sich hin, mit dem Gewicht von Elmers Kopf an ihrem Arm.

Mrs. Comstock teilte Senf-Sandwiches und Äpfel aus, genau das Gleiche, was es schon zum Mittagessen gegeben hatte, dazu kleine Portionen Büchsenmilch. Joseph, der Rad schlagende deutsche Junge, kniete auf seinem Sitz und schnitt Grimassen für die Kleinen, die in der Reihe hinter ihm saßen. Dazu stimmte er ein fröhliches Jodeln an.

»Ein richtiger kleiner Unterhaltungskünstler«, bemerkte Mrs. Comstock und tätschelte ihm den Kopf. Sie befahl ihm nicht, sich umzudrehen. Je weiter sie sich von der Stadt entfernten, desto mehr entspannte sie sich. Sie hatte sogar ihren Hut abgenommen. Joseph lächelte und kletterte auf ihren Schoß.

Violet dachte an Nino und versuchte, sich zu erinnern, wie er ausgesehen hatte, als sie ihn zum ersten Mal getroffen hatte, in der Water Street. Ein schlaksiger Junge mit einer Nase, die zu groß für sein Gesicht war. Sie hatte vor seinen Augen eine Orange geklaut, um seine Aufmerksamkeit zu gewinnen. Er hatte ihr dann hilfreiche Tipps gegeben, um ihre Technik zu verbessern.

»Kannst du mir helfen?«, bat Miss Bodean vom vorderen Sitz aus. »Du musst kurz das Baby halten, damit ich Fredericks schmutzige Windel wechseln kann.«

Violet hatte noch nie einen Säugling im Arm gehabt und wollte jetzt nicht damit anfangen. »Ich hab aber noch nie eins gehalten.«

»Da ist nichts dabei. Bleib einfach sitzen und beweg dich nicht.« Die Kinderschwester legte Violet das eingepackte Bündel in den Schoß. Elmer schaute interessiert zu.

»Was ist denn mit dem Baby?«, fragte er. »Das Gesicht sieht ja aus wie ein verschrumpelter Apfel.«

Violet fühlte einen Schwall von Zorn in sich aufsteigen, Zorn auf den Säugling mit seinem hungrigen, milchbekleckerten Mund, seinen winzigen, nutzlosen Fäustchen und dem hässlichen rosa Ausschlag auf den Wangen.

Sie bekamen Decken, damit sie in ihren Sitzen schlafen konnten. Im Waggon gab es kein Licht, und als es dunkel wurde, streckten sie sich aus, so gut es ging, um sich in eine bequeme Position zu bringen. Ein paar Jungen legten sich gleich auf den Boden.

Der Zug fuhr in eine scharfe Kurve, und Violet spürte, wie sich Elmer neben ihr anspannte, bevor er wieder einschlief. Elsies Kopf lag in seinem Schoß.

Violet lehnte sich gegen den Fensterrahmen, wo ihr Kopf im Rhythmus der Schiene mitwackelte, und bemühte sich, ihre Hoffnung auf eine echte Familie, die sie aufnehmen würde, nicht sterben zu lassen. Sie malte sich aus, wie sie bei Sonnenaufgang im rosa Licht eine Kuh melkte, wie ihre Wange an der warmen Flanke des Tieres lag und der dampfende Rahm oben auf der Milch schwamm. Sie stellte sich ihr Bett vor; wie sie sich darin ausstreckte, unter einer dicken Schicht von weichen Steppdecken.

Sie versuchte, nicht an ihre Mutter zu denken, die jetzt ganz alleine in ihrem Mansardenzimmer saß. Im Licht der letzten Sonnenstrahlen staunte sie über das flache, platte Land, über dem ein endloser Himmel lag, bis es zu dunkel wurde, um noch etwas zu erkennen, und ihr die Augen zufielen.

Zwei Tage nach ihrer Abreise aus New York City stiegen sie in Sheridan, Indiana, aus dem Zug. Auf dem Gleis war es windig, die Sonne stand hoch am Himmel, und die Kinder in ihren zerknitterten, staubigen Kleidern klammerten sich an ihre Bibeln, zwinkerten ratlos und tapsten umher wie die Maulwürfe. Kreischend und dampfend fuhr der Zug wieder an und ließ die Kinder, die sich verwirrt um Mrs. Comstock scharten, auf dem Bahnsteig zurück. Der Wind sauste um Violets Ohren, und sie spürte eine schmerzende, ungekannte Einsamkeit. Irgendwie hatte sie erwartet, dass eine jubelnde Menschenmenge sie empfangen würde, winkende Eltern, die ihre neuen Kinder einsammelten. Luftschlangen und Musik. Sogar Kuchen und Punsch. Aber niemand war da, bis auf einen Arbeiter, der Kisten stapelte, und einen gewissen Mr. Drummond, den örtlichen Koordinator.

Flugblätter, die auf dem Boden lagen und an den Säulen des Bahnhofs klebten, verkündeten:

FAMILIEN FÜR WAISENKINDER GESUCHT
Ein Zug der Barmherzigkeit wird am Freitag, dem 15. Juni 1900, in Sheridan, Indiana, eintreffen.

Die Verteilung der Kinder wird um 13:00 Uhr im Opernhaus stattfinden. Ziel ist es, Familien zu finden, die die Kinder aufnehmen, gerne Farmerfamilien, in denen sie ein glückliches und erbauliches Leben führen dürfen und in denen sie dank freundlicher Zuwendung, erwachsener Vorbilder und moralischer Erziehung das Rüstzeug für ein selbständiges, arbeitsames Leben erwerben können. Die Waisen wurden nach gründlicher Prüfung vom Hilfskomitee in New York City ausgesucht, wodurch sichergestellt wird, dass alle Jungen und Mädchen beste Vorsätze und Fleiß mitbringen.

Denkt an den Termin! Alle sind eingeladen.

Die Kinder fassten sich an den Händen, wie es ihnen gesagt wurde, und folgten Mrs. Comstock und Mr. Drummond, der den großen Koffer über den wie leergefegten Dorfplatz trug. Miss Bodean folgte der Gruppe. Ein Mann in einem Wagen stoppte und schaute neugierig, eine Frau auf den Stufen des Gerichtsgebäudes hielt ein Mädchen an einer Hand und deutete mit der anderen auf die Gruppe. Violet fragte sich, ob dies ihre neue Heimat sein würde. Sie blickte sich um und suchte nach Dingen, die ihr Trost geben könnten. Es war ruhig. Es stank nicht. Es lag kein Pferdemist auf den Straßen herum. Das alles zählte sie im Geiste auf, aber irgendwie fühlte sie sich dadurch nur noch mehr fehl am Platz.

Im Sheridan Hotel wurden die Jungen in ein Zimmer gesteckt, die Mädchen in ein anderes, wo sie die Hände und Gesichter gewaschen und die Haare gebürstet bekamen. Jedes Kind durfte ein Glas Milch trinken.

»Lächelt für die Leute«, sagte Mrs. Comstock. »Beantwortet ihre Fragen. Benehmt euch wie richtige Damen. Tut, was euch gesagt wird.«

Die Mädchen zwitscherten durcheinander und machten sich für die öffentliche Vorstellung fertig. Miss Bodean tupfte die Nasen der Babys mit einem feuchten Lappen ab und säuberte ihre verklebten Augen.

»Was ist, wenn es uns nicht gefällt, da wo wir hinkommen?«, wollte Violet wissen.

Die anderen Mädchen wurden still und wandten die Köpfe nach ihr um. In ihren Gesichtern war Furcht zu lesen.

Mrs. Comstock atmete tief durch die Nase ein und aus und blickte Violet mit strengen Augen an.

»Sei dankbar für diese Gelegenheit, junge Dame. Wenn es ein Problem gibt, kannst du an das Hilfskomitee schreiben. Die Adresse steht in deiner Bibel. Aber es muss wirklich einen guten Grund dafür geben. Versuche, das Beste aus deiner Situation zu machen. Sprich jeden Abend deine Gebete.«

Von da an hörte Violet nicht mehr zu. Sie strich den Zettel glatt, der an ihrer Brust befestigt war, und beobachtete die zerfaserten Wolken durch die Lücke in den Gardinen. Sie hatte schon immer gewusst – sogar damals in Aberdeen –, dass sie auf sich allein gestellt war. Dann zog sie sich noch ein Stückchen weiter in ihr Inneres zurück, bis sie den dunklen Kern berührte, zu dem kein anderer Mensch Zugang hatte.

»Mädchen, lasst euch von der Heiligen Schrift leiten«, sagte Mrs. Comstock. »Sprecht mir nach: *Von Gnade und Recht will ich singen; dir, Herr, will ich lobsagen.*«

Die Mädchen wiederholten die Worte ernst und monoton.

»Ich will einsichtig handeln auf vollkommenem Weg. Wann wirst du zu mir kommen?«

Elsie, Elmers kleine Schwester, begann zu weinen und hielt sich die Hände über die Augen.

»Still jetzt, Kleines«, beruhigte Miss Bodean sie.

»Ich will mit lauterem Herzen wandeln in meinem Hause.«

»Ich will mit lauterem Herzen wandeln in meinem Hause«, murmelte Violet vor sich hin, ohne auf die Bedeutung der Worte zu achten.

Sie versuchte, sich an den Augenblick zu erinnern, als man sie im Barren River getauft hatte. Wie hatte sich das angefühlt? Die Zweige der Weiden am Ufer tauchten immer wieder ins Wasser ein, die heiße Junisonne brannte auf ihren nassen Kopf, und das weiße Gewand, das ihre Mutter normalerweise in der Zederntruhe mit den Schnitzereien aufbewahrte, schlingerte ihr zwischen den Beinen herum. Sie hatte sich nicht wiedergeboren gefühlt. Aber sie war voller Hoffnung gewesen.

»Stellt euch in einer Schlange vor der Toilette an. Wir gehen in einer halben Stunde.«

Eine lange Reihe von Stühlen war auf der Bühne aufgebaut. Der schwere grüne Samtvorhang war geschlossen, so dass sie nicht sehen konnten, wer sich im Zuschauerraum versammelt hatte, aber sie konnten das Publikum rascheln und scharren hören.

»Die Jungen zuerst, dem Alter nach mit dem Ältesten voran, dann Miss Bodean mit den Babys.«

Violet saß neben Eileen, einem dünnen irischen Mädchen, dem ein Schneidezahn fehlte, und Maryanne, einer Halbwaise, die behauptete, ihre Mutter würde sie in ein paar Monaten abholen.

Keiner redete. Elsie klammerte sich an Elmers Hand und weinte, als Mrs. Comstock sie von ihm wegzog und auf einen Stuhl am anderen Ende bugsierte.

Elmer hob sein zitterndes Kinn und schaute stur geradeaus.

»Lasst uns zusammen den dreiundzwanzigsten Psalm aufsagen«, schlug Mrs. Comstock vor. Sie stellte sich vor den Kindern auf und senkte den Kopf. *»Der Herr ist mein Hirte; mir wird nichts mangeln.«*

Einige der Kinder sprachen ernsthaft mit, andere bewegten nur lustlos die Lippen. Violet schloss die Augen und dachte: *Nehmt mich, nehmt mich, nehmt mich, nehmt mich.*

»Gutes und Barmherzigkeit werden mir folgen mein Leben lang, und ich werde bleiben im Hause des Herrn immerdar. Amen.«

Der ältere Waisenjunge, Nummer 12, hustete in seine Hand und räusperte sich. Eileen, die neben Violet saß, wippte mit dem Fuß. Der Säugling hickste.

Mr. Drummond steckte den Kopf durch die Lücke im Vorhang. »Mrs. Comstock? Da draußen sind eine Menge Leute versammelt. Ich glaube, das wird ein sehr guter Tag.«

Mrs. Comstock schlug die Hände vor der Brust zusammen. Lächelnd blickte sie von Kind zu Kind. »Meine Lieben«, sagte sie, »es ist Zeit.«

Als sich der Vorhang zu den Seiten hin öffnete, konnte Violet nichts als Augen sehen, die das elektrische Licht des fensterlosen Opernhauses reflektierten. Im Zuschauerraum hatte man alle Stühle entfernt. Viele Neugierige und mögliche zukünftige Eltern liefen herum, gafften die Kinder an, winkten und lächelten. Violet wusste nicht, was sie mit ihren Händen machen oder wohin sie schauen sollte. Wäre es wohl besser, Augenkontakt mit einem freundlich aussehenden Menschen aufzunehmen, oder zu warten, bis man sie bemerkte?

Die erste Gruppe kam auf die Bühne zu. Alle hatten Papier und Bleistift in den Händen. Eine Frau rannte nach hinten zu Miss Bodean und nahm ihr den Säugling ab.

»Andrew, schau her!«, rief sie ihrem Mann zu, einem großen Farmer, der gerade versuchte, sich um die Menschenmassen herumzuschlängeln. »Wir nehmen diesen hier«, sagte sie zu Miss Bodean. »Können wir ihn gleich mitnehmen?«

»Füllen Sie bitte zunächst diesen Antrag aus, Madam«, bat Mr. Drummond. »Sie wollen Nummer dreiundzwanzig?« Er warf einen Blick auf seine Liste. »Edward Leperdoff, sechs Monate alt.«

»Wir nennen ihn Thomas«, sagte die Frau schnell, während sie das Baby anblickte. »Er wird Thomas Pugh heißen. Füll die Papiere aus, Andrew. Ich halte unseren Sohn solange.«

Ein anderes Paar betrachtete die Frau voller Neid und Zorn, bevor es zu einem der Kleinkinder weiterging.

»Wie alt ist er?«, wollte der Ehemann wissen.

Violet merkte, dass ihre Chancen schwanden. Die Jüngeren sind bald weg, dachte sie und setzte sich gerade im Stuhl auf. Jetzt lächelte sie angespannt.

»Fast drei Jahre«, antwortete Miss Bodean. »Sehr verträglich und fügsam. Kein Unruhestifter.«

Die Frau seufzte, kniete sich aber vor den Jungen hin. »Hallo, mein kleiner Freund«, sagte sie. »Möchtest du zu uns nach Hause kommen?«

Der Junge blinzelte, legte den Kopf schief und schien über ihre Worte nachzudenken. »Eiscreme?«, fragte er.

»Warum nicht«, erwiderte sie und tätschelte ihm den Kopf. Er nahm ihre Hand und hüpfte vom Stuhl herunter.

»Sally, wir sollten erst mal darüber reden«, sagte der Ehemann und rief Mr. Drummond zu: »Sir, können wir ihn zurückgeben, wenn wir unsere Meinung ändern?«

Mr. Drummond kam angelaufen und blickte den Jungen an, der ängstlich dreinschaute.

»Sollte sich das Kind als nicht zufriedenstellend erweisen, nimmt das Hilfskomitee es zurück«, sagte Mr. Drummond leise.

»Siebenundachtzig Prozent der Kinder, die wir vermitteln, geraten ordentlich und werden zu fleißigen Männern und Frauen«, fügte Mrs. Comstock hinzu.

Der kleine Junge entzog der Frau seine Hand und wich zurück.

»Aber, aber«, sagte die Frau.

»Frederick«, befahl Mrs. Comstock. »Du gehst jetzt mit deiner neuen Mutter.«

Es lief nicht so, wie Violet es sich vorgestellt hatte. Die Menschen auf dem Lande waren auch nicht netter, und sie war hier genauso wenig willkommen wie in der Stadt.

Am anderen Ende der Stuhlreihe inspizierten Männer die Jungen wie Pferde.

»Schwache Hände.«

»Kräftige Beinmuskeln.«

»Zeig mal deine Arme her.«

»Schon mal auf einer Farm gearbeitet?«

»Dich kann ich nicht gebrauchen.«

»Zu klein.«

»Den nehme ich.«

Violet hatte inzwischen begriffen, dass die Kleineren adoptiert wurden und die Größeren arbeiten mussten. Sie befand sich irgendwo dazwischen. Langsam kroch ihr die Röte ins Gesicht. Sie schämte sich für ihre frühere Vorstellung, dass man sie als Tochter annehmen würde, dass sie zusammen mit ihrer neuen Familie lachen und Vanillepudding essen würde, in einem schönen, geheizten Esszimmer.

Als sie aufsah, stand ein alter Mann vor ihr, der nach Bier und Mist roch.

»Wie alt bist du?«

»Elf«, antwortete sie.

Er musterte sie von oben bis unten und zog die Nase hoch. »Ich brauch ein Mädchen zum Waschen und Kochen. Damit kannst du dir Kost und Logis verdienen.«

Violet atmete flach und schnell. Sie bekam nicht genug Luft und konnte nicht glauben, dass es so kommen sollte.

»Also sag was, Mädel.«

Sie schüttelte den Kopf. Der Mann ging weiter zu der irischen Eileen. Weiter unten schrie Elsie und trat den Mann, der sie ausgewählt hatte.

»Ich kann unmöglich zwei ernähren«, erklärte er Mrs. Comstock. »Ich würde ja gerne, wenn ich könnte, aber ich will bloß ersetzen, was ich verloren habe.«

Joseph, der deutsche Junge, machte auf seinem Stuhl einen Handstand, sehr zum Entzücken der adoptionswilligen Eltern und der übrigen Menge, die Spektakel, Umarmungen und herzerwärmende Geschichten erleben wollte.

Ein Mann und eine Frau mittleren Alters, die später gekommen waren, blieben bei Violet stehen und lächelten.

»Wie heißt du?«, wollte die Frau wissen. Ihr Gesicht war weich wie aufgehender Hefeteig.

»Violet.«

»Du hast sehr hübsche Augen, Violet.«

»Danke, Madam«, sagte Violet und wischte ihre feuchten Hände an den Knien ab.

»Unsere eigenen Kinder sind schon erwachsen«, erklärte der Ehemann. »Wir würden gerne ein bedürftiges Kind aufnehmen.«

Violets Hoffnung erwachte wieder. Sie setzte sich kerzengerade hin, fertig zum Gehen.

»Wie alt bist du?«, fragte der Mann.

»Elf«, antwortete sie lächelnd. Erleichterung durchströmte ihren Körper.

»Ich fürchte, wir suchen nach einem Jungen«, sagte die Frau. »Wir brauchen jemanden, der uns bei der Arbeit hilft.«

»Ich kann arbeiten«, beteuerte Violet, ganz verwirrt von der plötzlichen Wende.

»Das bezweifele ich nicht«, sagte der Mann. »Aber wir wollen trotzdem einen Jungen.«

»Es war nett, dich kennenzulernen. Viel Glück, Liebes«, sagte die Frau. »Ich bin mir sicher, du kommst in eine nette Familie.«

Violet wandte sich ab, weil sie ihnen nicht zeigen wollte, dass sie ihre Gesichtszüge nicht mehr unter Kontrolle hatte. In ihren Augen standen Tränen der Wut. Sie hatte sich einlullen lassen. Sie hatte geglaubt, ein schönes Heim zu verdienen, und gleich die Quittung dafür bekommen. Sie kam sich schrecklich dumm vor, aber unter diesem Gefühl war noch etwas Schlimmeres verborgen. Ihr Vater hatte die ganze Zeit über recht gehabt. Sie war das Geld nicht wert, das ihr Essen kostete.

Am Ende der Veranstaltung waren sechzehn Kinder vermittelt. Vierzehn mussten zurück in den Zug.

Da die ganz kleinen Kinder alle Familien gefunden hatten, konnte Miss Bodean einen Zug zurück nach New York nehmen. Violet sah darin ihre Chance. Der Fourth Ward war besser als ein Waisenhaus. Während die Kinder der Gruppe auf dem Rasen vor dem Gerichtsgebäude saßen und Erdnussbuttersandwiches aßen, polierte Mrs. Comstock mit ihrem Taschentuch einen Apfel.

»Kann ich mit der Kinderschwester zurückfahren?«, fragte Violet. »Ich kann mir die Fahrkarte mit Arbeit verdienen.«

Mrs. Comstock beschäftigte sich mit ihrem Apfel. Ihr Haar war zu einem schiefen Dutt hochgesteckt.

»Madam?«

»Tut mir leid, das ist nicht möglich«, sagte Mrs. Comstock mit müder, aber nicht unfreundlicher Stimme.

»Ich will nicht weiterfahren.« Violet fühlte eine ganz neue Hilflosigkeit und bekam kaum die Worte heraus.

»Darüber kannst du wohl kaum entscheiden, mein Kind. Außerdem ist der Zug nach Osten schon abgefahren«, bemerkte Mrs. Comstock. »Du solltest nicht zurückschauen, Violet.«

»Was passiert, wenn uns keiner will?«

»Darüber reden wir, wenn es wirklich so kommt.«

Violet stand da wie angewurzelt. Sie protestierte nicht, weil ihr klar wurde, dass sie eigentlich doch nicht nach New York City zurückwollte. Das wäre eine Niederlage, und außerdem ahnte sie im Stillen, dass eine Rückkehr unmöglich war.

»Hier«, sagte Mrs. Comstock und reichte Violet den Apfel. »Der ist für dich.«

Außer Violet waren noch vier andere Mädchen übrig geblieben, mit denen sie sich ein Zimmer für die Nacht geteilt hatte. Das erste fand Violet zu brav und nicht der Mühe wert, das zweite hielt sie für hässlich und unangenehm. Das dritte, ein älteres Mädchen, drehte sich weg, als Violet nach seinem Namen fragte, und das vierte stammte aus Polen und konnte kein Englisch. Am nächsten Morgen ging die Fahrt weiter Richtung Westen, nach Illinois. Elmer saß neben Violet und trat gegen den Vordersitz.

»Ich dachte, der Mann mit den dreckigen Stiefeln hätte dich mitgenommen«, bemerkte Violet.

»Er hat gestunken, und das hab ich ihm auch gesagt. Er meinte, ich wäre unverbesserlich. Dann hat er mich wieder zurückgegeben«, erzählte Elmer.

»Ich hab's mir auch anders vorgestellt.«

»Ich hoffe, sie sind nett zu Elsie«, murmelte er. »Sie schläft nicht gern allein.«

»Das kann sie ihnen selber sagen. Du brauchst dir keine Gedanken mehr um sie zu machen.«

Durchs Fenster konnte sie verschwommene Felder erkennen, ein Flickwerk aus Quadraten und Linien. Bäume gab es hier nicht, aber die jungen Maispflanzen wirkten wie grüne Fontänen. Sie fand schade, dass Nino nicht sehen konnte, wie viel Platz es hier gab und wie viel größer der Himmel zu sein schien. Sie wünschte sich, ihre Mutter hätte niemals Reginald Smith kennengelernt und ihr Bruder wäre nicht tot geboren worden.

Mrs. Comstock blieb im Gang stehen. Jetzt, wo ihr Liebling Joseph eine Familie gefunden hatte, musste sie sich mit dem trostlosen Rest abgeben.

»Kinder«, sagte sie heiser. Dann räusperte sie sich und unternahm einen neuen Versuch. »Kinder. Hört mir zu.«

Das polnische Mädchen murmelte leise ein paar Worte und bekreuzigte sich. Einer der älteren, ungezogenen Jungen lachte wie ein Esel und flüsterte seinem Freund etwas ins Ohr. Violet schnappte davon nur »alte Schachtel« auf. Das ältere Mädchen wandte sich um und forderte die beiden Jungen auf, still zu sein, was sie allerdings nur dazu brachte, auch noch Grimassen zu schneiden.

»William, Patrick«, zischte Mrs. Comstock. »Es reicht.«

Violet bemitleidete Mrs. Comstock, wegen ihres schlaffen Gesichts und ihres zerknitterten, leicht verrutschten Kleides. Mrs. Comstock sah verwirrt aus, als wäre sie gerade aufgewacht und hätte sich im Zug wiedergefunden, ohne eine Idee, wie sie diesen zusammengewürfelten Haufen unter Kontrolle halten sollte. Violet drehte sich zu Elmer und bat ihn, mit dem Treten gegen den Vordersitz aufzuhören.

»Seid nicht enttäuscht«, sagte Mrs. Comstock mit hoch erhobenem Kinn. Keinem der Kinder blickte sie dabei direkt in die Augen. Sie war keine gute Blufferin. Sogar die jüngeren Kinder sahen zu Boden, weil sie Mrs. Comstocks schlechte Schauspielkünste durchschauten und begriffen, wie miserabel ihre eigenen Chancen waren. »Es gibt noch genügend Gelegenheiten für euch.«

Einer der älteren Jungen stupste seinen Freund mit dem Ellenbogen an und deutete mit dem Kopf auf Nettie, das hässliche Mädchen. Ihr Gesicht war grob und rot, und ihre Augen standen zu weit auseinander.

»Genügend Gelegenheiten für dich, Kumpel«, sagte er.

»Verdammt, Patrick«, erwiderte der Freund und rammte ihn mit der Schulter. Dann stand er auf und warf sich auf einen anderen Platz.

Nettie schob die Unterlippe vor und drehte sich zum Fenster. Violet hatte keine Lust, sie zu bemitleiden, weil sie in der Nacht die gemeinsame Bettdecke an sich gerissen hatte und nach Rüben stank. Mrs. Comstock stand mit offenem Mund da, als gäbe es noch eine Frage zu beantworten.

»Denkt an eure Würde, Kinder«, sagte sie schließlich und schüttelte sachte den Kopf. »Ihr habt immer noch eure Würde.«

Ein Junge namens Frank, der alleine saß, begann zu weinen. Die Sonne schien durch seine großen, abstehenden Ohren hindurch. Elmers Unterlippe zitterte, als er die Tränen des anderen Jungen bemerkte.

»He, lass das«, rief Violet. Sie kniff in Elmers pummeliges Bein, bis er wütend ihre Hand fortschlug. Da waren die Tränen verschwunden.

»Madam?« Ein kleinerer Junge aus dem hinteren Teil des Waggons hob die Hand. Er hatte einen Schwarm Sommersprossen auf der Nase, die zu seinem kastanienbraunen Haar passten.

Mrs. Comstock ging den Gang entlang in Richtung des Jungen, und ihr Rock glitt über die Bänke.

»Ja, Herbert?«

»Stimmt es, dass wir Baumwolle pflücken müssen wie die Sklaven?«

»Wer hat denn so was behauptet?«

»Die Jungs haben's gesagt.«

Mrs. Comstock ließ den Blick von Kind zu Kind wandern. Die Jungen, die auf den Plätzen in Herberts Nähe saßen, hielten den Blick zu Boden gerichtet.

»Jungs sollten nicht über Dinge reden, von denen sie nichts verstehen«, sagte sie. Inzwischen hatte sie die Fassung wiedergewonnen, und ein strenger Unterton lag in ihrer Stimme. »Ihr bekommt die Chance, ein normales Leben zu führen. Denkt immer daran, ihr seid in Gottes Hand.«

Herbert lächelte erleichtert. Er war zu klein, um die Wahrheit zu begreifen. »Madam?«

»Ja, Herbert?«

»Darf ich zu Ihnen kommen und mich neben Sie setzen?«

Mrs. Comstocks Schultern lockerten sich ein wenig, und ihr Mund formte sich zu einem schmerzlichen Lächeln. »Ja, Herbert«, sagte sie. »Nimm deine Bibel und komm zu mir.«

Der Junge huschte nach vorne, und Mrs. Comstock folgte ihm, bei jedem Schlingern des Zuges zur einen oder anderen Seite taumelnd. »Bald sind wir in Illinois«, verkündete sie. »In eurer neuen Heimat.«

Violet drehte sich in ihrem Sitz um, so dass sie wieder nach vorne schaute, und ballte die Hände zu Fäusten. Sie schloss die Augen und sagte zu sich selbst: *Ich bin bereit*.

Iris

Ein Palmzweig klopfte gegen das Küchenfenster. Iris wusste, dass sie einen Spaziergang machen sollte. Es würde ihr guttun, sich zu bewegen und die frische Meeresluft einzuatmen. Aber da klingelte das Telefon, und sie nahm den Hörer ab. Theo.

»Fahr morgen bloß nicht den ganzen Weg bis Fort Myers, um Samantha abzuholen. Sie kann sich ein Taxi nehmen.«

Theo hatte seine Schwester schon früher ständig belehrt – ein Baum ist nicht blau, so wirft man keinen Baseball, du kannst Anthropologie nicht als Hauptfach nehmen –, und jetzt, wo er Rechtsanwalt geworden war, hatte sich dieser Zug an ihm noch verstärkt, war ihm direkt zur Gewohnheit geworden.

»Ja, das könnte sie. Aber ich habe darauf bestanden, sie abzuholen«, sagte Iris.

»Mom, du hast Krebs.«

»Ha«, lachte Iris. »Mein Liebling.« Sie wusste, dass es ihn ärgerte, wenn sie ihn so nannte, weil es ihn daran erinnerte, dass sie seine Mutter war und dass sie ihn in- und auswendig kannte. Im Grunde bedeutete es: Du bist aus mir herausgekommen. »Es mag dich vielleicht schockieren, aber noch bin ich klar im Kopf.«

Zum ersten Mal gestand Iris sich selbst ein, dass sich ihre Loyalität verschoben hatte: Jetzt zog sie Samantha ihrem Bruder vor. Hieß das dann auch, dass sie Samantha mehr liebte? Es war jedenfalls nicht mehr so wie damals, als sie Kinder waren. Als Erwachsene waren sie nicht länger ohne jede Schuld. Aber war es denn fair, ihr Leben zu beenden mit Samantha an ihrer Seite? Nein, das war es vielleicht nicht, aber bislang hatte sie nie viel von ihren Kindern verlangt.

»Ich weiß, ich weiß«, sagte Theo.

»Wenigstens heißt das, du hast mit Samantha gesprochen. Das ist doch schon mal was.«

Ihre Kinder standen sich nicht besonders nahe, aber das war nicht weiter verwunderlich, weil der Altersunterschied von zehn Jahren einfach zu groß war. Trotzdem war es enttäuschend für sie.

»Ja«, seufzte er. »So kann man's nennen.«

Sie beschloss, sich ein kleines Glas Wein zu genehmigen und dann, wenn der Himmel bunt und schließlich dunkel wurde, an den Strand zu gehen, um ihren letzten Abend ohne Gesellschaft stimmungsvoll ausklingen zu lassen.

»Mom?«

»Hmmm?«

»Ich glaube, dein Telefon hat kurz ausgesetzt.«

»Du gehst besser zurück an die Arbeit«, sagte sie. »Wir unterhalten uns morgen.«

»Du brauchst ein Handy.«

»Ich brauche vieles«, erwiderte sie und fügte rasch hinzu: »Ich liebe dich.«

Die Worte purzelten schneller aus ihrem Mund, als sie gewollt hatte, aber sie klangen nicht gezwungen, und das erleichterte sie.

»Ich dich auch«, sagte er leise. »Also, bis dann.«

Iris schloss die Augen und atmete so tief ein, wie es ihre kaputte Lunge erlaubte.

Vor Jahren, direkt nach der Scheidung, hatte Sam ihr eine Geburtstagskarte geschickt, auf der Helen Frankenthalers Gemälde »Die Bucht« aus dem Jahr 1963 abgebildet war. Das Bild hatte Iris im Inneren berührt, etwas in ihr ausgelöst. Dieses satte Blau, das wässrige Violett – ein wuchtiger Fleck auf einer flachen, graugrünen Erde. Und dieser kleine orangefarbene Strich. Was machte der dort? Er war so seltsam und dominant, ein Splitter, der alles zusammenzuhalten schien. Sofort ging sie in die Bibliothek, um mehr über die Malerin zu erfahren. Helen Frankenthaler war eine Vertreterin des abstrakten Expressionismus, genauer gesagt, der Farbfeldmalerei. Sie war mit Robert Motherwell verheiratet – und wurde von seinem Ruhm überstrahlt. Aber das Bemerkenswerteste an ihr war, dass sie genauso alt war wie Iris. Im Jahr 1963, als Iris Theo in den Kindergarten fuhr, die Teppiche reinigen ließ und den Kronleuchter abstaubte, lebte Helen Frankenthaler ihr Künstlerleben, verdünnte ihre Ölfarbe mit Terpentin und schuf die fließende Gegenwelt der »Bucht«. Iris hatte der Vergleich mit der Malerin nicht traurig gestimmt, vielmehr bewunderte sie an der anderen Frau, dass sie eine unerschütterliche Ruhe zu besitzen schien – Iris hatte ein ganzes Leben lang gebraucht, um sich eine solche Ruhe anzueignen.

Das ist mein Himmel, dachte Iris, als sie mit angezogenen Beinen am Rande der Dünen saß und ihre Knie umschlang. Es herrschte Flut, und die Wellen rauschten ruhig und gleichmäßig dahin. Sie musste an das Gemälde denken, daran, dass die grau-lila Wolken mehr Gewicht aufzuweisen schienen als das Wasser unter ihnen. Vielleicht hatte ja der Cocktail aus Chardonnay und Schmerzmitteln etwas damit zu tun, dachte sie, aber das tat der bemerkenswerten Stimmung keinen Abbruch. Es wäre eine Erleichterung zu gehen, das begriff sie jetzt. Eine Handvoll Morphintabletten. Wenn der richtige Zeitpunkt gekommen war.

Die Tagesausflügler waren fast alle gegangen. Ein älteres Paar – vermutlich in ihrem Alter, dachte sie verlegen – spazierte vorbei, Hand in Hand. Er trug eine Kamera, sie einen Eimer mit Muscheln. Ein kleines, rosa gekleidetes Mädchen mit hochgesteckten Haaren rannte zum Wasser, aber ihr Vater fing sie rasch ein und setzte sie auf seine sonnenverbrannten Schultern. Iris erfüllte dieses bunte Treiben mit Freude, vielleicht sogar mit Dankbarkeit.

Sie und Henry waren nur einmal zusammen zu diesem Strand gegangen, ebenfalls in der Dämmerung, aber es war Winter gewesen, stürmisch und grau. Der Sand fühlte sich kalt unter ihren Füßen an. Bis auf die Strandläufer und Möwen waren sie alleine. Seine warme Hand umfasste ihre. Sie redeten über das Altern (»Ich habe mich immer noch nicht daran gewöhnt, dass ich älter bin als fast jeder andere auf der Welt«, bemerkte Henry), darüber, dass ihre Kinder sie nötigten, sich eine E-Mail-Adresse zuzulegen (»Was sollte ich denn schreiben, was ich nicht auch am Telefon sagen könnte?«, fragte Iris), und darüber, wie aggressiv sich der Brasilianische Pfefferbaum und die Kasuarinen im Wildreservat ausbreiteten.

Iris ging es gut, und ihre gesundheitlichen Probleme – Osteoporose, hohes Cholesterin, Rückenschmerzen – waren alltäglich und nicht bedrohlich. Ihr war nicht mehr wichtig, welchen Eindruck sie auf andere Menschen machte. Mit Henry fühlte sie sich wohler als jemals zuvor in ihrem Leben. Sie waren den Strand entlangspaziert, bis es dunkel wurde und sie die Wellen nur noch hören konnten.

Und dann hatte er gesagt: »Sie weiß es, Liebes.«

Iris füllte ihre Hand mit dem warmen, weißen Sand und ließ ihn über ihre Füße rieseln. Sie wusste, sie sollte aufstehen, solange sie die Kraft dazu aufbringen konnte, aber die warme Brise über dem dunklen, inzwischen menschenleeren Strand führte sie in Versuchung. Wenn sie sich nicht bewegte, konnte sie so tun, als wäre sie nicht krank, als gäbe es einen weiteren Frühling für sie, als hätte sie keine Angst.

»Mutter?«

»Ja, Iris?«

»Kannst du die Bienen hören?«

»Ja, Iris«, hatte ihre Mutter geantwortet, während sie auf dem Bett saß.

Eine krabbelnde, summende Masse von Bienen – alle auf der Königin sitzend – hatte einen Ast des Ahorns vor Iris' Fenster umhüllt.

»Der Haufen ist ja fast so groß wie ich«, piepste sie, rutschte tiefer zwischen die Decken und klammerte sich an ihrer Puppe fest.

»Die bleiben nicht lange«, sagte ihre Mutter und deckte Iris bis zur Schulter zu. »Sie besuchen uns nur. Das Bienenvolk zieht um. Vater meint, sie machen sich fertig zum Aufbruch.«

»Wo fliegen sie denn hin?«

»Keine Ahnung.«

»Warum sind sie überhaupt von zu Hause weggegangen?«

»Vielleicht ist ihnen ihr Bienenstock inzwischen zu klein. Oder er ist bei dem Hagel letzte Woche kaputtgegangen. Weißt du noch, das klang ja, als würden Steine gegen das Dach vom Schweinestall krachen.«

Iris nickte.

»Oder vielleicht brauchten die Bienen auch einfach mal einen Tapetenwechsel.« Ihre Mutter zuckte mit den Achseln und lächelte. »Das werden wir wohl nie erfahren.«

»Kommen sie zurück?«

»Ich glaube kaum.«

Iris fragte sich, woher die Bienen wussten, wann sie gehen sollten, wohin sie gehen sollten, wie sie miteinander kommunizierten und wie die in der Mitte, die komplett von den anderen bedeckt wurden, Luft bekamen, aber ihre Gedanken schweiften ständig ab, weil sie so müde war.

»Ich kann sie immer noch hören.«

»Mach die Augen zu, Iris.«

Bei Sonnenaufgang kam ihre Mutter in das Zimmer gestürzt. »Wach auf, Schlafmütze, die Bienen brechen auf.«

Schlaftrunken taumelte Iris ans Fenster und stellte sich neben ihre Mutter. Das Bienenvolk schien in heller Aufregung, alles krabbelte und zitterte. Die Körper der Insekten glänzten in der aufgehenden Sonne. Ein paar lösten sich und umflogen die Bienentraube. Und dann, mit einem Schlag, war der Schwarm in der Luft, als hätte ein Riese den Ast hochschnellen lassen. Eine schwarze, summende Wolke wirbelte herum, stieg höher und höher, bewegte sich in westlicher Richtung über die Farm, immer weiter, bis Iris sie nicht mehr sehen konnte.

»Ach«, seufzte ihre Mutter, leise und schwermütig. Als Iris sie anschaute, bemerkte sie, dass sie Tränen in den Augen hatte.

»Mutter?«

»Ich werde sie vermissen«, hatte sie gesagt. »Ist das nicht komisch?«

Tagelang hatte Iris den Himmel nach den Bienen abgesucht, in der Hoffnung, sie kämen ihrer Mutter zuliebe zurück. Aber sie waren für immer fortgeflogen.

Iris hatte irgendwo gelesen, dass man mit einem gezwungenen Lächeln eine Begegnung angenehmer gestalten konnte und dass die Gesichtsmuskeln das emotionale Erleben eines Menschen beeinflussten. Dann konnte sie doch bestimmt auch ihr Wohlbefinden erzwingen? Sie konnte so tun, als wäre es ein ganz normaler Tag, vielleicht würde es ihr dann besser gehen. Also verzichtete sie schweren Herzens auf das Erdnussbuttersandwich und wärmte sich stattdessen eine Schüssel Möhrensuppe auf. Dazu machte sie einen kleinen Salat aus Spinat, Ziegenkäse und Walnüssen. Sie holte sich sogar eine Stoffserviette aus der Schublade und deckte den Tisch mit Besteck und einem Glas Mineralwasser.

Iris dachte an die Bienen und daran, dass sie in ihrem Leben nie mehr etwas Vergleichbares gesehen hatte. Sie erinnerte sich an ihre wilde, magische Schönheit und an die Tränen ihrer Mutter. Inzwischen glaubte sie zu wissen, warum ihre Mutter geweint hatte, als die Bienen fortgeflogen waren.

Vom Treppenhaus drangen laute Stimmen zu ihr herein: ihr Nachbar Stephen und ein anderer Mann, die sich stritten. Iris ging zur Tür und spähte durch den Türspion. Stephen hatte nur ein Handtuch um die Hüften geschlungen, seine Haare waren nass. Der andere Mann war fast noch ein Junge, er war sehr dünn und trug enge, tiefsitzende Jeans. Mit verschränkten Armen stand er da, den Kopf zur Seite gelegt. Er wirkte gereizt, fast schon hasserfüllt, dachte Iris.

»Ich hab sie nicht genommen!«, brüllte er. »Als ob ich scharf auf deine beschissene Uhr wäre!«

»Gib sie mir zurück, und dann ist es gut.«

»Na klar, Mann.«

»Ich rufe die Bullen«, drohte Stephen, während er mit einer Hand sein Handtuch festhielt.

Der Junge lachte boshaft.

Iris fragte sich, ob sie die Polizei rufen sollte, aber irgendetwas an Stephens defensiver Haltung und seinen verstohlenen Blicken hielt sie davon ab.

»Na los, mein Großer, ruf sie doch an. Ich warte hier so lange.«

Stephen griff nach dem Arm des Jungen, aber der riss sich los und rannte davon, und Stephen schlich zurück in seine Wohnung. Mit einem lauten Knall fiel die Tür hinter ihm ins Schloss.

Armer Stephen, dachte sie. Wie peinlich ihm diese Begegnung sein musste. Wie schlecht es ihm gehen musste, weil der andere seine persönliche Schwäche ausgenutzt hatte. Wird er sich ändern? Will er sich jemals ändern? Vielleicht will er ja gar nicht zur Ruhe kommen, überlegte sie. Oder er fühlt sich anderen Männern gegenüber allgemein unzulänglich. Vielleicht hilft ihm der Kick der Nacht über die gezwungene Fröhlichkeit an der Hotelrezeption hinweg.

Samantha hatte ihr einmal vorgeworfen, anderen Leuten ihre Gefühle aufzwingen zu wollen, deshalb nahm Iris sich vor, in den nächsten drei Wochen Zurückhaltung zu üben.

Vorsichtig löffelte sie ihre Suppe. Sie schmeckte die Möhren und den Ingwer und die Sahne auf der Zunge und fühlte sich gestärkt. Sie hatte einen weiteren Tag geschafft und war erleichtert, dass er langsam in die Nacht überging.

Mit achtundzwanzig war sie noch immer ledig gewesen, und Glenn war der stille, neue Partner in der Chicagoer Kanzlei gewesen, in der sie als Sekretärin arbeitete. »Eine gute Partie«, schwärmten alle Kolleginnen. Iris beschloss, dass es Zeit war. Ihre Liebschaften hatten nirgendwohin geführt, darum konnte dieses Kapitel ihres Lebens beendet werden. Sie fand Glenn nicht aufregend, aber er war in Ordnung: gutaussehend, höflich und erfolgreich. Und er fand sie hübsch und wollte sie zur Frau nehmen. Wenn sie auf einen tollen Hecht wartete, konnte sie das Leben am feinen Nordufer vergessen. Nachdem sie ihre Verlobung bekanntgegeben hatten, kündigte sie ihren Job, in dem Bewusstsein, dass sie nie mehr arbeiten würde. In der Anfangszeit ihrer Ehe empfing sie Glenn nach seinem Arbeitstag an der Tür, aufwendig geschminkt, in hochhackigen Schuhen und Kleid mit Wespentaille, und das Essen stand schon auf dem Tisch. Meist hatte sie Stunden damit zugebracht, ein Gericht nachzukochen, das sie in irgendeiner Zeitschrift entdeckt hatte: Beef Wellington, Tomatenaspik, Omelette surprise. Das war, so glaubte sie, ihr Anteil an der Vereinbarung, und Glenn schätzte sehr, was sie für ihn tat.

Wie anders wäre ihr Leben wohl von da an verlaufen, hätte sie einen Saxophonspieler statt Glenn geheiratet oder wäre sie Lehrerin statt Sekretärin geworden oder an einem x-beliebigen Tag links statt rechts abgebogen.

Das war ein sinnloses, sentimentales Spiel mit unzähligen Variationen und möglichen Ergebnissen – eine ideale Beschäftigung für jemanden, der mit der Vergangenheit haderte.

Doch es hatte einen Moment gegeben, einen Tag, an dem Iris, damals siebenunddreißig Jahre alt, beschloss, dass sie ihren vorgezeichneten Kurs verlassen und neu beginnen konnte. Sie wusste gar nicht, wie diese Änderung genau aussehen sollte, aber sie wollte sich dafür bereithalten. Sie hatte sich auch nicht etwa mit Glenn gestritten, tatsächlich lief alles bestens. Er hatte ihr kürzlich ein Hermès-Tuch zum neunten Hochzeitstag geschenkt, Theo war in die zweite Klasse gekommen, und sie selbst hatte mit Tennisstunden begonnen. Im Ofen taute ein Schweinebraten auf.

Nachdem sie Theo bei der Schule abgesetzt hatte, kam sie in ein stilles, sauberes Haus zurück und zog ihr zartrosa Wollkostüm von Bonwit's an, ihr elegantestes, vorteilhaftestes Kleidungsstück. Der enge Gürtel betonte ihre schmale Taille, und der Faltenrock war in modischer A-Linie geschnitten. Darüber eine kurze Jacke, und an die Füße weiße Pumps mit eckigem Absatz. Ihr Haar trug sie in einer gepflegten Außenrolle, die zweimal im Monat vom Friseur neu gelegt wurde. Jetzt brauchte sie es nur zu bürsten und ein wenig zu glätten. Sie wusste nicht, wo sie hinfahren sollte, aber sie stieg ins Auto und schlug den Weg nach Süden ein. Als sie in Chicago angekommen war, fuhr sie den Lake Shore Drive entlang. Der See lag da in einem windgepeitschten Blau, das durch die reflektierten Sonnenstrahlen die Augen blendete. Sie fühlte sich gleichzeitig betäubt und berauscht, denn ihre Freiheit war ein Geheimnis, das noch niemand kannte. Über die Michigan Avenue gelangte sie in die Stadt hinein. Und da lag es vor ihr, das Drake Hotel, auf der linken Seite der East Walton, und Iris spürte, dass sie gefunden hatte, wonach sie suchte.

Im Drake übernachteten die Wohlhabenden. Iris hatte schon an einigen Hochzeitsfeiern in diesen Räumlichkeiten teilgenommen, und mit Glenn hatte sie oft im Cape Cod Room gegessen, als sie noch in der Stadt wohnten. Das waren wunderbare Abende gewesen. Sie hatte sogar ihre Mutter einmal ins Drake ausgeführt, denn das musste man Iris' Ansicht nach in Chicago einfach erlebt haben. Aber ihre Mutter hatte das Hotel versnobt und den Tee zu dünn gefunden, und die schiere Größe der Stadt und das bunte Treiben darin hatten sie auch nicht beeindruckt. Das hatte Iris ein wenig verwundert, fast schon verletzt. Es war albern, aber sie war immer bemüht gewesen, ihrer Mutter mit dem ganzen Drum und Dran ihres Lebens zu imponieren. Als müsste sie ihr demonstrieren, weshalb sie Minnesota verlassen hatte.

Nachdem der Hotelpage ihr Auto weggefahren hatte, strich Iris sich den Rock glatt, presste die Lippen aufeinander, um den zartrosa Lippenstift gleichmäßig zu verteilen, fummelte sich Verlobungs- und Ehering von den Fingern und tat, als wäre sie jemand anders. In der Hotelbar namens Coq d'Or herrschte eine dunkle, clubartige Atmosphäre, nicht zuletzt wegen der Walnussvertäfelung, der protzigen, tiefhängenden Lampen und der Sitzbank mit türkisem, abgesteppten Leder an der hinteren Wand. Der Klavierspieler, ein älterer Mann mit Fliege und nach hinten gekämmtem, lichtem grauen Haar lächelte ihr zu. An der wuchtigen Bar waren mit rotem Leder bezogene Hocker aufgereiht, neben jedem von ihnen ein großer Aschenbecher aus Kristallglas. Es war erst Mittag, darum war die Bar leer, bis auf einen alten Mann am äußersten Ende, der einen wässrigen Scotch vor sich stehen hatte. Einige Grüppchen von Männern im Anzug hatten sich auf den Raum verteilt, und Iris entdeckte sogar ein paar wenige Frauen, die lachten und rauchten.

Sie kletterte auf einen Barhocker, schlug die Beine zur Seite hin übereinander und zog eine Zigarette aus dem kleinen silbernen Etui in ihrer Handtasche. Sie rauchte nicht besonders viel, aber es beruhigte ihre Nerven, und sie fand außerdem, dass sie mit einer Zigarette attraktiver wirkte. Sofort war der Barkeeper bei ihr, um ihr Feuer zu geben. Sie hatte das Gefühl, jedem aufzufallen, denn eine Frau, die alleine trank, war ordinär, aber das machte ihr nichts aus – sie spielte ja nur eine Rolle. Mit dem Daumen fuhr sie über die Stellen an ihren Fingern, an denen die Ringe fehlten.

»Einen Gin Tonic, bitte«, sagte sie zu dem Barkeeper. »Und ein Gurkensandwich.«

Die Klänge des Raums hüllten sie ein wie ein warmer Kokon: Eiswürfel, die in dicken Gläsern klingelten, Martinis, die in Cocktailshakern schwappten, gedämpfte Gespräche der Männer über ihre Arbeit. Das gelegentliche, brüllende Lachen eines Mannes, das Geschnatter einer der Frauen. Über die Pausen klimperte das Klavier mit seinen beruhigenden Melodien hinweg und ersparte den Anwesenden mögliche Momente ängstlicher Stille. Iris trank ihren kalten, bitteren Drink in kleinen Schlucken, während die grüne Limettenschale am Rand des Glases klebte, und drückte ihre halb gerauchte Zigarette aus. Der Barkeeper nahm ihren benutzten Aschenbecher weg und stellte einen neuen vor sie hin. Vorsichtig knabberte sie an ihrem delikaten Sandwich, um sich nicht den Lippenstift zu verschmieren. Bis dahin hatte sie Spaß an ihrer Rolle gehabt, obwohl sie so aufgeregt gewesen war. Aber mit einem Mal kam ihr die Tatsache, dass sie hier saß, völlig idiotisch vor. Was hatte sie denn schon für Probleme? Und außerdem war da noch Theo. Als könnte sie ihren braunäugigen kleinen Jungen, der Eisenbahnen liebte und beim Spazierengehen noch immer ihre Hand nahm, einfach so zurücklassen.

»Entschuldigung«, sagte ein Mann, der plötzlich neben ihr stand. »Warten Sie auf jemanden?«

Sie zog die Stirn kraus, um das Lachen zu ersticken, das in ihr aufstieg.

»Nein. Ich esse bloß zu Mittag«, war alles, was sie herausbekam.

»Darf ich mich zu Ihnen setzen?« Er war jünger als sie und selbstbewusst. Sie vermutete, er kam aus der Werbebranche, wegen seines schmal geschnittenen schwarzen Anzugs und seiner extravaganten Paisleykrawatte.

»Gerne«, antwortete sie.

»Richard.«

Er streckte seine kleine Hand aus, und sie schüttelte sie. Sie war feucht, nicht gerade anziehend.

»Iris.« Das ist weder aufregend noch romantisch, dachte sie. Sie kam sich dumm vor.

»Sie sind eine sehr hübsche Frau, Iris.«

Sie räusperte sich. »Vielen Dank.«

»Was trinken Sie da?«, fragte er und beugte sich zu ihr vor.

»Gin Tonic.«

Richard hielt dem Barkeeper zwei Finger hin und deutete auf Iris' Glas.

Das ist lächerlich, dachte sie. Was sollte sie nur tun? Dem Mann in ein Zimmer nach oben folgen? Sie war keine Filmheldin. Sie war Iris, Ehefrau und Mutter.

Sie nahm Blickkontakt zu dem Barkeeper auf. »Die Rechnung bitte.«

»Aber ich bitte Sie.« Richard legte ihr besitzergreifend die Hand auf den Arm. »Wir sind uns doch gerade erst begegnet. Bleiben Sie noch auf einen Drink.«

Iris lächelte und entzog dem Mann ihren Arm. »Es war nett, Sie kennenzulernen, Richard.«

Sie löste ein paar Scheine aus ihrer Geldklammer, mehr als eigentlich nötig, und legte sie auf ihre Rechnung.

Richard seufzte laut und steckte sich eine Zigarette an. Als sie sich erhob, ließ er einen Bierdeckel mit einem goldenen Hahn darauf in ihre Tasche gleiten.

Sie fuhr nach Hause. Was sie getan hatte, war ihr nicht peinlich, und sie war auch nicht enttäuscht. Tatsächlich vermittelte ihr dieser kleine Ausflug nämlich ein Gefühl von Stärke, und davon zehrte sie noch in den Monaten und Jahren danach. Wie leicht es ihr gefallen war, einfach wegzugehen. Diese Erkenntnis hatte es ihr aus irgendeinem Grund erträglicher gemacht, bei Glenn zu bleiben.

Iris saß draußen auf dem Balkon, von der dunklen, lauen Luft umhüllt, und nippte an ihrem Wasser. Sie lauschte den Klängen, die zum Hintergrundgeräusch ihrer Einsamkeit geworden waren: den Grillen und Fröschen, der gedämpften Calypsomusik aus der Strandbar, dem Poltern von Stephen, der zum zweiten Mal an diesem Tag Seil sprang, der Insektenfalle von dem rosafarbenen, muschelbesetzten Haus, und natürlich den Möwen. Der Wind trug den schweren Duft des salzigen Meeres herüber, durchmischt mit der herben Note der Orangen- und Zitronenbäume unter ihr. Sanibel war ihr ein gutes Zuhause gewesen. Es hatte ihr Frieden geschenkt, aber wichtiger noch, Iris hatte es sich selbst ausgesucht.

Sam

10. Dezember 1910

Liebe Mrs. Olsen,

mit großer Spannung habe ich Ihren Brief gelesen. Als mir klarwurde, wer Sie sind, war ich sehr ergriffen. Sind denn wirklich schon zehn Jahre vergangen? Wo ist nur die Zeit geblieben? Ich bin inzwischen eine alte Frau und mehrfache Großmutter.

Was Ihre Anfrage angeht, muss ich leider passen. Ich habe beim Hilfskomitee nachgefragt, bei einem Buchhalter namens Joseph Sewell, doch selbst nach gründlicher Prüfung, wie er mir versicherte, konnte er nichts finden, das Ihnen bei Ihrer Suche dienlich sein könnte. Sorgfältige Aktenführung ist leider nicht gerade die Stärke des Komitees. Ich selbst habe im aktuellen Einwohnerverzeichnis von Manhattan nachgesehen, aber keinen Eintrag unter dem von Ihnen angegebenen Namen gefunden.

Sie waren in meiner letzten Kinderreisegruppe. Viele schöne Erinnerungen an unsere Fahrt wurden wieder in mir lebendig, obwohl ich auch mit Wehmut an unseren Abschied zu-

rückdenke. Ich glaube fest daran, dass Gottes Hand unsere Geschicke leitet und dass Er immer über uns wacht.
Es freut mich, dass es Ihnen gutgeht, und ich hoffe, Gott schenkt Ihnen bald ein eigenes Kind.

Ihre ergebene
Mrs. Harriet Comstock

Während der Pound Cake im Ofen buk, versuchte Sam zu ergründen, was es mit dem Brief an ihre Großmutter auf sich hatte. Wo kam sie ursprünglich her? Und nach wem suchte sie?

Der Küchenwecker piepste, und sie holte den butterglänzenden Quader aus dem Ofen. Mit einem kräftigen Plumps stürzte sie den köstlichen, gehaltvollen Kuchen auf ein Abkühlgitter, riss ein Stück Alufolie ab und packte den warmen Pound Cake darin ein. Vielleicht wusste ihr Bruder ja etwas über die Sache.

»Was gibt's?«, fragte Theo.

»Ich habe einen Brief an Großmutter Olsen in der Kiste gefunden. Von 1910.«

»Und?«

»Ich verstehe nicht, worum es da geht. Die Absenderin schreibt was über das Hilfskomitee. Und in der Kiste habe ich noch eine Bibel mit der Adresse des Kinderhilfskomitees darin entdeckt. Glaubst du, Großmutter war ein Waisenkind? Aus New York City?«

»Ich weiß bloß, dass sie in Ohio oder irgendwo in der Gegend da aufgewachsen ist, bevor sie nach Minnesota kam.«

»Wisconsin.«

»Mag sein. Im Mittleren Westen jedenfalls. Und sie hat gestrickt. Ziemlich viel. Und sie hat einen super Karamellpudding gemacht. Meinst du nicht, Mom hätte es uns erzählt, wenn ihre Mutter ein Waisenkind aus New York gewesen wäre? Das wäre doch ein ziemlich wichtiges Detail.«

»Der Brief lag zwischen Rezepten, die Mom vermutlich nie angeschaut hat. Vielleicht hat Großmutter es ihr ja nie erzählt.«

Iris hatte Eintrittskarten für ein Konzert besorgt, das in der Presbyterianerkirche stattfinden sollte. Das Ying-Quartett, ein Ensemble chinesisch-amerikanischer Wunderkind-Geschwister aus Iowa, würde spielen, und Iris hatte darauf bestanden, mit Sam dort hinzugehen, trotz ihrer eingeschränkten Mobilität, ihrer morphinbedingten Aussetzer und ihrer flachen, keuchenden Atemzüge. Sam föhnte ihrer Mutter die Haare, half ihr, Mascara, Rouge und Lippenstift auf ihr hohlwangiges graues Gesicht aufzutragen, und zog ihr einen marineblauen Seidenkaftan an, der ihren ausgezehrten Körper umhüllte.

»Bist du wirklich sicher, dass du hingehen willst?«, fragte Sam noch einmal.

»Wenn ich gehen muss, möchte ich Tschaikowsky in mir haben«, erwiderte sie.

Es war schwieriger, den Rollstuhl ins Auto zu bugsieren, als Iris hineinzuhelfen.

Die Kirche war in einem eigentümlichen Inselstil gehalten. Die bunten Glasfenster wirkten zu modern und hell, und die Kissen auf den Bänken waren – wie alles in Florida – gischtgrün. Sam schob Iris nach vorne zur ersten Reihe und stellte sie seitlich neben die Kirchenbank.

»Lass uns lieber ein Stück nach hinten gehen«, bat Iris. »Ich möchte das Publikum sehen können.«

Das klang seltsam, denn Iris wollte normalerweise immer vorne sitzen, egal ob im Kino oder bei Hochzeiten, doch Sam erfüllte ihr den Wunsch.

Aufgeregt beobachtete Iris die hereinströmenden Menschen, die ihre Plätze einnahmen. Tatsächlich war sie nicht der Musik wegen gekommen. Sie suchte jemanden. Sam bemerkte, wie die Augen ihrer Mutter fieberhaft umherwanderten.

»Alles in Ordnung?«, flüsterte Sam, gerade als das Publikum verstummte.

»Ha, ha«, krächzte Iris ironisch und hob die federleichten Hände.

Als die vier jungen Musiker mit ihren Streichinstrumenten auf die Bühne kamen, eilte ein älteres Paar den Mittelgang herauf. Der Mann war groß und weißhaarig und trug eine Hornbrille und – als Einziger in der Kirche – einen gut geschnittenen Nadelstreifenanzug. Die Frau hatte eine weiße Bluse und eine schwarze Hose an, und ihr blondes Haar endete in einem Knoten im Nacken. Iris hob das Kinn und ließ die Schultern sinken. Ihr Blick wurde weicher. Dann setzte die Musik ein – Tschaikowskys Streichquartett Nr. 3 in es-Moll, entnahm Sam dem Programmheft –, und Iris nickte ein, den Kopf zur Seite geneigt. Sams Gedanken schweiften ab. Am Abend vorher hatte sie sich am Telefon mit Jack über Babynamen gestritten. Sie war für ›Charlotte‹, ›Helen‹ oder ›Louise‹, während er ›Flannery‹ durchsetzen wollte.

»Das ist zu literarisch«, wehrte sie ab.

»Und warum soll das schlecht sein?«

»Weil es um ein Baby geht, nicht um eine Fußnote in deinem Lebenslauf.«

Das war ein Spaß von ihr gewesen, und er hatte gelacht (»Wenigstens bin ich nicht für ›Salman‹«), aber sie hatte den Eindruck gewonnen, dass ihm seine Karriere immer wichtiger sein würde, als ihr lieb war.

In der Pause versuchte Iris, durch den Applaus geweckt, sich im Rollstuhl bequemer hinzusetzen. Sie schluckte, was ihr große Mühe bereitete, und presste die Lippen zusammen, um den Lippenstift gleichmäßig zu verteilen.

»Wie sehe ich aus?«, fragte sie.

Sam lächelte und wischte ihrer Mutter einen Mascarafleck von der Wange.

Als das vornehme Paar auf dem Weg zur Eingangshalle an ihnen vorbeikam, streifte der Blick des Mannes Iris für einen kurzen Moment. Seine Mimik verfinsterte sich. Sam versuchte, woanders hinzuschauen, um nicht in die Privatsphäre ihrer Mutter einzudringen. Eine Minute später kam der Mann alleine zurück.

»Hallo, Iris«, grüßte er und ging neben ihr in die Hocke.

»Hallo, Henry.«

»Wie geht es dir?« Seine Stimme war ernst und gedämpft.

»Das ist meine Tochter Samantha.«

Sam gab ihm die Hand und lächelte.

»Schön, Sie kennenzulernen«, sagte er. Und dann mit einem leisen Seufzen an Iris gewandt: »Tschaikowsky.«

»Tschaikowsky«, entgegnete sie.

Henry lehnte sich ganz nah an Iris und sagte mit rauher Stimme: »Ich habe dich vermisst, Liebes.«

Da entdeckte Sam etwas in Iris' Gesicht, einen Funken Leidenschaft, ein geheimes Wissen. Was immer sie gesucht hatte, hatte sie jetzt gefunden.

»Ich werde dich vermissen«, sagte sie zu ihm und lächelte schwach, und in dem Moment schien er die Endgültigkeit des Ganzen zu begreifen.

Er räusperte sich und stand auf, und dann war seine Ehefrau auch schon wieder da, eine attraktive Frau mit schmalen Händen und edlen Wangenknochen. Die Lichter flackerten, um das Ende der Pause anzuzeigen. Er legte seiner Frau eine Hand auf den Rücken und führte sie zu ihren Sitzen, ohne sich noch einmal umzudrehen.

Sam fühlte einen Stich des Bedauerns darüber, dass ihre Mutter ganz banal einen verheirateten Mann geliebt hatte, darüber, dass die Affäre stattgefunden hatte oder auch nicht, und darüber, dass Iris ihn noch einmal sehen oder von ihm gesehen werden wollte. Ein letztes Mal.

»Jetzt können wir gehen«, verkündete Iris. Später, im Auto, sagte sie nichts weiter zu der Begegnung.

»Mom?«

Sie antwortete nicht.

»Hast du ihn geliebt?«

Iris winkte ab, als hätte es im Angesicht des Todes keinen Sinn mehr, darüber zu sprechen.

»Ich bin dankbar, dass ich ihn kennenlernen durfte«, erklärte sie und schloss die Augen.

Du verrätst mir also gar nichts? Du wirst sterben, und ich werde dich nicht richtig gekannt haben, dachte Sam. Bei fahlem Mondlicht fuhr sie dahin, die Hände um das Steuerrad gekrallt. Aufgeschreckte Insekten tanzten in den Lichtkegeln der Scheinwerfer.

»Er hat sich gegen dich entschieden.« Sam legte ihren Zorn in ein scharfzüngiges Resümee.

Iris hatte ihren Kopf gegen den Gurt gelehnt. Sie schlief.

Am folgenden Tag – es war Zeit für den wöchentlichen Kontrolltermin im Krankenhaus – hatte Iris, die ausgetrocknet und abgemagert war, eine Magensonde gelegt bekommen. In ein Hospiz wollte sie nicht. Sam bereitete ihr alle vier Stunden einen hochkalorischen Shake zu, in den sie zerstoßene Tabletten mischte, einen Cocktail aus Roxanol, Ketamin, Clodronat, Colace, Haldol und Ambien.

»Wohl bekomm's!«, sagte sie dann immer, aber ihre Mutter war meist zu schwach zum Lächeln.

Iris hatte die Morphinpillen, die sie zum Sterben brauchte, nach und nach angesammelt, aber Sam würde sie ihr verabreichen müssen.

»Das mache ich nicht«, erklärte sie immer wieder,

aber insgeheim wusste sie, dass sie tun würde, worum ihre Mutter sie bat. Bis zum Schluss bliebe sie die Tochter, die nach der Liebe und Anerkennung ihrer Mutter gierte.

Am Abend vermischte sich der Duft der Hibiskus- und Orangenpflanzen mit der herben Seeluft. Sam schob Iris in ihrem Rollstuhl vor die offene Balkontür, so dass sie beobachten konnte, wie der Himmel sich langsam verfärbte. Sie hatte immer erzählt, das sei mit das Schönste an ihrem Leben in Sanibel. Sam saß neben ihr und führte Iris' Hand an ihren Bauch, damit sie die Bewegungen des Babys fühlen konnte.

»Wie viele muss ich dir geben?«, fragte Sam.

»Ich habe eine Pillenschachtel in meiner Nachttischschublade.«

»Und was wird passieren?«

»Ich schlafe ein. Und dann rufst du Dr. Jones.«

»Aber er wird es merken.«

»Ich hätte schon vor drei Wochen sterben sollen, mein Schatz.«

Jeden Abend, nachdem Iris ins Bett gegangen war, rief Sam zu Hause an. Aber von der Bitte ihrer Mutter erzählte sie Jack nichts. Irgendwie war das ihre persönliche Last, ihre Verantwortung, und sie wollte sie nicht teilen. Sie hatte keine Lust, darüber zu reden und seine vernünftigen Worte zu hören. Er war ihr Ehemann, aber Iris war ihre Mutter.

»Mom, bitte. Kannst du nicht einfach darauf warten?«, fragte Sam mit einer Stimme, in der Angst und Enttäuschung lagen.

Die Bougainvillea, die sich um die Ecke des Balkons rankte, raschelte leise im Wind.

»Samantha. Ich habe mein Leben gelebt. Noch zwei Tage oder zwei Wochen in diesem zerstörten Körper würden niemandem etwas bringen. Ich bin ja immer noch Atheistin. Ich habe mich nicht in letzter Minute bekehren lassen.« Sie zuckte mit den Schultern. »Tot ist tot. Ich bin bereit.«

Wer war diese Frau? Natürlich, sie war ihre Mutter; sie hatte sie zum Ballet und zum Tennis gefahren, nie einen Kuchen aus einer Fertigmischung gebacken, sich immer an die Geschwindigkeitsbegrenzung gehalten und erbittert mit Antiquitätenhändlern gefeilscht. Sie war sparsam mit ihrer mütterlichen Liebe umgegangen, ein Leben lang in einer unbefriedigenden Ehe geblieben und schließlich weggezogen, um endlich allein zu sein. Und trotzdem war Sam jetzt bei ihr. Irgendwie war sie auch glücklich darüber, dass ihre Mutter sie erwählt hatte. Sie würde nehmen, was sie kriegen konnte.

Am nächsten Tag wäre es also so weit, gleich am Morgen. Sam hatte das Gefühl, sie müssten noch über so vieles reden – oder aber über gar nichts. Am Schluss war sie doch beinahe erleichtert gewesen. Sie hatte den Wunsch gehabt, nach Hause zu fahren und dem Herzschlag des Babys zu lauschen – und ihre Mutter gehen zu lassen.

Bei Ted lief der Fernseher – Oprahs Talkshow –, aber er war nicht im Wohnzimmer. Sam klopfte an die Tür, den Pound Cake wie einen Football im Arm und den Brief in der Tasche.

Ted kam aus der Küche gerauscht, in einer Schürze mit einem riesigen Hummer darauf.

»Hallo, Sam. Komm nur rein.«

Sam war noch nie in seinem Haus gewesen. Es war dunkel, aber nicht unangenehm. Neben dem Kamin war ein Stapel Holz aufgeschichtet. In der Mitte des Zimmers standen ein altes, kariertes Sofa und davor ein polierter Baumstumpf, der als Couchtisch diente. An der Wand hing eine geschnitzte Kuckucksuhr.

»Nette Schürze.«

»Ich habe gerade einen Hackbraten fürs Abendessen in den Ofen geschoben. Was führt dich zu mir?«

»Ich habe dir einen Pound Cake gebacken«, sagte sie und hielt ihm den Kuchen hin.

»Für mich?«

»Ja. Ich wollte einfach mal einen backen und gucken, ob das Rezept mit je einem Pfund Butter, Zucker, Mehl und Eiern wirklich funktioniert.«

»Und? Hat's geklappt?«

»Das will ich von dir wissen.«

»Hmm, der riecht köstlich. Lass uns mal probieren.«

»Nein, nein.«

»Ich bestehe darauf. Die Bäckerin muss doch von ihrem Werk kosten.«

Er eilte in die Küche und kam mit einem Messer, Gabeln und Tellern zurück.

»Das erinnert mich an etwas. Ich muss euch beiden unbedingt ein paar Eier geben. Die Mädels legen am laufenden Band, und ich kann nun mal nicht jeden Tag Omelette essen.«

Der Kuchen war göttlich. Sam schlang ihr Stück schnell herunter und nahm sich noch ein zweites.

»Wie läuft's denn mit dem Durchsehen von den Sachen deiner Mutter?«

Sam hob resigniert die Hände.

»Ich weiß, ich weiß«, sagte er.

»Ich habe aber doch was Spannendes gefunden. Einen Brief.«

»Ach ja?«

»Würdest du ihn dir mal anschauen?«

Sie legte den Brief auf den Couchtisch und strich ihn glatt. Ted nahm seine dicke Brille ab und rieb sich die Augen, die plötzlich sehr viel kleiner und jünger wirkten. Dann setzte er die Brille wieder auf und heftete den Blick auf das dünne, verblichene Papier.

»Ist Mrs. Olsen die Mutter deiner Mutter?«

Sam nickte.

Ted schaute wieder auf den Brief und zog die Stirn kraus. »Wie alt war sie denn im Jahre 1910?«

»Einundzwanzig. Ich weiß nicht viel über sie, aber ich dachte immer, sie wäre hier aufgewachsen.«

»Das stimmt vermutlich auch«, erwiderte Ted und strich sich mit der Hand über das Kinn. »Ab dem Alter von elf. Aber ich fürchte, den Rest kapiere ich nicht ganz.«

»Heute ist niemand mehr am Leben, der mir was darüber sagen könnte«, sagte sie mit Bedauern in der Stimme.

Er warf einen Blick auf die Uhr an der Wand. »Für heute ist es zu spät, aber ich bin mir sicher, dass der

Geschichtsverein dir helfen kann. Das sind richtige Detektive. Ich hab mal eine achtzig Jahre alte Postkarte hinter meinem Kühlschrank gefunden. Sie haben alles darüber herausbekommen. Die Karte wurde an den ursprünglichen Besitzer meines Hauses geschrieben, einen Doktor von zweifelhaftem Ruf. Angeblich hat er während der Prohibition den Ostteil der Stadt mit Schnaps versorgt.«

»Was war denn auf der Karte zu sehen?«, fragte Sam.

»Ein gemaltes Stadtpanorama von New Orleans. Der Name des Absenders war unleserlich. Aber auf der Karte stand: *Tolle Tage hier. Bin bald wieder zu Hause.*«

»Hast du sie noch?«

»Ich habe sie an einen der Urenkel des Doktors geschickt. Der Typ wohnt gleich auf der Morrison.«

»Tut mir leid, dass ich den halben Kuchen gegessen habe. Er war ja eigentlich für dich«, sagte sie.

»Quatsch. Zu zweit schmeckt alles besser.«

Iris und sie hatten den Sonnenaufgang gemeinsam erlebt, Schulter an Schulter, Sam auf einer Liege, Iris in ihrem Rollstuhl, in eine dicke Decke eingewickelt. Die Möwen kreischten am Himmel, flogen von einem Ende der Insel zum anderen. In der Nacht hatte Sam kein Auge zugemacht. Sie war voller Furcht, und das Baby strampelte in ihr. Sie hielt ihren Kaffeebecher in den Händen, während Iris immer wieder in ihren Dämmerzustand fiel und schwer und unregelmäßig atmete. Als ein Nachbar eine Tüte mit Flaschen in den Recyclingcontainer donnern ließ, wachte Iris schließlich auf.

»Alles Gute zum Geburtstag, Mom«, sagte Sam.

Iris drehte den Kopf in Sams Richtung und verzog einen Mundwinkel zu einem angedeuteten Lächeln.

»Ich bin froh, dass du endlich nach Hause fahren kannst«, brachte Iris mühsam hervor.

Sam wandte den Blick ab, denn sie hatte keine Ahnung, über welche Themen sie am letzten Tag von Iris' Leben sprechen sollten. Alles schien entweder banal oder melodramatisch oder verlogen.

»Samantha, du töpferst wunderschöne Sachen. Ich weiß nicht, ob ich dir das überhaupt schon mal gesagt habe.«

»Danke«, erwiderte Sam. Den rauhen Unterton hätte sie am liebsten aus ihrer Stimme getilgt. Nervös pulte sie an ihren Fingernägeln herum.

»Du wirst erst wissen, wie sehr ich dich liebe, wenn du dein Baby hast.« Iris nickte wieder ein, benebelt, aber zufrieden.

Sam berührte die schlaffe Hand ihrer Mutter und dachte: Darauf habe ich mein Leben lang gewartet. Ein leises »Nein« entschlüpfte ihr – sinnloser Protest.

Die verabredete Zeit war genau zwölf Uhr mittags. Um halb zwölf holte Sam die Pillenschachtel aus dem Nachttisch ihrer Mutter und stellte sie auf den Küchentisch. Und dann übergab sie sich ins Waschbecken. Ihre Hände zitterten, als sie die Pillen fein zerstieß und den weißen Staub in ein Glas füllte. Anschließend wusch sie sich sorgfältig die Hände, damit ihr ungeborenes Kind kein Morphin abbekam.

Als Theo anrief, versuchte sie, normal zu klingen.

»Wie geht es ihr?«, wollte er wissen.

»Was glaubst du denn, wie es ihr geht?«, blaffte sie ihn an.

»Ich weiß, dass es stressig ist, sie zu pflegen, okay?«

»Entschuldige bitte. Es geht ihr sehr schlecht. Es ist vorbei, Theo.«

»Was sagt der Arzt?«

»Er war der Meinung, sie hätte schon vor Wochen sterben müssen.«

»Um Himmels willen«, rief er. »Sollen wir zu euch kommen?«

»Ja.« Ihr Ärger verflog langsam. Inzwischen traute sie sich zu, den Wunsch ihrer Mutter zu erfüllen.

»Wir sind morgen da. Ich rufe noch mal an und gebe dir die Flugdaten durch. Kann ich jetzt mit ihr reden?«

Sam ging hinaus auf den Balkon und berührte ihre Mutter sanft an der Schulter. Dann legte sie ihr das Telefon ans Ohr und ging zurück in die Wohnung. Leise zog sie die Tür hinter sich zu.

Sie ging in Iris' Schlafzimmer und legte sich aufs Bett. Der schwere Babybauch drückte sie auf die Matratze. Sie sah das Zimmer aus der Perspektive ihrer Mutter: ein Aquarell, das Seehafer und Dünen zeigte, einen Spiegel über der weißen Rattankommode, den Himmel über dem Meer. Neben dem Bett lag *Zum Leuchtturm*, das Buch, das Sam nicht in die Bibliothek zurückbringen würde. Keine Fotos, kein Tand. Es gäbe nicht viel auszuräumen.

Sam erhob sich mühsam und ging zurück zu ihrer Mutter, die das Telefon im Schoß liegen hatte.

»Es ist Zeit«, sagte Iris beinahe versonnen.

»Theo wird morgen kommen.«

»Ich habe mich von ihm verabschiedet.«

»Du hast es ihm nicht gesagt.«

»Nein.«

Iris drehte den Kopf und blickte in den weißen Himmel. Der Wind blies warm und kräftig, und die Sonne schien hell und stechend.

»Wo ich aufgewachsen bin, war es so schön«, erzählte sie. »Der Fluss war eiskalt. Sogar im Sommer froren mir darin die Füße ab.« Sie lächelte. »Ich hatte einen bestimmten, glatten Fels, auf dem ich oft lag und mir die Baumwipfel und den Himmel anschaute. Das Rauschen des Wassers übertönte alles andere. Ich hab mir immer vorgestellt, der Rest der Welt wäre einfach verschwunden.«

Als wäre sie schon fort, voller Nostalgie für die Zeit, in der sie noch gelebt hatte.

»Also, Samantha«, sagte sie schließlich.

Sam weinte nicht. Sie fuhr ihre Mutter in die Küche und schloss den Trichter an die Magensonde an. Dann füllte sie das Glas, das die zerstoßenen Pillen enthielt, mit Wasser und rührte das trübe, zähflüssige Gift um. Sam machte alles Schritt für Schritt, wie Aufgaben, die erledigt werden mussten. Sie hielt den Trichter hoch, und ohne auf das Signal ihrer Mutter zu warten, schüttete sie das Gemisch hinein.

Nachdem sie Iris aufs Bett geschafft hatte, hob Sam die Decke hoch und kuschelte sich neben sie. Auf der Seite liegend, schmiegte sie sich an den mageren Körper ihrer Mutter, das Baby zwischen ihnen. Sie verabschiedeten sich nicht voneinander. Sam legte ihre Hand auf die ihrer Mutter und wartete. Der Tod kam nicht leise und still. Während der schrecklichen Momente, in denen Iris' Körper zuckte und sie nach Luft rang, drückte Sam ihre Hand ganz fest, schloss die Augen und schrie.

Draußen dämmerte es schon beinahe. Unter den dahinziehenden Wolken hatte der Himmel sich lila gefärbt, und Sam konnte ihre Tränen nicht zurückhalten. Sie weinte um ihre Großmutter und um ihre Mutter, um den Verlust, um alle Geschichten, die sie nun nicht mehr hören konnte.

Sie blickte zurück auf das Jahr, das seit dem Tod ihrer Mutter vergangen war. Ihr gefiel nicht, was aus ihr geworden war. Die kleinliche Nörgelei über ihren Ehemann war nur ein Ablenkungsmanöver – in Wirklichkeit war es ihre eigene Scham, der sie sich nicht stellen konnte.

Mit einem langgezogenen, kummervollen Seufzer atmete sie aus. Sie hatte Jack nie gesagt, wie Iris gestorben war. Damals war sie völlig durcheinander und krank vor Schmerz gewesen, und sie hatte beschlossen, dass niemand von der Sache zu erfahren brauchte. Sie redete sich selbst ein, dass Jack und sie verschiedene Ansichten über alle möglichen Dinge, auch über das Leben selbst, hatten. Und war das nicht die größte Angst, die man in einer Ehe verspüren konnte?

Sie wollte das alles einfach ruhen lassen. Aber die Scham darüber, was sie getan hatte – erst das kranke

Baby, dann ihre Mutter –, hatte mit der Zeit einen Keil zwischen sie und ihren Mann getrieben. Sie hatte sich ganz alleine tief in die Stille zurückgezogen. Und jetzt hatte sie genug davon.

Sie brauchte ihr Baby. Sams Herz machte einen Hüpfer, als sie an Ella dachte. Und sie musste mit Jack reden.

Violet

Fairbury sah auch nicht sehr viel anders aus als Sheridan: ein kleiner Marktplatz, niedrige Gebäude, leere Gehwege. Regen lag in der Luft. Die Wolken waren dicht und dunkel und verbreiteten ein geisterhaftes Licht, das die Felder unnatürlich grün und die Häuser wie aus Pappe erscheinen ließ. Die Kinder waren müde und schmutzig. Die Vorfreude, die sie in Sheridan gespürt hatten, war inzwischen der Niedergeschlagenheit gewichen. Langsam zockelten sie in Richtung des Bürgersaals, während die ersten dicken Tropfen fielen.

Das Interesse der Einwohner war nicht so groß wie in Indiana, und die, die doch kamen, schienen enttäuscht über den Mangel an Auswahl. Die Kinder hatten sich in der Mitte des Saales aufgestellt, und die Adoptionswilligen beäugten sie von allen Seiten. Manche blieben nur wenige Minuten. Violet bemerkte, dass zwei der älteren Jungen, darunter Nummer zwölf, von einem Farmer und dessen Sohn begutachtet wurden. Elmer war froh, weil er von einem fein gekleideten Paar – einem Richter und seiner Frau – ausgewählt wurde, und ein anderer achtjähriger Junge kam zu einer freundlich aussehenden älteren Witwe, die in ihrem Kattunkleid durch den Saal watschelte.

»Kennst du dich mit Babys aus?«, wollte eine Frau von dem braven Mädchen wissen. Das schaute zu Boden und nickte. Das Mädchen war vierzehn, hatte große Brüste und eine hohe Stirn, und Violet hatte es noch nie reden gehört.

»Na schön«, sagte die Frau. »Ich fülle das Antragsformular für dich aus. Nummer siebzehn.« Nach dem Namen des Mädchens hatte sie nicht gefragt.

»Illinois ist doch nicht der Müllabladeplatz für den Dreck aus New York City!«, rief ein Mann im Anzug mitten aus der Menge. »Geht dahin zurück, wo ihr herkommt!«

Die Kinder schauten ihn verwundert an, aber man hatte ihnen schon viel Schlimmeres an den Kopf geworfen. Schließlich waren sie Einwanderer, Waisen und Straßenkinder. Mrs. Comstock eilte von einem Interessenten zum anderen und versprach allen nur das Beste. Als man den Mann aus dem Saal führte und er sich noch einmal umdrehte, streckte Violet ihm die Zunge heraus.

»Na, du bist ja ein Herzchen«, sagte ein anderer Mann zu ihr. Sein Gesicht war faltig und sonnenverbrannt, seine Haare glänzten fettig. »Mach mal den Mund auf.«

»Wie bitte?«

»Ich hab gesagt, mach den Mund auf. Ich muss gucken, ob du kränklich bist. Ich hab einen Hof zu bestellen. Zeig deine Zähne her.«

Violet versuchte gerade, etwas zu sagen, da schob er ihr seine nach Tabak stinkenden Finger in den Mund.

Sie würgte und biss dann zu, so fest sie konnte. Beherzt stieß sie die Zähne in seinen Fingerknöchel, bevor er schreiend die Hand wieder herauszog. Mit der anderen Hand verpasste er ihr eine Ohrfeige, die so heftig ausfiel, dass Violet zu Boden ging.

Mrs. Comstock kam angelaufen und ruderte mit den Armen.

»Wie können Sie es wagen, das Kind zu schlagen?«, rief sie. »Ich muss Sie bitten zu gehen, Sir.«

»Sie hat mich gebissen«, brüllte der Mann und hielt seine blutigen Finger in die Luft.

»Violet?«, fragte Mrs. Comstock.

Violet starrte den Mann hasserfüllt an und trat ihn kräftig gegen das Schienbein. Dann rannte sie zur Tür und boxte sich durch die Menschenmassen. Sie verschwendete keinen Gedanken daran, wohin sie gehen oder was aus ihr werden sollte. Sie wollte einfach nur weg. Auf sich allein gestellt wäre sie besser dran. Entschlossen riss sie die Tür auf und sprang davon. Doch draußen prasselte der Regen auf das Pflaster, so heftig, wie Violet es noch nie erlebt hatte. Die Tropfen klatschten wie kleine Kieselsteine gegen ihren Kopf, und der Wind peitschte ihr das nasse Kleid um die Beine. Der Himmel schimmerte tornadogelb und Unheil verheißend. Sie wich zurück und setzte sich an die Hauswand unter den kleinen Dachvorsprung, der ihr aber kaum Schutz vor dem strömenden Regen bot. Wenn sich jetzt die Erde öffnete und sie verschluckte – es würde niemanden kümmern. Sie wusste nicht, wohin sie gehen konnte.

Kurz darauf ging die Tür des Bürgersaales knarrend auf. Violet, die Mrs. Comstock erwartete, schaute zur Seite. Aber es war Frank, der Junge mit den zu großen Ohren und der zu kleinen Jacke. Er setzte sich neben sie und umschlang seine Knie mit den Armen.

»Ist es vorbei?«, fragte sie.

Er nickte. »Ein paar von uns sind noch übrig. Für mich hat sich niemand interessiert.«

»Wie alt bist du?«

»Elf«, antwortete er.

»Ja, ich auch. Ich glaube, wir sind zu alt für die Leute hier.«

»Und zu jung für alles andere.«

»Wo hast du bis jetzt gelebt?«

»Five Points.«

»Fourth Ward.«

Er nickte. »Hast du Heimweh?«

»Bisschen. Und du?«

»Ich wollte gar nicht wegfahren. Ich habe ja Eltern, nur sind die im Armenhaus. Darum bin ich auf den Zug. Aber das hier kann man echt vergessen.«

Sie blieben nebeneinander sitzen, ohne zu reden, und schauten dem Regen zu. Sie konnte ihm nicht von ihrer Mutter erzählen, weil sie sonst hätte zugeben müssen, dass Lilibeth sie weggegeben hatte, obwohl es auch anders gegangen wäre. Violet dachte an den Abend, bevor sie ins Heim gekommen war. Mit Nino und den anderen Jungs war sie herumgestreunt. Da hatte sie noch keine Ahnung davon gehabt, dass es Züge voller Waisenkinder gab.

Sie waren von der Straßenbahn abgesprungen, noch bevor sie anhielt und der Schaffner hinter ihnen herjagen konnte. Die elektrischen Lichter der Theaterschilder strahlten wie dunstige Leuchtfeuer hoch über ihnen. Sie johlten und schossen die Straße entlang, einer nach dem anderen.

»He«, sagte Violet und deutete nach oben, als sie angehalten hatten, um Atem zu schöpfen. »Seht mal!«

»Na, was hab ich euch gesagt?«, tönte Buck. Sein Kopf wippte, und seine Schneidezähne standen auf der Oberlippe. »Ich kenne den Weg. Ich hab's euch doch gesagt.«

Vor ihnen ragte der maurische Turm mit seinen Säulenreihen und Nischenbögen auf, gekrönt von einer prächtigen Kuppel. Blinkende Lichter formten das Wort »Casino«. So etwas hatte Violet noch nie gesehen. Hier, mitten in der Stadt, war sie aber auch zum ersten Mal. Sie spürte, wie etwas in ihrer Brust größer wurde, ein warmer Ballon, der gegen ihre Rippen drückte.

»Rette sich, wer kann!«, rief Jimmy und rannte die 39th Street hinunter.

Violet knetete ihre steifen Finger, mit denen sie sich am Rand des Straßenbahnwagens festgekrallt hatte, und atmete die feuchte Luft ein, in der ein Hauch von Heu und Mist lag – der Geruch der Pferdebörse, die sich ein paar Blocks weiter nördlich befand. Obwohl überall bunte Lichter glitzerten, herrschte eine ruhige, gedämpfte

Atmosphäre, denn die Vorstellungen des Abends hatten schon begonnen, und die Menschen saßen in den Theatern, dicht aneinandergedrängt.

Charlie stand neben ihr auf dem Gehsteig und wippte auf den Füßen vor und zurück. Er roch fischig, wie ranziges Fett.

»Irgendwelche Ideen?«, fragte er.

Ninos große Hände hingen wie Säcke an seinem Körper herab. Während er nachdachte, ballte er sie zu Fäusten und öffnete sie dann langsam wieder.

»Ich warte nicht auf euch Lahmärsche«, rief Buck. »Ich will die Mädels sehen.«

Er war dürr und bewegte sich mit der Schnelligkeit einer Maus, darum hätte es Violet nicht weiter verwundert, wenn er sich mit seinen Zähnen einen Weg ins Innere des Theaters freigenagt hätte.

»Na, dann los«, sagte Violet.

»Wer hat dich denn zum Leitwolf ernannt?«, fragte Buck und sah die anderen nach Zustimmung heischend an.

»Wuuuuuu«, heulte Violet und stemmte die Hände in die Hüften.

»Hau doch ab, und nimm deine blöde Mutter gleich mit«, zischte Buck.

Charlie lachte und legte dabei sein dickliches Gesicht in Falten. »Das hättest du wohl gern.«

Buck schüttelte den Kopf und lief mit beleidigter Miene den Broadway hinunter.

Es war Violets Idee gewesen, an diesem Abend herzukommen, denn ihre Mutter hatte ihr hellauf begeistert von *Florodora* erzählt. Dieses Stück hatte sie gesehen, als Reginald Smith sie ins Theater ausgeführt hatte. Aber von den Florodora-Girls, sechs Schönheiten mit exakt den gleichen Körpermaßen und den gleichen dunklen, bezaubernden Haaren hatte sowieso schon jeder gehört. Violet fasste sich in die eigene Mähne, die mit einem blauen Satinband gebändigt war. Dieses Band hatte sie am Morgen entdeckt, um das Handgelenk ihrer Mutter gebunden.

»Ich weiß nicht«, sagte Nino. »Ich war noch nie in so ’nem Laden.«

»Am Ende kommen wir noch auf der Bühne raus«, fügte Charlie hinzu.

Violet lachte. »Vielleicht lernst du ja deine zukünftige Freundin da kennen«, sagte sie. »Wenn sie nicht in Ohnmacht fällt, nachdem sie an dir gerochen hat.«

»Halt den Mund, Kentucky. Du hast doch keine Ahnung«, blaffte Charlie.

Sie konnten das Orchester hören: Trommeln und Becken, und das langgezogene Flehen einer Violine.

Auf der 39th Street gingen sie bis zum in Dunkelheit getauchten Ende des Theaters, wo die Feuerleiter wie ein gezackter Blitz die Häuserwand hinabführte und ein gutes Stück über dem Boden endete.

»Geh du da hoch«, sagte Nino zu Violet. »Versuch mal, ob du die Leiter zu fassen kriegst.«

Nino ging in die Hocke, und Violet kletterte auf seine muskelbepackten Schultern. Er hielt sie an den Waden fest, während sie eine Hand nach der untersten Sprosse ausstreckte. Als ihre Fingerspitzen gegen das kalte Metall tippten, musste sie darum kämpfen, die Balance zu halten. Das Kleid rutschte ihr bis über die Knie hoch, als sie sich streckte, und die kühle Luft strich ihr um die Beine.

»Höher«, rief sie. Nur ein paar Zentimeter fehlten. »Schieb mich noch ein Stück höher.«

»Soll ich wachsen, oder was?«

Sie zögerte einen Moment, dann sprang sie. Mit den Händen bekam sie die mit Taubendreck verschmutzte unterste Sprosse zu fassen. Die Leiter ächzte und glitt unter Violets Gewicht nach unten, bis sie mit einem Ruck anhielt und Violet kurz über dem Gehsteig baumelte. Sie hüpfte nach unten und wischte sich die Handflächen an ihrer Jacke ab.

»Du hättest mir Bescheid sagen sollen«, tadelte Nino sie und rieb sich die Schultern. »Wenn du danebengesprungen wärst, wäre dein Kopf aufgeplatzt wie eine Wassermelone.«

»Ich hab's aber geschafft, oder etwa nicht?«, fragte Violet und boxte ihn leicht auf den Arm.

Nino kletterte zuerst hoch, danach Violet, und schließlich Charlie, der die Leiter hinter sich wieder einzog.

»O sag mir, hübsches Mädel,
gibt's noch mehr zu Haus von deiner Art?«
»Es gibt ein paar, mein Herr, zwar einfach,
aber doch recht smart …«

Das Lied, das gerade aus dem Theatersaal drang, als sie oben angekommen waren, klang blechern, aber man konnte es erkennen. Violet und Nino öffneten die Tür einen Spalt weit – Charlie hatten sie irgendwo auf dem Weg verloren – und standen in einem goldenen Zimmer. Aufwendige Intarsien bedeckten die Wände, vom Marmorboden bis zu der hohen, gewölbten Decke. Der Raum war in gedämpftes Orange getaucht, das von den filigranen Wandleuchten ausging.

Violet stockte der Atem. Alles leuchtete. Nino blickte aufgeregt umher. Im Angesicht dieser Pracht wurden sie plötzlich unsicher, wie sie sich verhalten sollten. Beide versuchten, so zu tun, als wären sie nicht überwältigt, aber weder Violet noch Nino wussten etwas zu sagen, das die Unwirklichkeit des Raums abgemildert hätte. Schließlich deutete Nino auf den verlassenen Kassenschalter und den Eingang.

Niemand war zu sehen, der ihnen den Eintritt hätte verwehren können. Auch die Platzanweiser schauten sich die Vorstellung an – das Größte, was New York seit der Jahrhundertwende vor wenigen Monaten erlebt hatte. Violet und Nino schlüpften durch eine Tür und schoben lila Samtvorhänge zur Seite. Sie hielt den Atem an, als sie plötzlich hinter Hunderten von Menschen standen, die sich dicht an dicht in ihren Sitzen drängten. Vorne, hell erleuchtet, lag die prächtige Bühne. Und da waren sie, die sechs Florodora-Mädchen in weißen Rüschenkleidern und schwarzen Schärpen und Hüten mit Federn daran. Jede hatte einen Partner in Cutaway und Zylinder.

»Ein Mann, der mich liebt, muss für mich da sein«, sangen die Frauen mit glockenhellen Stimmen.

»Warum nimmst du dann nicht mich?«, antworteten die Männer.

»Ja, ich brauch ’nen Mann, warum nicht dich?«

Das Publikum johlte und applaudierte. Einige Matrosen, die weit hinten saßen, pfiffen durch die Finger.

Die Musik aus dem Orchestergraben schwoll an, als die Florodora-Mädchen ihre weißen Schirme öffneten und sich tanzend von den Männern entfernten. Bei den Pirouetten hoben sich die Röcke gerade hoch genug, dass man die Knöchel der Frauen sehen konnte.

Violet blickte Nino, der wie gebannt zur Bühne schaute, von der Seite an. Im Raum war es warm von den vielen Menschen und den Scheinwerfern, und es roch nach Tabak, gemischt mit etwas, das wie der Gesichtspuder ihrer Mutter duftete.

»Worum geht’s eigentlich?«, flüsterte Nino und deutete mit dem Kopf zur Bühne.

»Meine Mama meinte, es geht um Parfüm oder so was. Keine Ahnung«, erwiderte Violet. »Es spielt jedenfalls auf einer Insel.«

»Dann lass uns *dahin* fahren«, lachte er.

Violet wollte, dass der Abend niemals endete. Sie konnte Nino nicht sagen, dass ihre Mutter sie am nächsten Morgen im Heim abliefern würde.

»Ich weiß nicht, was ich sonst mit dir machen soll, Vi«, hatte ihre Mutter geklagt. Ihr Blick irrte dabei umher, als würde sie nach einem Platz suchen, an dem sie sich verstecken konnte.

Violet hatte versucht, den Schmerz mit Trotz zu lindern, und heftig mit dem Fuß aufgestampft. Aber als sie ihrer Mutter ins beschämte Gesicht geschaut hatte, waren ihr all die gemeinen Bemerkungen, die ihr durch den Kopf gingen, im Halse stecken geblieben.

Den Rest des Sturms warteten sie im leeren Saal ab. Aus vierzehn waren jetzt sechs geworden: die hässliche Nettie, die beiden älteren Jungen Patrick und William – zwei Raufbolde, die niemanden täuschen konnten –, Frank mit den großen Ohren, der deutsche Hans, missmutig und schlecht im Englischen, und Violet.

Die Lutheraner hatten ihnen ein Mittagessen spendiert, und die Kinder, die müde und erschöpft auf dem Boden saßen, verschlangen die Gurken und die Schinkenbrote. Mrs. Comstock hatte sie alleine gelassen, um mit dem Verantwortlichen des Städtchens die Details zu besprechen. Einer der älteren Jungen lehnte an der Wand und stocherte sich in den Zähnen herum.

»Das hier ist doch das Letzte«, rief Patrick, dem man seinen irischen Akzent jetzt deutlich anhörte. »Glaubt ihr, wir sitzen hier fest, wenn uns niemand will?«

»Sie müssen uns zurückbringen«, antwortete William. »Sie bringen uns dahin zurück, wo sie uns herhaben, aber vorher verpassen sie uns noch einen Tritt in den Hintern.«

Violet, deren Kleid noch immer feucht war, beobachtete die Jungen und überlegte, ob sie sich mit ihnen zusammentun sollte.

»Ich hab von einem Jungen gehört, der von hier abgehauen und mit dem Güterzug zurückgefahren ist«, sagte sie.

»Ach ja, zeigst du uns vielleicht den Weg?«, fragte Patrick herausfordernd.

Violet zuckte die Schultern.

»Sie bringen uns nicht zurück«, meinte Nettie. »Glaubst du, die zahlen uns den Rückfahrschein? Die stecken uns hier ins Waisenhaus. Oder ins Gefängnis.«

Frank hörte auf zu kauen. »Ich hab eine Ma und einen Pa«, sagte er.

»Wir haben alle unsere Fehler«, witzelte Nettie.

Die älteren Jungen kicherten.

»Du ganz bestimmt, Rosie«, ätzte Patrick.

»Ich heiße nicht Rosie, sondern Nettie.«

»Wenn du meinst, Rosie«, sagte Violet und brachte die Jungen damit zum Lachen.

Da kam Mrs. Comstock zurück, mit dem Arm voller Milchflaschen.

»Wisconsin«, verkündete sie. »Wir fahren weiter nach Wisconsin.«

Keiner von ihnen wusste, wo das lag, aber es interessierte sie auch nicht mehr.

»Der Tornado hat keine Schäden hinterlassen, darum fahren die Züge wieder.«

Mrs. Comstock wirkte gealtert und konfus, völlig überfordert von der Situation. Die geplatzten Äderchen in ihrem Gesicht traten deutlicher hervor, und die Haut unter ihren Augen war grau und geschwollen.

Sie sieht aus wie ein Hut, auf den sich einer draufgesetzt hat, dachte Violet.

»Haben Sie kleine Kinder, Madam?«, fragte Nettie.

»Nein, nein«, lachte Mrs. Comstock. »Meine sind schon erwachsen. Aber für mich seid ihr alle meine Kinder, auf gewisse Weise.« Mit der Ecke ihres Taschentuchs tupfte sie sich die Augenwinkel. »Ich glaube fest daran, dass jeder von euch eine Familie finden wird.«

Violet klammerte sich an ihre Bibel, denn das war alles, was sie hatte. Es war immer noch besser, wenig zu besitzen als gar nichts.

»Ich habe doch eine Familie«, bemerkte Frank.

»Aber sie konnte sich nicht um dich kümmern, Liebes«, erwiderte Mrs. Comstock leise. »Deine Eltern haben das getan, was am besten war.«

»Aber mich hat niemand ausgewählt«, sagte Frank. »Meine Eltern hätten mich nicht weggegeben, wenn sie gewusst hätten, dass niemand mich aussucht.«

Die anderen starrten auf den Boden, an die Decke oder auf ihre Hände.

»Sie hatten keine andere Wahl«, sagte Mrs. Comstock bestimmt. »Sie mussten ins Armenhaus, dort werden keine Kinder aufgenommen.« Plötzlich wich die Entschlossenheit aus ihrer Stimme, und sie wusste, dass sie zu viel gesagt hatte. Die Reise – es war ihre dritte für das Hilfskomitee, erfuhren die Kinder – hatte sie ausgelaugt. »Also dann, macht euch fertig.«

Sie ging zur Tür, um einen Blick nach draußen zu werfen, und blinzelte in die Sonne, die inzwischen wieder durch die Wolken gebrochen war.

»Der Regen hat aufgehört. Wir machen uns lieber auf den Weg, solange es trocken ist.«

Während sie sich Wisconsin näherten, kamen immer mehr Hügel und Bäume in Sicht. Dafür standen die Orte jetzt weiter auseinander, und der Zug leerte sich. Nachdem viele Reisende in Chicago und Rockford den Waggon verlassen hatten, stiegen nur wenig neue Passagiere zu. Die Waisenkinder breiteten sich im Wagen aus, und Mrs. Comstock schlief mit verrutschter Haube in ihrem Sitz, den Arm um ihren Koffer gelegt.

Violet war unruhig und nervös. Sie strich die ramponierte Nummer 8 auf ihrer Brust glatt und versuchte dann, den Dreck unter ihren Fingernägeln herauszukratzen. Sie lehnte sich vor zu Patrick, der im Sitz vor ihr lümmelte. »Glaubst du, das ist die letzte Station?«

Er drehte sich zu ihr nach hinten und rutschte in seinem Sitz herum. »Ich hab gehört, wie unsere Begleiterin im letzten Ort gesagt hat, heute Abend fährt sie wieder nach Hause. Allein.«

»Sie bringen uns nicht zurück nach New York«, sagte Violet.

Er schüttelte den Kopf. »Ich werde irgendwo schuften müssen. Oder 'ne Bank ausrauben. Ich bin zu alt fürs Waisenhaus.«

Violet biss sich auf die Lippe. Sie war noch nicht zu alt fürs Waisenhaus.

»Wir können nix dagegen tun«, seufzte er.

»Und was ist mit ihm?«, fragte sie und deutete auf William, den anderen älteren Jungen. »Was soll aus ihm werden?«

»Lass dich bloß nicht mit dem ein«, sagte er. »So ein hübsches Mädchen wie du.«

Auf der anderen Seite des Ganges fing Nettie an zu weinen.

»Ach komm, Rosie«, feixte Patrick. »So schlimm kann's doch nicht sein.«

Nettie schlang die Arme noch fester um ihren Körper und presste das Gesicht ans Fenster.

Er kicherte. Violet lehnte sich zurück und wurde von einer plötzlichen Müdigkeit überwältigt. Die Augen fielen ihr zu. Zum ersten Mal dachte sie: Es kommt, wie es kommt. Sie fühlte sich wie die alte, baufällige Hütte ihrer Großmutter, bei der das Dach eingestürzt war: ein einziger Haufen Schrott. Sie war völlig fertig. Zurück konnte sie nicht mehr, und wenn sie weiter vorwärtsging, würde sie nicht länger die alte Violet sein.

Obwohl alle Kinder für sich alleine saßen, kam Frank zu Violet und ließ sich auf den Platz neben sie plumpsen.

»Wer hat dich denn eingeladen?«, fragte sie.

Er bekam rote Ohren und trat gegen den Vordersitz.

»Schon gut«, sagte sie. »Du darfst hier sitzen.«

»Ich komme mit dir. Wir können einen Güterzug nehmen, wie du vorgeschlagen hast.«

»Was soll ich denn mit dir anfangen?« Doch sie sagte es in mildem Ton, ohne Schärfe. »Wir sind doch bloß Kinder.«

Er nickte und kratzte an einem ovalen Senffleck auf seiner Hose.

Ein paar Reihen weiter vorne murmelte Hans etwas auf Deutsch.

»Schhh, Junge«, beruhigte ihn Mrs. Comstock. »Wo

wir hinfahren, wohnen viele Deutsche. Mach dir keine Sorgen.«

Doch er verstand nicht, was sie sagte, und führte weiter seine Selbstgespräche.

Violet summte das Lied aus *Florodora*, und Frank lächelte zaghaft.

»Das Lied kenne ich«, rief Nettie und drehte sich vom Fenster weg. »Das ist das Lied der sechs Mädchen.«

»Wer hat dich denn gefragt?«, schnauzte Violet sie an.

Sie war froh, dass sie jemanden hatte, zu dem sie gemein sein konnte.

An dem Abend, als sie heimlich ins Theater geschlichen waren, hatte Nino sie mit dem Ellenbogen angestoßen, um ihr etwas zu zeigen. Aus der Tasche eines Zuschauers in der letzten Reihe baumelte eine Uhr, die im Glanz der Bühnenlichter wie ein goldenes Jo-Jo wirkte. Violet wollte zwar jede Sekunde der Vorstellung genießen, aber diese Gelegenheit konnten sie sich nicht entgehen lassen.

»Beim nächsten Applaus«, sagte er. »Halt dich bereit.«

Als das Publikum begeistert klatschte, zog Nino, der die ganze Zeit über hinter dem Mann gelauert hatte, heftig an der Uhr und riss sie mitsamt der Kette ab. Violet war als Erste draußen, durch die Vorhänge in die Halle und dann hinaus in die kalte Nacht. Nino schoss hinter ihr her. Draußen waren jetzt wieder mehr Leute unterwegs, hauptsächlich Theatergänger, deren Vorstellungen schon beendet waren. Violet rannte weiter und hörte nur ihren eigenen pfeifenden Atem und das Blut, das in ihren Ohren rauschte. Lachend schlängelte sie sich durch das Gewimmel auf dem Broadway und wich den Straßenbahnen und Pferdekutschen aus, die die feinen Herrschaften nach Hause brachten. Nino konnte kaum mithalten.

Je weiter sie nach Süden kamen, desto weniger Menschen waren auf den Straßen unterwegs. Die gelben Lichtkegel der Laternen standen auf dem Gehsteig. Nino warf Violet die Uhr zu. In ihrer Hand fühlte sie sich an wie ein Flusskiesel, kalt und glatt.

»Ollie nimmt sie mir ab«, sagte er. Der Chef der Zeitungsjungen handelte nebenher mit Diebesgut.

»Wie viel kriegst du denn dafür?«

»Weiß nicht. Einen Dollar. Oder zwei.«

Violet hielt sich die Uhr ans Ohr und lauschte dem leisen, beständigen Ticken. An der Kette schwang sie die Uhr zu Nino zurück.

»Vielleicht solltest du sie behalten«, schlug sie vor.

»Wofür brauche ich denn eine Uhr? Die wird mir doch sowieso nur geklaut.«

In der Ferne konnten sie den Pferdewagen der Fourth Avenue – einen der letzten in der Stadt – zwischen den Häusern erkennen. Damals, als Violet mit ihrer Mutter in New York angekommen war, hatte sie über die elektrischen Straßenbahnen und die Automobile gestaunt. In Kentucky war es ganz einfach gewesen: Was nicht von einem Pferd gezogen wurde, bewegte sich auch nicht.

Violet hatte keine Ahnung, wo sie gerade waren, aber sie konnte die Pfeiler der Brücke sehen, die sich noch im Bau befand. Sie orientierte sich immer am Fluss, denn sie wusste, dass sie ihm nur zu folgen brauchte, um in ihr Viertel zurückzufinden.

Als sie zur Pearl Street kamen, hielt Nino an. Betrunkene torkelten über den Gehsteig oder lungerten in den Ecken herum, und vor der Taverne standen zwei Prostituierte mit blanken Schultern und roten Lippen und schimpften.

»Ich muss dich jetzt verlassen. Muss noch bei Ollie vorbeischauen«, sagte Nino.

»Okay«, erwiderte sie.

Nino knabberte an seinem schwarzen Fingernagel herum und boxte dann ein paarmal in die Luft.

»Bis dann«, sagte er. »Wenn ich das Geld für die Uhr habe, lade ich dich auf ein Malzbier ein.«

Er lachte, steckte die Hände in die Taschen und trottete fort.

Ein paar Zeitungsjungen, die sie nicht kannte, kamen auf sie zu. Sie blieben bei ihr stehen und versuchten, sie in eine dunkle Gasse zu drängen, aber sie wehrte sich. Die Jungen schubsten und stießen sie, und Violet rempelte zurück. Ein älterer Junge, bei dem schon ein paar einzelne schwarze Barthaare über der Oberlippe sprossen, fasste sie am Arm und drückte mit den Fingern zu, so fest er konnte.

»Du gefällst mir«, zischte er, ganz nahe an ihrem Ohr. »Ein Mädchen bleibt halt ein Mädchen.«

Sie riss sich los und spuckte vor ihm aus. Die Jungen

pfiffen und wieherten vor Lachen, bevor sie schließlich weitergingen.

Violet konnte den Fluss riechen. Die salzige Note war ihr so vertraut. Sie ließ sich auf den Gehweg sinken, krempelte die Ärmel ihrer Jacke auf und pulte ein Steinchen aus ihren Stiefeln.

Sie war bereit.

Iris

Der Sommer hatte seinen Höhepunkt erreicht. An einem warmen, ruhigen Abend – es roch nach feuchter Erde und abgemähten Weizenfeldern – saß Iris mit ihren Eltern am Küchentisch, wo sie Limonade tranken und Radio hörten: einen Bericht über das Verschwinden Amelia Earharts. Iris war wie gefesselt. Vor einer Woche war der Funkkontakt zu dem Flugzeug, das sich gerade irgendwo über dem Pazifik befunden hatte, abgerissen. Ein Wrack hatte man aber noch nicht gesichtet, und von der Pilotin und ihrem Navigator fehlte jede Spur. Iris stellte sich die beiden an einem Strand vor, sonnengebräunt, aus Kokosnüssen trinkend.

»Tot«, bemerkte ihr Vater. »Natürlich sind sie tot. Etwas anderes anzunehmen wäre völlig irrational.«

»Aber sie haben das Flugzeug nicht gefunden«, gab Iris zu bedenken. »Das hat der Sprecher gerade gesagt. Sie könnten doch auf einer kleinen Insel gelandet sein.«

»Vielleicht war das alles ja auch nur ein großer Schwindel«, sinnierte ihre Mutter. »Vielleicht hatte sie einfach keine Lust mehr, Amelia Earhart zu sein. Sie hat ihren Namen geändert und ist nach Kansas gezogen.«

Iris blickte ihre Mutter ungläubig an. »Sie war doch berühmt! Warum sollte sie da nach Kansas ziehen?«

»Glaubst du nicht, man würde sie dort erkennen?«, wandte ihr Vater ein.

»Wenn du sie ohne ihre feinen Kleider und ohne das Flugzeug in der Nähe sehen würdest, wüsstest du doch auch nicht, wer sie ist.«

»Pfft«, machte ihr Vater. Er ging gebeugt, die Ernte hatte ihre Spuren an seinem Körper hinterlassen.

»Es verschwinden doch ständig irgendwelche Leute«, behauptete ihre Mutter.

»Du hast vielleicht verrückte Ideen. Muss die Hitze sein.«

Ihre Mutter trank die Limonade in kleinen Schlucken. »Kann sein.«

»Ich geh kurz raus, ein Pfeifchen rauchen«, sagte er. Nach den anstrengenden, rastlosen Wochen der Erntearbeit – man musste dem Wetter, dem Pflanzenwuchs und den fallenden Preisen zuvorkommen – war er erschöpft und nachdenklich. Der Ertrag war gut gewesen, besser als im Jahr zuvor, darum gestattete er sich einen freien Abend. Er machte sich auf den Weg: die lange Auffahrt hinunter, durch die Bäume und zum Fluss, wo er rauchen würde.

»Der Pound Cake wartet schon!«, rief ihre Mutter hinter ihm her. »Mit Erdbeeren von Wilsons!«

Er nickte und lächelte ihr zu.

Im letzten Sonnenlicht spazierte Iris zum Feld. Sie wusste, dass Amelia Earhart nicht tot war. Sie wurde bloß vermisst. Und wenn man vermisst wurde, konnte man auch gefunden werden. Iris ließ ihren Blick über das Stoppelfeld wandern, das noch untergepflügt werden musste. Die unermessliche Weite wurde nur durch den Geräteschuppen und die Pappelreihe unterbrochen. Auf der Wiese neben dem Schuppen pflückte sie ein paar Stengel Wilde Möhre – sie rochen tatsächlich ein bisschen nach Karotten. Sie würde sie in ein Glas stecken und auf das Fensterbrett über der Spüle stellen, für ihre Mutter. Doch als sie sich dem Haus näherte, hörte sie ein ungewöhnliches Geräusch: Ihre Mutter sang. Da legte Iris den Blumenstrauß auf den Boden und zog leise die Tür auf. Ihre Mutter saß im Wohnzimmer und flickte eine Schürze. Der Nähkasten stand offen zu ihren Füßen.

»O sag mir, hübsches Mädel, gibt's noch mehr zu Haus von deiner Art?«, sang sie leise, während sie die Nadel immer wieder in den verblassten Stoff stieß. Als Iris das Zimmer betrat, schaute sie auf. Ihr Gesicht wirkte plötzlich ganz jung und heiter, aber dann färbten sich ihre Wangen rot, und ihre Miene wurde wieder ernst. »Ich dachte, du würdest draußen spielen.«

»Ich finde es schön, wenn du singst.« Iris ließ sich neben ihr auf die Couch plumpsen.

»Hast du die Hühner gefüttert?«

»Glaubst du, sie lebt noch?«

»Iris.«

»Hab ich vergessen. Ich gehe gleich und mache es.«

»Bevor dein Vater zurückkommt.«

»Okay«, seufzte Iris.

»Er hat recht. Ihr Flugzeug ist ins Meer gestürzt.«

Da hatte Iris das Gefühl, gleich weinen zu müssen. In ihren Augen loderte der Zorn.

»Ich gebe die Hoffnung nicht auf, egal, was ihr sagt.«

Sie rannte hinaus, so ungestüm, dass die Fliegengittertür krachend hinter ihr ins Schloss fiel. Sie lief direkt zum Feld, so schnell sie konnte, und stellte sich vor, sie könnte fliegen, in einem richtigen Flugzeug. Wäre es wohl so wie in ihren Träumen, wo sie nichts als das Rauschen des Windes hörte und die Welt unter ihr immer kleiner wurde?

Es war Mitternacht, als Iris plötzlich aus dem Schlaf hochschreckte. Sie hatte nicht vom Fliegen, sondern vom Fallen geträumt, und deshalb war sie froh, dass es nur ein Traum war. Durch die Wand konnte sie Musik hören. Das Lied kam ihr bekannt vor, irgend so eine jazzige Melodie aus einer lange vergangenen Zeit. Ihr Kopf fühlte sich an wie ein nasser Schwamm, aber sie konzentrierte sich auf die Musik, summte leise mit, bis es ihr wieder einfiel. Natürlich. »Whatever Lola wants«, sang Iris mit schläfriger, rauer Stimme, »Lola gets.« Sie und Glenn hatten die Platte, *Damn Yankees*, in ihrer ersten Wohnung im zwanzigsten Stock eines Hochhauses an der Michigan Avenue immer wieder aufgelegt. Wenn er in Hut und Trenchcoat aus der Kanzlei nach Hause kam, hatte sie den Hackbraten schon im Ofen und die Eiswürfel für den Aperitif in die Gläser gefüllt.

Er sah unverschämt gut aus, erinnerte Iris sich. Groß, dunkle, lockige Haare, ruhige braune Augen. Seit der Scheidung waren sieben Jahre vergangen. Inzwischen dachte sie auf liebevolle Art an Glenn. Er hatte ihr das gegeben, was sie damals glaubte zu wollen.

Aus der Nachbarwohnung war jetzt das Klirren von Glas zu hören, und sie erinnerte sich daran, wie der arme Stephen mit seinem Handtuch im Treppenhaus gestanden hatte. Iris stand auf – ich werde schon bald genug Zeit zum Schlafen haben, dachte sie – und schlüpfte ein wenig wacklig in ihren Morgenmantel. Sie wollte nicht mit leeren Händen kommen, darum nahm sie die Schüssel mit den Himbeeren (tut mir leid, Samantha) und eine halbe Flasche Wodka, die ohnehin nur herumstand.

Laut klopfte sie an die Tür, und dann noch einmal, bis die Musik leiser gedreht wurde und sie Schritte hören konnte.

»Irene?« Stephen öffnete die Tür einen Spalt breit. »Ist die Musik zu laut? Störe ich dich beim Schlafen?«

Er hielt ein Martiniglas in der Hand. Seinem Atem nach zu urteilen, war es nicht sein erster Drink. Er trug einen grauen Jogginganzug, und seine Haare hingen glatt herunter, weil er sich nicht wie sonst dieses klebrige Zeug reingeschmiert hatte. Es war das erste Mal, dass sie ihn nicht zurechtgemacht sah. Das war also der authentische Stephen. Er hätte genauso gut nackt sein können.

»Ich dachte, du hättest vielleicht gerne Gesellschaft«, sagte sie kühn.

Stephen war sichtlich verwirrt von dem Auftritt seiner Nachbarin, die da barfuß und im Morgenmantel vor seiner Tür stand. Er war kurz davor, sie abzuweisen, als sie ihn unterbrach.

»Du schuldest mir noch was.«

Sein Gesicht war rot und verschwitzt. Er lachte und öffnete die Tür. »Was soll's?«, schien seine Körpersprache zu vermitteln.

»Na, du bist mir vielleicht ein schräger Vogel«, sagte er mit einem leichten Lallen.

»Einen Vogel hat mich noch niemand genannt«, erwiderte sie.

»Ach nein? Fass es als Kompliment auf.«

Sie ging ins Wohnzimmer. Es war anders, als sie erwartet hatte – aber womit hatte sie eigentlich gerechnet? Mit Spiegeln, Leopardenmuster, vielleicht einer Discokugel? Das Zimmer war modern eingerichtet, strahlte aber durch die verschiedenen Blau- und Brauntöne, in denen es gehalten war, eine gewisse Wärme aus. Auf dem Couchtisch brannte eine Reihe großer, weißer Kerzen. Sie bot ihm die Beeren und den Wodka an. Er stellte sein Glas auf das Kaminsims und nahm ihre Gaben an.

»Was kann ich dir anbieten?«

»Ich hätte gern ein bisschen Wein.«

Stephen ging in die Küche und klapperte dort herum. Iris setzte sich in einen der ledernen Clubsessel, die der Couch gegenüberstanden. Als er zurückkam, reichte er ihr ein Glas mit gekühltem Weißwein und zündete eine Kerze wieder an, die ausgegangen war.

»Hast du deine Uhr zurückbekommen?«, fragte sie und nahm einen Schluck.

Stephen blinzelte und runzelte die Stirn. Er schwankte ein bisschen auf den Beinen.

»Da war doch der junge Mann. Im Treppenhaus«, sagte sie.

»Ach«, seufzte er und ließ sich auf die Couch fallen. »Nein. Das habe ich wohl auch so verdient. Weil ich ein einsamer Mensch bin und mein Leben nicht im Griff habe.« Er lachte und schob sich eine Himbeere in den Mund. »Für wie alt hältst du mich?«

»Keine Ahnung. Zweiunddreißig, vielleicht?«, log Iris.

»Vierzig! Ich bin vierzig Jahre alt. Ich weiß gar nicht, wie ich damit umgehen soll. Tut mir leid, das klingt bestimmt schrecklich unhöflich. Ich weiß, dass du älter bist. Es ist einfach nur so, dass ich mich nicht wie vierzig fühle. Ich fühle mich noch nicht so alt.«

»Das geht doch allen so«, versuchte Iris ihn zu trösten.

Er atmete geräuschvoll aus und schüttelte den Kopf. Einen Moment lang saßen sie einfach nur da, und die Musik untermalte ihr Schweigen. Ein paar Stunden zuvor hatte Iris zehn Roxanol-Tabletten beiseitegelegt – genug Morphin also, damit ihr Herz aufhörte, zu schlagen. Sie war froh darüber, dass sie einen Plan gefasst hatte. Wenn sie jetzt an die Tabletten dachte, konnte sie sich entspannen.

»Also«, begann Stephen.

»Also«, wiederholte Iris.

»Weil ich betrunken bin, frage ich jetzt einfach.«

»Was denn?«

»Bist du krank oder so?«

»Krebs.«

»Nein!«

»Doch.«

»Ist es ernst?«

»Geht so.«

»Wenigstens hast du noch deine Haare.«

»Das stimmt.« Sie hielt sich das kalte Weinglas an die Wange. »Fährst du weg?« Sie deutete auf einen großen Koffer im Flur.

»Ein paar Wochen. Ich bin jahrelang nicht mehr in Urlaub gefahren. Ich besuche meine Mutter in Pennsylvania. Dann geht's weiter nach Provincetown.«

»Wie schön«, sagte Iris. Sie wurde traurig, als sie begriff, dass sie Stephen nie wieder sehen würde.

»Ich schicke dir eine Postkarte«, versprach er und leerte sein Glas. »Aus den Poconos.«

Iris lächelte und rutschte nach vorne auf den Rand des Sessels. Ihr Körper schmerzte, und ihr Kopf fühlte sich geschwollen an. »Kaum zu glauben, dass wir fünf Jahre lang Wand an Wand gelebt haben«, bemerkte sie, während sie aufstand.

»Ich bin froh, dass wir uns endlich besser kennenlernen, Irene.«

Sie sah ihn an. »Ich heiße Iris.«

Stephen schlug sich mit der flachen Hand auf die Stirn. »Iris«, wiederholte er. »Schön, dass wir ein Glas zusammen getrunken haben, Iris.«

»Gute Reise, Stephen.«

Zurück im Bett, schlug Iris ihr Buch auf. Sie war dem Jungen aus der Bibliothek dankbar, dass er es ihr empfohlen hatte. Es war so spannend, einen Einblick in das komplizierte Innenleben der Figuren zu bekommen. In ihnen konnte Iris ihre eigenen Gefühle wiederfinden. Früher fand sie es frustrierend, ja beinahe ein wenig ärgerlich, sich mit Gefühlen zu befassen, aber vielleicht war es ja genau das, was ein gelebtes Leben letztlich ausmachte.

Nebenan war es jetzt still. Sie wünschte Stephen, dass er zur Ruhe käme, und auch, dass er irgendwann sein Glück fände. In dieser großherzigen Stimmung nahm sie ein Ambien ein, damit sie besser schlafen konnte, und stellte den Wecker. Morgen würde Samantha ankommen, und das machte sie froh.

Iris konnte noch nicht von sich behaupten, dass sie endgültigen Frieden mit ihrem Inneren geschlossen hatte, aber sie konnte sagen: Das bin ich – ohne Beschönigungen, ohne Selbstzweifel, ohne jeden Vorbehalt. Und das war doch alles, was man vom Leben verlangen konnte.

Sam

Mit dem Brief ihrer Großmutter in der Tasche spürte Sam eine neue Entschlossenheit in sich, während sie quer durch die Stadt fuhr, um Ella abzuholen. Doch auf der Regent Street stauten sich die Autos bis zurück zum Park. Sie trommelte auf das Lenkrad. Es war schon 16:04 Uhr, und sie war zu spät dran. Wie konnten sich bloß so viele Fahrradläden in einem kleinen Ort wie Madison halten? Ein paar College-Girls in Jeans, hohen Schuhen und engen Tops stöckelten vor ihrem Auto über die Straße und fröstelten. Und wieso zogen sich die Coasties niemals Jacken über?

Die Autos rollten wieder los, und Sam bog nach links in die Monroe Street ab, als die Ampel schon Dunkelgelb zeigte. Ihre Hände schwitzten. Auf der Jefferson Street kam sie mit kreischenden Bremsen zum Stehen, direkt vor Melanies Haus.

»Hi«, zwitscherte Sarah, als sie die Tür öffnete, mit Ella auf dem Arm. »Melanie ist schnell zum Weinladen gefahren. Ich soll dir ausrichten, dass sie gleich wieder da ist.«

Doch Sam hörte nicht zu, sondern nahm Ella aus Sarahs Armen. Die Wiedersehensfreude in ihrem wunderbaren, weichen Gesicht und das Lächeln auf ihren zarten Lippen – das genügte. In dem Augenblick, als sie ihr Kind fest an sich drückte, fühlte Sam sich geerdet.

»Dadadadada«, brabbelte Ella und zog Sam an den Haaren.

»Danke«, sagte Sam zu Sarah. »Warte, du bekommst gleich dein Geld.«

»Ach, das ist erledigt. Melanie hat mich bezahlt.«

Von innen rief Rosalee in einer Art Singsang: »Sarah!«

»Okay. Also, danke noch mal.« Sam drehte sich um und nahm Ella fester in den Arm.

»Komm doch noch kurz rein. Melanie ist gleich wieder da.«

»Lieber nicht. Wir müssen los.«

»Sarah! Komm sofort her!«, brüllte Melanies Tochter jetzt.

»Ich komme gleich, Rosa. Moment«, sagte sie zu Sam. »Ich hole schnell noch deine Sachen.«

Sie lief in die Küche und kam kurz darauf mit der Windeltasche zurück. Ihr leicht gerötetes Gesicht sah so jung aus.

»Bis bald, meine Kleine«, flötete Sarah und streichelte Ellas Wange.

Rosalee kam den Flur heruntergerannt und krachte in Sarahs Beine.

Sam winkte kurz und ging zum Auto. Dann setzte sie Ella in den Kindersitz und küsste sie auf den Kopf und auf die blütenzarten Lippen. Sie spürte, wie ihr die Milch in die Brüste schoss. Die Sonne war schon untergegangen, und die graue Herbstdämmerung zog viel zu früh herauf.

Aber sie hatte ihr Baby zurück.

»Was meinst du, mein Baby, sollen wir nach Hause fahren?«

Während der Fahrt warf sie immer wieder Blicke in den Rückspiegel und betrachtete Ella, die an ihrem Schnuller nuckelte und aus dem Fenster schaute. Sie trug den blassgelben Pullover, den ihre Urgroßmutter gestrickt hatte. So langsam bekam Sam ihr Leben wieder in den Griff.

»Ich habe darüber nachgedacht, was du gesagt hast«, sagte Theo. »Über eine Adoption.«

»Tut mir leid. Ich hätte den Mund halten sollen«, erwiderte Sam. Gerade fuhr sie am mondbeschienenen Lake Monona entlang.

»Das war schon okay. Ich glaube, ich bin einfach nicht so scharf auf ein Kind. Aber Cindy gegenüber habe ich das nie zugegeben.«

Sam dachte wieder an ihre Freundin Mina, die für ihren schwulen Bruder ein Kind ausgetragen hatte, und war neidisch auf das starke Band zwischen den Geschwistern. Man konnte also jemanden so sehr lieben, dass man ihm sein Kind überließ – denn wie konnte Mina dieses Kind nicht als ihr eigenes empfinden?

»Das kannst du nicht wissen, solange du keins hast«, sagte sie.

Sie konnte sich kaum noch vorstellen, wie es vor Ella gewesen war. Da hatte sie dieses Gefühl noch nicht gekannt, diese aufwühlende Mischung aus Sorgen, Verlangen, Freude, Verbundenheit, Ärger, Verunsicherung und Obsession – kurz, diese Liebe, die ihr Leben total auf den Kopf gestellt hatte.

»Ja. Aber das Risiko wäre mir einfach zu groß. Gut möglich, dass ich auch so bin wie die Frau, die ihr Adoptivkind zurückgegeben hat.«

»Das hab ich auch gelesen.«

»Ich wette, du warst richtig schockiert über sie.«

»Stimmt«, bestätigte Sam.

Als sie am Supermarkt vorbeikam, erinnerte sie sich an die Dinge, die sie noch besorgen musste, und sie versuchte, nicht über den Tag und seine tiefere Bedeutung nachzudenken.

»Ich werde mich näher mit dem Brief beschäftigen. Ich will mehr über Großmutter herausfinden. Wir sollten doch über unsere Familie Bescheid wissen.« Sie spürte ein Ziehen an einem Band, das tief in ihr verborgen war – eine bisher ungekannte Verbindung zu ihrer Familiengeschichte, die sie vermisst hatte, ohne dass es ihr je bewusst gewesen war.

»Nur zu, Sherlock.«

»Du warst doch derjenige, der Dads Stammbaum gezeichnet hat, fein säuberlich mit Buntstift.«

Theo lachte. »Hast du schon mit ihm geredet?«

»Nein. Aber ich rufe ihn bald an. Wirklich.«

»Ja, ja«, sagte Theo, »sobald du die Regenrinne gereinigt hast.«

Irgendwie verdiente sie die Skepsis ihres Bruders, schließlich hatte sie bisher immer Ausreden parat gehabt. Aber jetzt wollte sie ihren Vater tatsächlich treffen. Sie hatte sich von ihren kindischen Vorurteilen verabschiedet. Die brachten sie nicht weiter.

»Was macht ihr beide eigentlich an Thanksgiving?«, fragte sie.

»Wir sind bei der Familie von Cindys Bruder eingeladen.«

»Du klingst wirklich begeistert.«

»Wir sollten uns mal wieder sehen, Sammy. Es ist schon so lange her.«

Sie trafen sich etwa einmal im Jahr. Dann beschlossen sie jedes Mal aufs Neue, öfter miteinander zu reden, aber schon einen Monat später war alles wieder vergessen.

»Du hast recht«, erwiderte sie.

»Ich meine es ernst, das habe ich nicht nur so dahingesagt.«

»Ja. Ach, Theo?«

»Ja?«

»Wir müssen Mom begraben.«

»Wir müssen Mom begraben«, wiederholte er.

Für Sam war die Welt wieder in Ordnung. Sie fühlte sich optimistisch, während sie wie auf stählernen Schienen dahinglitt, nach Hause. Sie schaute zu Ella, deren neugieriges kleines Gesicht im Licht der Straßenlaternen glänzte.

»Wirf mal einen Blick in deinen Kalender, dann reden wir über einen Termin.«

»Na schön, Schwesterchen.« Theo gähnte. »Ich muss los. Cindy schleppt mich zu so einem Benefizabend.«

»Benefizabend für wen?«

»Für irgendwelche Kinder oder so.«

»Na toll, Theo.«

»Ach, komm. Die kriegen ja ihr Geld.« Er lachte.

Als Sam in ihre Straße einbog, stimmte sie der Anblick der alten, eng beieinanderstehenden Häuser froh. Aus jedem Haus schimmerte warmes Licht nach draußen – es war Abendessenszeit. In der Luft lag der Geruch nach Eiche und Rauch aus dem Holzofen ihres Nachbarn, und um seine Veranda war noch immer die blinkende Lichterkette geschlungen, die er letztes Weihnachten dort angebracht hatte.

Gleichzeitig die Windeltasche und Ella in den Armen jonglierend, tastete Sam sich langsam die dunklen Stufen hoch. Dann drehte sie den Schlüssel im Schloss und trat die Tür mit dem Fuß auf. Drinnen duftete es noch immer köstlich nach Pound Cake. Sie waren wieder zu Hause.

Der Anrufbeantworter blinkte rot.

»Hallo, Samantha. Hier ist dein Vater. Marie und ich fahren in eure Gegend, und wir würden gerne kurz bei euch vorbeischauen. Natürlich nur, wenn ihr nichts dagegen habt. Vielleicht in zwei Wochen oder so? Wir sind noch eine Weile in Kanada, bevor wir Richtung Süden aufbrechen. Also dann. Ruf mich doch zurück, wenn du Zeit hast. Und gib meiner Enkeltochter einen Kuss von mir.«

Sam blies die Backen auf und seufzte. Seit Jahren hatte sie ein schlechtes Verhältnis zu ihrem Vater, und das aus Gründen, die nicht mehr aktuell waren. Sie würde ihn gleich am nächsten Morgen anrufen. Das wäre wenigstens ein Anfang.

Nachdem sie Ellas Windel gewechselt und ihre Tochter in einen Dinosaurier-Pyjama mit Füßchen gesteckt hatte, setzte Sam sie in einen Babyhüpfer, der sich *Jumparoo* nannte, und zog sich endlich die Jacke aus. Ella kaute an einem Plastiktukan und hopste in ihrem an Seilen befestigten Sitz auf und ab.

Kurz darauf kam Jack nach Hause. Seine kastanienfarbenen Locken standen wild vom Kopf ab, und auf seinem Pullover war vorne ein Fleck – Erbsensuppe? Er sah müde aus, aber seine Augen leuchteten, als er die hüpfende Ella erblickte.

Sam spürte warme Vertrautheit – und noch mehr. Sie hatte ihn vermisst.

»Tut mir leid, dass ich zu spät komme«, sagte er und stellte die Tüten mit dem japanischen Essen auf den Tisch. Er schälte sich aus seinem Mantel und legte ihn über eine Stuhllehne. Seine Lippen fühlten sich kalt an, als er sie auf die Wange küsste. Dann ging er zu Ella, nahm sie auf den Arm und warf sie in die Luft, bis sie anfing, fröhlich zu giggeln. »Na, wie geht's meinen beiden Mädchen?«

»Wir haben den Tag überlebt«, sagte Sam. »Ella war ganz tapfer.«

»Und du?«

»Ich hab's nicht geschafft.«

Jacks Augen waren dunkel und freundlich – so wie Sam sie von früher in Erinnerung hatte. Ihr Herz schlug laut wie das eines in die Enge getriebenen Tieres, als sie ihren ganzen Mut zusammennahm.

»Ich sage Franklins Auftrag ab.«

Jacks Kinnlade sackte vor Enttäuschung ein wenig herab.

»Morgen rufe ich ihn an und entschuldige mich«, sagte sie.

Er presste die Lippen aufeinander, nickte dann aber. »Okay. Du weißt es am besten.«

Er setzte Ella auf den Teppich, und sie krabbelte fort, um ein Stofftier zu packen.

»Ich bin einfach noch nicht so weit«, erklärte sie.

»Das ist ein Prozess, der seine Zeit braucht. Du hast eine Pause gemacht, um ein Leben hervorzubringen.«

Ja, dachte sie. Ich habe ein Leben hervorgebracht. Und ich habe eins ausgelöscht.

»Vielleicht ist diese Phase jetzt ja vorbei, keine Ahnung.« Sie war selbst nicht ganz von ihren Worten überzeugt, aber sie wollte ausprobieren, wie es sich anfühlte, es auszusprechen.

»Diese Phase?«

»Das mit dem Ton und den Gefäßen.«

»Seit wann ist deine Kunst denn eine Phase?«

Dankbar lächelte sie ihn an. »Du hast recht. Ich bin bloß eine Miesmacherin.« Ella gab einen fröhlichen spitzen Schrei von sich und lachte Sam an. »Bevor ich's vergesse, ich habe heute mit Ted gesprochen.«

»Und, irgendwelche neuen Erkenntnisse?«

»Sein Vater war Wissenschaftler in Los Alamos. Die Wasserstoffbombe.«

»Irre. Ted, der Hippie, mit einem Bomben bastelnden Dad. Das ist echt verrückt.« Jack nahm Ella hoch und setzte sie sich auf den Schoß. »Hast du Hunger? Ich wusste nicht mehr, was du wolltest. Da hab ich einfach ein bisschen von allem genommen.«

Kurz spürte sie einen Stich – sie bestellte immer das Gleiche. Doch dann sagte sie sich, dass es wirklich Schlimmeres gab. Es war nicht hoch symbolisch oder etwas, worüber sie sich ärgern musste. Nichts, das sie genervt in sich verschließen musste, bis ihre angestaute Wut über Jack eines Tages hervorbrach. Es ging einfach nur ums Abendessen.

»Ich bringe erst schnell Ella ins Bett«, sagte sie.

»Gute Nacht, mein kleines Mäuschen.« Er küsste ihr kleines Gesicht ab, bis sie sich lächelnd in seinen Armen wand und drehte. »Ich habe dich vermisst. Schlaf gut. Und lass Mommy heute Nacht auch mal schlafen.«

Das dunkle Zimmer wirkte wie ein warmer Kokon. Die Rollläden waren geschlossen, und das leise Rauschen des Luftbefeuchters übertönte die anderen Geräusche im Haus und von draußen. Sam lag in dem Schaukelstuhl, der ihrer Mutter gehört hatte, und stillte Ella. Sie war kurz vorm Einschlafen. Als sich ihre Augen an die Dunkelheit gewöhnt hatten, entdeckte sie die Buchstaben an der Wand, die den Namen »Ella« ergaben. Jack hatte sie gekauft und bogenförmig über dem Kinderbett angebracht.

»Willst du das Baby nach deiner Mutter benennen?«, hatte er sie leise gefragt, als sie eines Abends im Bett lagen, nicht lange nach Iris' Tod.

»Nein«, hatte sie prompt entgegnet. »Iris war Iris. Mir gefällt der Name, den wir ausgesucht haben.«

»Mir auch.«

Sam nahm Ella hoch und legte sie dann an die andere Brust. Die Elefanten aus dem Mobile über dem Bettchen drehten sich unermüdlich, angetrieben von der trockenen Luft, die dem Gitter an der Heizung entströmte. Sie schloss die Augen und hörte am leisen Geklapper der Teller, dass Jack den Tisch fürs Abendessen deckte.

»Was ist denn das?«, fragte Jack und nahm einen Apfel aus Ton in die Hand, den Sam im Kindergarten gemacht hatte.

»Eine Kiste, die Theo geschickt hat. Sie gehörte meiner Mutter. Mein Vater hat sie in seiner Garage gefunden, er hatte sie nach der Scheidung versehentlich mitgenommen.«

»Dein Frühwerk?« Jack zog die Augenbrauen hoch und betrachtete den Apfel.

Sie lächelte und nahm sich eine Edamame-Schote aus der Styroporschachtel. Mit den Zähnen presste sie die Bohnen heraus. Jack legte den Apfel auf den Tisch, neben die anderen Erinnerungsstücke, die sie bereits durchgesehen hatte.

»Ich habe jetzt fast alles angeschaut. Manchmal wäre ich gerne mehr wie Theo, dann könnte ich mich leichter von allem trennen.«

»Ich glaube nicht, dass du gern so wärst.«

»Du hast recht.« Mit einem Stück der scharfen Thunfischrolle tunkte sie die Sojasauce auf und genoss den salzigen Geschmack auf der Zunge. »Also«, sagte sie, »ich gratuliere.«

Er lächelte und schüttelte den Kopf. »Verrückt, oder? Das heißt, noch ist ja nichts entschieden. Aber ich finde es trotzdem toll.«

»Ich auch.«

»Leider habe ich heute Abend noch einen riesigen Stapel Hausarbeiten zu korrigieren«, sagte er, stand auf und streckte sich.

»Jack?«

»Hmmm?«

»Ach, nichts. Wir können später darüber sprechen. Geh an die Arbeit. Es war ein langer Tag.«

Er küsste sie auf den Scheitel.

Als er aus dem Zimmer gegangen war und Sam wieder allein am Tisch saß, schob sie die Styroporschachteln von sich. Dann holte sie die kleine Bibel hervor und fuhr mit dem Daumen über den Rand der hauchdünnen Seiten. Sie hoffte auf weitere Hinweise. Als sie das Buch aufklappte, fiel ihr ein hellblauer Zettel entgegen, der dort, wo er gefaltet war, vergilbte Stellen aufwies. Eine Ecke war abgerissen. Sie drehte das zerfledderte Stück Papier um, aber alles, was darauf stand, war eine kaum noch lesbare, handgeschriebene Acht. Sam blätterte die Bibel durch, fand aber nichts weiter.

Sie nahm die Karten mit den Rezepten ihrer Großmutter, die sie auf einem großen Haufen hatte liegen lassen, als sie den Brief entdeckt hatte, und legte sorgfältig eine Karte nach der anderen auf einen ordentlichen Stapel. Und tatsächlich, direkt hinter dem »Chartreuse-Pfirsich« wurde sie fündig: Pound Cake. Die Mengenangaben waren in *cups*, was ihr beim Backen sehr geholfen hätte, und die Anzahl der Eier wurde auf zehn festgelegt. Sie war immerhin nah dran gewesen. Unten auf der Karte stand: *Etwas Vanilleextrakt und eine Prise Muskatblüte zugeben*. Dieser Ratschlag war von ihrer Großmutter über ihre Mutter jetzt an sie weitergewandert. Sam lächelte, weil sie spürte, dass das Kontinuum gewahrt blieb. Mit dem Finger fuhr sie über die Buchstaben, die ihre Großmutter niedergeschrieben hatte, und legte die Karte neben den Stapel.

Dann ließ sie den Rest von Iris' Souvenirs auf den Tisch gleiten. Ein staubiger Haufen schichtete sich langsam vor ihr auf. Natürlich hatte sie auf eine Art Talisman oder Tagebuch oder irgendein aufschlussreiches Artefakt aus dem Leben ihrer Mutter gehofft, und natürlich hatte sie nichts dergleichen gefunden. Trotzdem konnte sie sich nicht von den Sachen trennen. Ein paar Centimes und Francs rollten über den Tisch. Eine ramponierte Postkarte aus Zürich; die Schrift war kaum noch zu entziffern. Ein Foto von Sam in einem gepunkteten Kleid und Turnschuhen – da musste sie etwa vier gewesen sein – und eins von einem jugendlichen Theo, die Haare über den Ohren abstehend, vor dem Weihnachtsbaum. Ein weiteres Bild von allen vier Familienmitgliedern. Iris wandte sich von der Kamera ab, und Glenn trug seine Krawatte mit den Zuckerstangen darauf. Ein Bild von Sams Eltern, irgendwann aus den fünfziger Jahren, da waren sie frisch verheiratet gewesen. Sie saßen im Wohnzimmer des alten Farmhauses, in dem Iris aufgewachsen war, und Glenn hatte seine Hand auf ihr Knie gelegt. Noch ein Foto, auf dem ein etwa zehnjähriger Theo, in brauner Cordhose und Rollkragenpullover, sich lachend zu einem Schwein hinter einem Zaun hinunterbeugte.

Das letzte Bild zeigte ihre Großmutter in einem untergepflügten Feld stehend. Sie hielt ein dick eingepacktes, schlafendes Kind in den Armen – Sam. Also war ich doch schon mal in Minnesota, dachte sie. Sie schaute sich das Bild näher an. Das Gesicht ihrer Großmutter, die in die Sonne blinzelte, sah wettergegerbt und müde aus. Eine pragmatische Frau. Eine Farmersfrau. Fast sechzig Jahre lang kümmerte sie sich um das Haus, ihren Ehemann, ein Kind, die Hühner und das Gemüse. Wer war sie gewesen, bevor sie Mrs. Olsen wurde? Als sie nur Violet hieß? Sam drehte das Foto um: *Mutter und Samantha, September 1967*. Das Bild erwärmte Sams Herz. Es stand für eine fortdauernde Geschichte, für gelebtes Leben und für das Leben, das noch vor ihr lag. Sie holte den Brief aus der Tasche und befestigte ihn mit einem Magneten am Kühlschrank, zusammen mit dem Foto.

»Also, du klingst eigentlich ganz normal«, sagte Melanie. »Nach dem, was Sarah mir berichtet hat, dachte ich, eine Verrückte wäre gekommen und hätte Ella abgeholt.«

»Tut mir leid. Du weißt doch, für mich war das eine schwierige Sache.«

»Ja, klar. Ich verstehe das nicht ganz, aber ich weiß ungefähr, was du meinst. Mann, ist das kalt hier drin. Warte mal, ich drehe die Heizung weiter auf.«

»Lass mich raten, Doug stellt sie heimlich wieder runter, und du drehst sie dann wieder auf.«

»Genau. Aber er wird zuerst aufgeben. Ich kann gar nicht glauben, dass es schon wieder so kalt ist. Wenn ich nur daran denke, wie meine Nachbarn mit ihren rotgefrorenen, fröhlichen Gesichtern ihre Autos aus dem Schnee ausgraben werden, brauche ich sofort einen Wodka.«

»Danke noch mal für heute.«

»Nichts zu danken. Weißt du, ich bin bloß egoistisch. Ich warte doch nur darauf, dass ich neues Geschirr bei dir in Auftrag geben kann. Also, soll ich Sarah sagen, dass sie Ella unter der Woche nehmen kann? Sie fand Ella toll. Sie meinte, sie könnte auf beide Kinder aufpassen, das wäre kein Problem.«

Sam biss sich auf die Wange. »Ich muss noch darüber nachdenken. Vielleicht einen Vormittag pro Woche?«

Melanie lachte. »Übertreib's nicht, Sam.«

»Ich muss in kleinen Schritten vorgehen.« Im Hintergrund piepste Rosalee: *Mama, Mama, Mama.* »Also, was können wir zu dem Abendessen mitbringen?«, fragte Sam.

»Wann fangen sie eigentlich an, selbständig zu werden?«, fragte Melanie. »Ihr sollt gar nichts mitbringen. Ich bestelle das Essen bei Harvest. Du hast doch nicht geglaubt, dass ich selbst koche, oder? Okay, ich muss los, nach dem Kind sehen.«

»Bis bald«, sagte Sam.

Sam dachte über eine Urne für die Asche ihrer Mutter nach. Schlicht, aber gleichzeitig raffiniert sollte sie sein. Zuerst ächzte ihr Hirn geradezu unter der Anstrengung, und ihr fielen nur altbekannte Formen ein. Aber dann wachten ihre Synapsen auf und wagten sich auf neues Gebiet vor. Ein Gefäß mit Deckel, klein genug, um auf ihren Handteller zu passen, dabei voll und rund wie der Körper eines Vogels. Der Deckel sollte glatt und tiefliegend sein, mit einem runden Griff. In den dunklen, geschlämmten Ton des Gefäßes würde sie vertikale Linien einritzen, vom Boden bis zur Öffnung, so dass man das weiße Porzellan durchschimmern sehen konnte. Dadurch würde das Stück an Tiefe und Struktur gewinnen. Und dann noch eine matte Glasur über das Ganze. Sie zeichnete und skizzierte, bis schließlich auf dem Papier zutage trat, was sie sich im Kopf ausgemalt hatte.

Sam schlüpfte unter die Decke und legte sich dicht neben Jack, der den *New Yorker* studierte. »Tut mir leid wegen des Geschenks für Franklin«, sagte sie.

Er las den Absatz noch zu Ende und schaute dann zu ihr auf. Sie fragte sich, ob er das schon immer so gemacht hatte oder ob es ihr jetzt zum ersten Mal aufgefallen war. »Ach, schon gut. Deswegen wird meine Universitätskarriere kaum vor die Hunde gehen.« Er lächelte und strich ihr eine Haarsträhne aus dem Gesicht.

»Ich habe heute so viel an meine Mom gedacht.«

»Kummer ist nichts, das man einfach abhaken kann«, sagte er, legte das Heft auf seine Brust und verschränkte die Finger. »Er kann immer wieder hochkommen.«

»Ich will nach Minnesota fahren«, verkündete sie. »Dahin, wo sie aufgewachsen ist. Wo meine Großeltern lebten. Können wir da mal hinfahren?«

»Das würde mir auch gefallen. Unsere erste Reise als Familie. Vielleicht im Frühjahr?«

»Ja, im Frühjahr.«

Sie nahm sich das Büchereiexemplar von *Zum Leuchtturm*, das ihre Mutter ausgeliehen hatte. Ein Jahr lang hatte es unbeachtet auf dem Nachttisch gelegen, jetzt schlug sie die erste Seite auf.

Sam konnte nicht schlafen, während Jack neben ihr schnarchte. Sie stand auf und ging ins Bad, um sich ihren Morgenmantel zu holen. Der schiefe Boden, von dem sich langsam die Fliesen lösten und den sie einst so bezaubernd altmodisch gefunden hatte, lag kalt unter ihren Füßen. Es war eben Herbst, und die Wärme, die der Heizofen hervorbrachte, entwich schnell durch die undichten Fenster, die schlecht isolierten Wände und die Spalten zwischen den Dielenbrettern.

Der Fußboden des Ateliers war eisig kalt, wie der Marmorboden einer Kirche im Winter. Sie machte das Licht an und zuckte kurz zusammen, als es hell wurde. Blinzelnd gewöhnten sich ihre Augen an das Licht. Sie ging zum Steckbrett und hängte ihre Skizze auf. Schlecht ist sie nicht geworden, dachte sie und fuhr mit dem Finger den Umriss des Gefäßes nach. Aber die Umsetzung der Idee schien ihr beinahe utopisch.

Sam atmete tief durch und mühte sich, den verknoteten Sack mit dem Ton zu öffnen. Ein durchdringend erdiger, vertrauter Geruch schlug ihr entgegen. Die grauweiße Porzellanmasse, an deren Oberfläche sich Feuchtigkeit abgelagert hatte, war am Anfang nur wenig geschmeidig, aber sie tauchte ihre Finger hinein und begann zu kneten. Bald spürte sie die Weichheit und Formbarkeit, die endlosen kreativen Möglichkeiten des Materials. Langsam strömte die Erinnerung in ihre Hände zurück, und auch der Wunsch, etwas zu erschaffen, dieses nur schwer in Worte zu fassende Feuer. Da wusste sie, dass sie bald zurück ins Atelier gehen würde. Sie zog die Hand aus dem Sack und verschloss ihn wieder.

Aus der Entfernung klang Ellas Schrei gedämpft. Sam fühlte, wie ihr das Adrenalin in die Adern schoss, bevor ihre Ohren das Geräusch einordnen konnten. Sie wischte sich die Hände an einem Tuch ab und rannte die Stufen zum Kinderzimmer hoch, wo Ella aufrecht in ihrem Bettchen saß. Wortlos hob Sam sie hoch und ging mit ihr zu dem Schaukelstuhl. Es muss ungefähr halb zwei sein, dachte sie, das war die typische Zeit, zu der Ella aufwachte und gestillt werden wollte. Es folgte eine Choreographie, die sich um Bedürfnis und Befriedigung, Erwartung und Erfüllung drehte und die Sam inzwischen liebgewonnen hatte. Sie schloss die Augen und zählte bis sechzig, im Rhythmus mit dem Schaukeln des Stuhls, wechselte die Brust und fing von vorne an. Dann steckte sie Ella ihren Schnuller in den Mund und trug sie zurück ins Bett. Sie selbst setzte sich wieder in den Schaukelstuhl und kuschelte sich in eine rosa- und cremefarbene Afghan-Decke ein, die ihre Großmutter gestrickt hatte.

Innerhalb weniger Monate war sie Zeugin einer Geburt und eines Todes geworden, hatte den wunderbaren ersten und den schrecklichen letzten Atemzug eines Menschen miterlebt. Aber war es denn nicht eine Ehre, am Ende eines Menschenlebens anwesend zu sein, ebenso wie bei seinem Beginn? War es nicht etwas Besonderes, bei einem so außergewöhnlichen Augenblick, bei der Vollendung einer Lebensspanne dabei zu sein? Würde sie sich jemals selbst davon überzeugen können?

Das letzte Mal, als Sam und Jack zusammen nach Paris gefahren waren, hatten sie im Chez Janou hinter der Place des Vosges gegessen und beschlossen, die Zeit sei reif für ein eigenes Kind. Sam hatte sich ganz beschwingt gefühlt. Sie lächelte ihn an, und er lächelte zurück. Sie tranken noch mehr Wein.

»Was ist denn *cuisses de grenouille?*«, wollte er wissen und deutete auf die Speisekarte. Seine französische Aussprache war grauenvoll.

»Froschbeine«, antwortete sie. »Oder eher, Froschschenkel. *Quak quak.*«

Er schob die Unterlippe vor und schüttelte angewidert den Kopf. »Sag jetzt bloß nicht, das schmeckt wie Hühnchen.«

Sie lachte, übermütig und froh. »Du, wie heißt das noch gleich, wenn man ein Wort gebraucht, das mit einem Ding zu tun hat, das für die eigentliche Sache steht?« Sie senkte die Stimme. »So, wie wenn man – also wir Amerikaner zumindest – die Franzosen Frösche nennt.«

»Du meinst ein Epitheton, also einen Beinamen. Aber ist es nicht eher ein Schimpfname?«

»Nein. Natürlich ist es abwertend, aber ich meine es in dem Sinne, dass sie Frösche essen und deswegen bei uns eben auch Frösche heißen.«

»Ah, eine Metonymie?«

»Ja, genau.«

»Wie ›die Krone‹ für das Königshaus.«

»Oder ›das Eisen‹ für ein Schwert«, fügte sie hinzu.

»Wall Street.«

»Das Weiße Haus.«

»Houston, wir haben ein Problem.«

»Hoppla, das ist schon was für Fortgeschrittene«, sagte sie.

Sie tranken mehr von dem Wein und bestellten: er das Sieben-Stunden-Lamm, sie das *confit de canard*. Unter dem Tisch hielten sie Händchen.

»Dach«, sagte sie. Er brauchte einen Moment, um zu begreifen, dass sie wieder bei ihrem Spiel war. »Wie in ›ein Dach über dem Kopf‹.«

»Wenn du in die Feinheiten einsteigen willst«, dozierte er, »dann haben wir hier eine Synekdoche. Ein ähnliches Prinzip, aber hier handelt es sich um einen Teil, der sinnbildlich für das Ganze steht.«

»Na gut, Klugscheißer. ›Ein guter Tropfen‹ für einen Wein.«

»›Feiner Zwirn‹ für einen Anzug.«

»Ich habe fünf Mäuler zu stopfen.«

»Helfende Hände.«

»Die Klingen kreuzen.«

Jack schwenkte seinen Wein im Glas und biss sich auf die Lippe. Er würde sich nicht bei einem Sprachspiel schlagen lassen.

»Gib uns heute unser tägliches Brot.« Triumphierend hob er die Hände.

»Stimmt das tatsächlich? *Merde*. Ich bin raus.«

Dann kamen die *escargots bourguignonnes*, butterglänzend in ihren zarten Spiralhäusern.

»Komisch, dass du Schnecken isst, aber keine Frösche«, bemerkte sie.

»Tja, über Geschmack lässt sich nicht streiten.« Er piekte seine kleine Gabel in das zähe Fleisch.

»Mir gefällt der Name Charlie«, sagte sie. »Wenn wir einen Jungen bekommen, soll er Charlie heißen, finde ich.«

Wenn sie heute an diese Szene zurückdachte, wurde ihr ganz warm ums Herz. Sie sehnte sich nicht nach dem, was sie verloren hatte. Das erste Baby, ihre Mutter, eine unbeschwerte Beziehung zu Jack, ein stetiger Schaffensdrang, das Leben vor Ella, als sie ihre Ängste noch unter Kontrolle hatte – an diesen Themen hatte sie sich jetzt genug abgearbeitet. Sie dachte vielmehr über die Synekdoche nach, bei der ein Teil für das Ganze stand. Man bekam dadurch eine Ahnung von etwas Größerem. Ein Tag konnte für ein ganzes Leben stehen – eine menschliche Momentaufnahme, die nicht existieren konnte ohne alles, was sich davor abgespielt hatte. Dieser Gedanke tröstete sie. Eingelullt von dem Rauschen des Luftbefeuchters fielen Sam beinahe die Augen zu. Aber dann dachte sie: Jetzt ist es genug damit. Sie zwang sich zum Aufstehen.

Sie kroch zurück auf ihre kalte Seite des Bettes, neben ihren schlafenden Ehemann, und versuchte, die neugewonnene Klarheit noch einen Moment lang festzuhalten. Vorsichtig schmiegte sie sich an Jack; passgenau ergänzten sich die Formen ihrer beiden Körper.

»Jack«, flüsterte sie und rüttelte ihn an der Schulter. »Wach auf.«

Violet

Ich haue ab«, sagte Violet zu Frank. »Komm, beim nächsten Halt springen wir raus.«

Frank schaute bestürzt. »Glaubst du, die fangen uns wieder ein?«

»Denen sind wir doch egal. Dann haben sie zwei weniger, um die sie sich kümmern müssen.«

Sie schnürte sich die Stiefel zu und schob ihre Bibel unter den Sitz.

Mrs. Comstock döste weiter vorne im Waggon, den Kopf zur Schulter geneigt.

»Wir müssen weg von den anderen. In den nächsten Waggon.«

»Meinst du, jetzt gleich?«, fragte Frank.

»Ich gehe. Du folgst mir in einer Minute.« Violet stand auf.

Patrick packte sie am Arm, als sie an ihm vorbeiging. »Wo willst du denn hin?«

Mit dem Kinn deutete sie auf den vorderen Teil des Waggons.

Er lachte. »Na, du bist ja mutig.« Aber er bot ihr

nicht an, sie zu begleiten. Seine anfängliche Prahlerei war der Resignation gewichen.

Sie glitt an Mrs. Comstock vorbei – und stand plötzlich draußen, in dem Raum zwischen den Waggons, wo es ohrenbetäubend laut war, und fühlte sich geradezu beflügelt. Sie öffnete die Tür zum nächsten Wagen, in dem nur vereinzelte Reisende saßen, die sie nicht weiter beachteten, als sie leichtfüßig den Mittelgang entlanglief und die Hände über die Sitze gleiten ließ. Endlich tauchte Frank hinter ihr auf, nervös, nach vorn gebeugt, die Hände in den Taschen versteckt.

»Warte«, sagte er.

»Beloit!«, rief der Schaffner. »Nächster Halt: Beloit!«

»Wie sollen wir denn an Essen kommen?«, wollte Frank wissen. »Ich hab Hunger!«

»Keine Ahnung. Wir können im Bahnhof was klauen. Oder in einem Laden in der Stadt. Jeder Ort hat doch einen Laden, oder?«

Er folgte ihr in den Vorderteil des Waggons, und gemeinsam stellten sie sich an die Tür und schauten zu, wie die Welt langsam abbremste. Frank hatte ihr nichts zu bieten, aber es war besser, wenn man zu zweit war. Sie würde immer weiterlaufen, bis nach New York. Dort wäre sie wieder mit Nino vereint, und vielleicht auch mit ihrer Mutter. Lilibeth musste sie doch zurücknehmen, oder etwa nicht?

Der Zug kam quietschend zum Stehen. Sie sprang die Stufen hinunter.

»Jetzt!«, rief sie Frank zu, der unschlüssig in der Tür stand. »Na los!«

Aber er rührte sich nicht.

»Geh du alleine«, sagte er und zog sich die Mütze tief ins Gesicht. Dann trat er zurück in den Waggon, als hätte er Angst, dass sie ihn nach draußen ziehen würde.

Violet betrachtete die Menschen, die auf dem Bahnsteig umherliefen, und durch die Fenster des Bahnhofsgebäudes konnte sie wartende Kutschen und Wagen erkennen. Fuhren die Güterzüge hier denn überhaupt durch? Ein Mann mit dünnem Schnurrbart und dunklen, eng beieinanderstehenden Augen lehnte an einer Wand und beobachtete sie. Er fuhr sich mit der Hand über den Mund und starrte sie an. Sie wusste nicht, was sie tun sollte, und fühlte sich plötzlich sehr klein und verloren an diesem seltsamen, weitläufigen Ort. Dann schrillte die Pfeife des Stationsvorstehers.

Violet kletterte die Stufen wieder hoch und schob Frank aus dem Weg. Sie war zurück an Bord.

Der Schaffner kam, knipste ihre Fahrkarten und machte Mrs. Comstock darauf aufmerksam, dass sie bald aussteigen mussten. Sie streckte sich im Sitz und schüttelte den Kopf, um ganz wach zu werden.

»Kinder«, rief sie. »Herhören! Wir sind fast in Stoughton.«

Violet zog ihre Bibel unter dem Sitz hervor, wo sie sie zuvor verstaut hatte.

Man führte die Gruppe die Main Street entlang, durch das kleine Städtchen mit seinen Steinhäusern, und weiter über die Brücke. Der grüne Yahara-Fluss lag ruhig da.

»Was für ein hübscher kleiner Ort«, sagte Mrs. Comstock zu dem Kofferträger, der ihnen das Gepäck hinterherrollte.

»Ja, Madam«, antwortete er mit starkem norwegischen Akzent. »Die Kirche ist gleich da vorne.«

»Schau dir nur die Enten an«, sagte sie zu Frank. »Hast du schon mal eine Ente gesehen?«

Er beugte sich über das Geländer, um einen besseren Überblick zu haben.

»Würdest du nicht gerne an einem Ort wohnen, wo die Entchen einfach umherschwimmen und niemand sie stört?«

Er lächelte zaghaft. Den Blickkontakt zu Violet vermied er, denn seit Beloit funkelte sie ihn böse an.

Violet fragte sich, ob der Yahara nach Süden floss und sich mit einem größeren Fluss vereinigte, der dann vielleicht in den Ohio mündete – und dieser wand sich ja bis nach Kentucky, wo ihre Reise einmal begonnen hatte. Ihre Stiefel drückten sie, das Kleid war längst nicht mehr weiß, und die Rüschen am Saum waren zerrissen. Violet roch nach Kohlenasche und Schweiß.

Sie wurden von einigen ernsten Frauen mit wettergegerbten Gesichtern empfangen und bekamen gebratenen Fisch, Pellkartoffeln und Kohl zu essen, während sie auf der Wiese hinter der Kirche, direkt neben dem Friedhof, saßen.

»Denkt an eure Manieren, Kinder«, sagte Mrs. Comstock und schaute Nettie missbilligend an. Sie hatte den Fisch mit den Fingern genommen. »Segne, Vater, diese Speise, uns zur Kraft und dir zum Preise. Amen.«

»Amen«, murmelten die Kinder.

»Vorne bauen sie eine Bühne auf«, sagte eine der Frauen zu Mrs. Comstock. »Bringen Sie die Kinder dorthin, wenn Sie fertig sind mit dem Essen.«

Bald konnte Violet Kutschen und Wagen und Pferdehufe auf Schotter hören; die Neugierigen strömten herbei. Unter das Zwitschern der Vögel und das Rascheln der dicht belaubten, hohen Eiche mischte sich leises Gemurmel.

Die Kinder aßen und aßen, um die schreckliche Veranstaltung noch ein wenig hinauszuzögern.

»William, Patrick, Nettie, Violet, Frank, Hans«, begann Mrs. Comstock und kniete sich vor sie hin. »Lächelt schön. Bleibt immer fröhlich. Seid höflich. Patrick, sprich langsam und ohne Akzent. Hans, nick, wenn jemand etwas zu dir sagt, auch wenn du es nicht verstehst.« Der Junge sah zu Boden und zerquetschte eine Ameise mit der Fußspitze. »Die Vergangenheit ist vorbei. Merkt euch das.«

Mrs. Comstock stand auf und kramte in dem Koffer nach einem Kamm. Nacheinander kämmte sie jedem Kind die Haare. Selbst die Älteren wehrten sich nicht. Sie wussten, dass dies ihre letzte Chance war.

»Wir sind alle Kinder Gottes«, sagte sie und strich Kleider und Anzüge glatt.

Violet hoffte inständig, es wäre tatsächlich so.

Ein Mann im Anzug kam zu ihnen. Er hatte eine Brille auf und trug ein Klemmbrett, was ihn sehr wichtig aussehen ließ.

»Das ist Mr. Jefferson. Er kümmert sich von jetzt an

um euch.« Mrs. Comstock stiegen die Tränen in die Augen, und sie tat, als müsste sie unbedingt den Inhalt ihrer Tasche überprüfen. Die Reise hatte Spuren in ihrem Gesicht hinterlassen, aber sie tröstete sich mit dem Gedanken, dass sie Gottes Auftrag erfüllte.

Mr. Jefferson sah von Kind zu Kind und hakte die Namen auf seiner Liste ab.

»Ihr könnt eure Nummern abnehmen, weil ihr nur noch so wenige seid«, sagte er zu ihnen.

Mit einem Ruck riss Violet sich den hellblauen Zettel ab, so dass die Sicherheitsnadel in ihrem Kleid stecken blieb. Dann legte sie das Papier zwischen die Seiten ihrer Bibel. Sie wollte es noch nicht wegwerfen.

Mrs. Comstock und Mr. Jefferson gaben sich die Hand.

»Dort vorne wartet eine Kutsche auf Sie, Madam«, sagte er.

»Auf Wiedersehen, Kinder«, seufzte sie und nahm ihren Koffer. »Gott segne euch.« Mrs. Comstock presste ihre zitternden Lippen aufeinander. Ohne die Kinder noch einmal anzuschauen, ging sie davon.

Violet bohrte den Absatz ihres Stiefels in den Boden. Neben ihr schluchzte Nettie, der die Haare strähnig ins Gesicht hingen. Mr. Jefferson wich zurück. Offensichtlich fühlte er sich von ihr abgestoßen. Er warf einen Blick auf seine Uhr.

»Aufgepasst. In einer Reihe aufstellen, bitte«, rief er. »Mir nach.«

Die älteren Jungen, William und Patrick, wurden zuerst ausgewählt, als Landarbeiter.
Eine lärmende fünfköpfige Familie, die eigentlich nur hatte schauen wollen, was vor der Kirche los war, konnte es nicht ertragen, den armen, verwirrten Hans auf der Bühne stehen zu lassen. Sie redeten Deutsch mit ihm – es war das erste Mal, dass Violet ihn lächeln sah – und holten ihn von der Bühne, unter dem Applaus der wenigen Zuschauer.

Violet hatte die Frau schon vor einer Weile entdeckt. Sie war von robustem Körperbau, rosig im Gesicht und angezogen wie ein Dienstmädchen: einfaches schwarzes Kleid mit weißer Schürze. Das grau werdende Haar trug sie in einem Dutt. Jetzt kam sie auf die Bühne zu, mit den Händen auf dem Rücken. Kurz musterte sie Nettie, dann blickte sie zu Violet und bedeutete ihr, nach vorne zu kommen.

»Das ist ja eine komische Veranstaltung, findest du nicht?«

»Madam.«

»War die Reise schön?«

»Ganz wunderschön«, antwortete Violet und meinte, Mrs. Comstock im Geiste reden zu hören.

»Wie alt bist du?«

»Zwölf«, log Violet.

Die Frau blies die Backen auf und atmete kräftig aus. »Ich hatte gehofft, du wärst schon etwas älter«, sagte sie leise, damit Nettie nichts hören konnte. »Kannst du backen?«

»Ich kann Kekse backen, und das war's dann auch

schon.« Violet zog die Nase kraus. »Aber ich lerne schnell.«

»Wie heißt du?«

»Violet.«

»Also, Violet. Ich kann dir weder Mutter noch Vater bieten, darauf hast du sicher gehofft.«

»Ich hab auf gar nix gehofft«, erwiderte Violet.

»Ich arbeite in einem kleinen Krankenhaus. Da bin ich die Hausmutter. Wir bräuchten Hilfe in der Küche.«

Sie war kurz angebunden, aber nicht unhöflich, und Violet erschien sie vertrauenswürdiger als die meisten anderen.

»Ich kann Ihnen helfen«, sagte Violet. Es war nicht das, was sie sich gewünscht hatte, aber auch nicht das, was sie befürchtet hatte.

»Helen wird dich in ihre Geheimnisse einweihen. Ihre Spezialdesserts und all das. Sie bereitet Speisen zu, von denen ich noch nie gehört habe.« Die Frau lächelte. »Du bekommst Kost und Logis. Die Patientinnen bleiben meist unter sich, aber es ist wirklich ein hübscher Ort. An einem See.«

»Sind da Fische drin?«, wollte Violet wissen.

»Ja, natürlich. Zander auf jeden Fall. Und Barsche. Du kannst den Arzt danach fragen, er ist ein sehr freundlicher Mann.«

»Und wie heißen Sie?«

»Clara Moody. Miss Moody. Sind wir uns dann einig?«

Violet nickte einmal kurz.

Das war es also. Keine Begeisterungsstürme, keine

Freudenschreie, keine tränenreiche Umarmung, keine Geschenke zum Auspacken, kein silbernes Kettchen für ihren Hals. Diese kindischen Vorstellungen hatte Violet im Zug zurückgelassen. Die Erleichterung, die sie jetzt verspürte, war neu für sie, und sie konnte sie beinahe körperlich fühlen. Sie brauchte nicht länger zu kämpfen.

»Ich gehe die Papiere ausfüllen«, sagte Miss Moody. »Du kannst mitkommen, wenn du willst.«

Violet schaute zu Nettie, die ihr nicht in die Augen sehen wollte, und zu Frank, dessen Ohren in der Sonne rot leuchteten. Die beiden waren noch immer nicht untergebracht, aber Violet hatte nicht mehr die Kraft, sie zu bedauern.

Sie war einfach nur froh, dass sie nicht die Letzte gewesen war, und sprang von der Bühne.

Die Kutsche rumpelte Richtung Norden. Miss Moody zeigte Violet Lake Kegonsa zur Rechten, und – ein paar Meilen weiter – Lake Waubesa zur Linken. In dem einschläfernden Rhythmus der Pferdehufe schweiften Violets Gedanken ab.

Sie dachte an den Fourth Ward, der ihr inzwischen ganz unwirklich erschien. Wenn sie jetzt dorthin zurückgehen müsste, käme sie sich vor wie eine Fremde. Sie dachte auch an Nino, der mit seiner Familie in winzigen, niedrigen Räumen wohnte – wie in einer Sardinenbüchse –, und fragte sich, was er wohl zu dieser weitläufigen Landschaft sagen würde.

»Einmal in der Woche fahre ich nach Madison«, erklärte Miss Moody. »Wenn du magst, kannst du das nächste Mal mitkommen.«

»Wie ist es da?«

»Madison ist die Hauptstadt unseres Bundesstaates. Da gibt's eine Universität und zwei große Seen. In der Stadt ist immer viel los.«

Miss Moody fragte Violet nicht nach ihrer Vergangenheit, und Violet erzählte von sich aus nichts. Ihr altes Leben schien ihr weit weg, fast schon verschwunden, und für Violet war es ein Ding der Unmöglichkeit, Miss Moody in dieser endlosen Weite, in der man die Tauben schreien hörte, davon zu erzählen. Sie beschloss, sich nun doch an Mrs. Comstocks Instruktionen zu halten: Von jetzt an würde sie nicht mehr über den Zug mit den Waisenkindern und alles, was davor gewesen war, sprechen.

Sie würde ihre Geschichte für sich behalten und hier ganz neu anfangen.

»In Wahrheit bin ich erst elf«, beichtete Violet.

Miss Moody presste die Lippen aufeinander und seufzte, aber sie schimpfte nicht und ließ die Kutsche auch nicht umkehren.

»Gibt es noch mehr, was du mir sagen willst?«

»Nein, Ma'am.«

Sie erreichten das Ostufer des Lake Monona, und die Sonne brannte heiß auf Violets Kopf. Sie wischte sich die Hände an ihrem sowieso schon beschmutzten Kleid ab.

»Dein Kleid müssen wir wohl verbrennen«, sagte Miss Moody.

»Ich werde es nicht vermissen.«

Für einen Moment schloss Violet die Augen, lauschte dem Wind und dem papierartigen Geraschel der Blätter und sog den Duft der Bäume tief in sich ein.

Sie dachte an den kleinen Elmer, der den ganzen Weg bis Illinois neben ihr gesessen hatte, und sie war froh, dass er eine Familie gefunden hatte, auch wenn er sich dafür von seiner kleinen Schwester hatte trennen müssen. Sie vermutete, dass Patrick, dem Iren, sicher ein hartes Arbeitsleben bevorstand, und fragte sich, ob er wohl davonlaufen würde. Violet wünschte allen das Beste, obwohl sie schon ahnte, dass einige ihr Glück finden würden und die anderen eben nicht. Ihr war bewusst, dass sie ein neues Heim bei Miss Moody finden würde, deren direkte, beinahe liebenswürdige Art ihr gefiel. Und sie hatte begriffen, dass ihr hier eine Chance geschenkt wurde, die sie in New York niemals bekommen hätte.

»Es ist ein Krankenhaus«, erzählte Miss Moody, als sie in einen dicht bewaldeten Weg einbogen. »Habe ich das schon erwähnt? Ein Erholungsheim für Patientinnen mit Frauenleiden. Aber es ist schön ruhig. Und dein Zimmer liegt auf einem anderen Stockwerk in der Nähe der Arztwohnung.«

Ein Zimmer, dachte sie, ich bekomme ein eigenes Zimmer.

Bald konnten sie Lake Mendota sehen, dessen Blau zwischen den Stämmen der Eschen und der Walnussbäume hervorblitzte. Die Oberfläche des Sees schimmerte und kräuselte sich im Wind. Diese Schönheit –

die Laute der Vögel und Insekten, den Wind und das Wasser – hatte sie im Fourth Ward nicht gehabt.

Als sie einen großen Zipfel des Sees umfahren hatten, tauchte ein herrschaftliches Haus vor ihnen auf. Es hätte ein imposantes, fast schon nobles Gebäude sein können, wären da nicht die Risse in den Sandsteinmauern und die fehlenden Dachziegel gewesen. Es war das Krankenhaus, grazil, auf sympathische Weise baufällig und spektakulär am Seeufer gelegen. Sie hoffte, es würde sich eines Tages wie ein Zuhause für sie anfühlen.

Violet arbeitete in der Küche an der Seite von Helen, für die sie mehr ein Lehrmädchen als eine bezahlte Küchenhilfe war. Nach einer gewissen Zeit übertrug Helen ihr die Verantwortung für die Desserts, die Kuchen, den Pudding und – das war die Leibspeise des Arztes – für die Rosen-Conserve auf Engelskuchen.

Miss Moody brachte ihr Bücher aus der Bibliothek in der Stadt: *Das Buch zum Staunen für Mädchen und Jungen*, *Black Beauty*, *Der Prinz und der Bettelknabe*. Aber Violet sprang lieber im Wald herum, kletterte auf Bäume und spielte mit den Patientinnen, für die sie bald zu einer Art Maskottchen, einem gemeinschaftlichen Tochterersatz wurde. Mrs. Benton, die einen Nervenzusammenbruch erlitten hatte, als ihr viertes Baby bei der Geburt gestorben war, brachte ihr das Stricken bei. Den alten Arzt mochte Violet auch sehr gerne. Ganz früh morgens im Sommer fischten sie manchmal zusammen, und im Winter liefen sie Schlittschuh auf dem See. Er war freundlich zu Violet. Obwohl er ihr natürlich kein

Vater sein konnte, schenkte er ihr Zuneigung, und dafür war sie ihm dankbar.

Ein paar Jahre später – sie war gerade in Madison, um am Markttag Vorräte einzukaufen – traf sie zufällig Frank, der jetzt zu einem kräftigen jungen Mann herangewachsen war. Endlich stand sein Gesicht von der Größe her in einem normalen Verhältnis zu seinen Ohren. Er lächelte, als er sie entdeckte, und dann lief er rot an, denn er erinnerte sich nur zu gut an die früheren gemeinsamen Erlebnisse. Er erzählte ihr, dass eine alte Witwe ihn ausgesucht hatte und nur einen Monat später gestorben war. Ein Käser am anderen Ende der Stadt hatte ihn dann aufgenommen. Er war ein netter Mann, sagte Frank, fast schon wie ein Onkel, und er ließ ihn nicht zu hart arbeiten.

»Hast du was von den anderen gehört?«, wollte Violet wissen.

»Einmal habe ich Hans gesehen, als ich eine Lieferung nach Stoughton gebracht habe. Er war im Schulhof und spielte Ball mit den anderen Kindern. Er konnte immer noch nicht besonders gut Englisch. Aber ich hatte das Gefühl, dass er es gut getroffen hat. Er ist ein echtes Familienmitglied geworden und nennt seine Pflegeeltern Mama und Papa.« Frank räusperte sich und sah zu Boden, damit Violet nicht merkte, dass sie ihm gefiel.

»Und was ist mit diesem Mädchen, dieser Nettie? Hat sie jemand ausgewählt?«

Frank runzelte die Stirn. »Ich glaube nicht. Wahrscheinlich haben sie sie nach Black River Falls geschickt, in die Besenfabrik da oben. Ich hab jedenfalls gehört, dass sie das mit denen machen, die übrig bleiben.«

Violet nickte. Das überraschte sie nicht. »Ich finde, wir haben Glück gehabt.«

Keiner von beiden redete über ihr altes Leben und das, was sie zurückgelassen hatten.

»Gut, dass wir doch nicht in Beloit ausgestiegen sind«, sagte er.

Sie schnaubte, lächelte dann aber und widerstand der Versuchung, ihn darauf hinzuweisen, dass einer von ihnen beiden den Zug tatsächlich verlassen hatte.

»Es war schön, dich zu treffen«, sagte sie.

»Ja«, erwiderte er. »Wirklich schön.«

Das war das letzte Mal, dass sie Frank sah, und auch das letzte Mal, dass sie über den Zug sprach.

Als sie achtzehn wurde und der Arzt gestorben war, heiratete sie Samuel Olsen, einen Farmer, den sie in einer Kurzwarenhandlung in Madison kennengelernt hatte.

Er war still und fleißig und treu, stellte nicht zu viele Fragen und ließ sie die meiste Zeit über gewähren. Sie verabschiedete sich von ihrer Ersatzfamilie im Krankenhaus und zog mit Samuel auf eine Farm im Nachbarstaat Minnesota.

Nach drei Fehlgeburten bekam sie eine Tochter mit blauen Augen, die sie Iris nannte. In jenem Moment, als sie sich wie aufgespalten und neu zusammengesetzt fühlte und der Arzt ihr das kleine, warme Bündel in die Arme legte, da vergab sie ihrer eigenen Mutter dafür, dass sie sie hatte gehen lassen. Violet hatte befürchtet, sie könnte ihrem Kind nur wenig Zärtlichkeit entgegenbringen, weil sie sich selbst so lange nach ihrer Mutter gesehnt hatte, aber Iris berührte etwas tief in ihrem Inneren.

Miss Moody führte sie zuerst zum Vorratsschrank.

»Eine Zahnbürste, einen Waschlappen, ein Stück Seife. Und ein Kleid und etwas Unterwäsche. Das Kleid ist ein bisschen groß, aber es ist ein Anfang. Wir besorgen dir mehr Kleidung in der Stadt. Und jetzt folge mir.«

Neben der Arztwohnung blieb Miss Moody stehen und öffnete die Tür zu einem kleinen Zimmer mit zitronengelb gestrichenen Wänden und einem Fenster, das zum See hinausging. In dem Raum befanden sich ein schmales Bett, eine Kommode, eine Lampe und ein Nachttisch.

»Das ist dein Zimmer. Und hier ist der Schlüssel.« Miss Moody löste ihn mühsam von ihrem Schlüsselbund. »Bitte sehr.«

»Ein Schlüssel für mein Zimmer!« Mehr brachte Violet nicht heraus, denn sie war sowohl überwältigt als auch völlig erschöpft.

Miss Moody lächelte. »Bald kommen die Moskitos wieder, darum lass dein Fenster nachts lieber nicht offen.«

Violet nickte. Der Gedanke, dass sie sich wirklich einmal Sorgen über die Moskitos machen würde, belustigte sie.

»Clara?«, rief eine männliche Stimme aus dem Korridor. Schritte klapperten über den polierten Holzboden.

Der Arzt erschien im Türrahmen. Er hatte dunkle, glänzende Augen und einen Bart, der sein halbes Gesicht verdeckte. Violet hob die Hand zu einem zaghaften Gruß. Der Arzt schaute Miss Moody fragend an.

»Ah, guten Tag …«

»Violet«, sagte Miss Moody.

»Violet. Ich bin Dr. Marlowe. Herzlich willkommen.«

»Danke, Sir. Doktor«, erwiderte Violet.

»Wie alt bist du, Violet?«

»Sie ist dreizehn, Doktor. Genauso alt wie das vorige Küchenmädchen.«

»Hm«, murmelte er und warf noch einen Blick auf Violet.

»Nun, ich bin sicher, Clara wird alles regeln. Wir sehen uns beim Abendessen.«

Violet kehrte nie mehr nach New York City zurück, wo das Leben ein ständiger, brutaler Kampf ums Dasein gewesen war. Sie wollte es so in Erinnerung behalten, wie sie es kannte, und nicht sehen, was inzwischen daraus geworden war. Sie erfuhr nie, dass Nino in einem Bandenkampf gestorben war, ein Jahr, nachdem sie sich in den Zug gesetzt hatte. An einem warmen Sommerabend war er im Regen verblutet. Aber sie konnte froh sein, dass sie nichts von seinem Schicksal wusste, denn die Wahrheit hätte sicherlich ihr Herz zerspringen lassen. Als alte Frau dachte Violet manchmal an Nino und die anderen Jungen, an die wilde Freiheit der Straße, und dann spürte sie eine tiefe Sehnsucht nach der pulsierenden Stadt ihrer Jugend und den Abenteuern, die sie erlebt hatten; nach den rauen, lebhaften Tagen, die so lange vergangen waren.

Nachdem ihr Ehemann gestorben war – dieser geduldige Mann, der ihr im Laufe der Zeit zum Vertrauten geworden war – und Iris geheiratet und einen Sohn zur Welt gebracht hatte (ein weiteres Kind war unterwegs), da fühlte Violet sich befreit. Sie lebte alleine auf der verfallenen Farm, wo sie Glück und Trauer erlebt hatte und jetzt die Einsamkeit genoss. Ihre Hände aber ruhten nie; am liebsten strickte sie Pullover für Samantha, ihre kleine Enkeltochter, während sie fernsah. Und jeden Morgen schaute sie sich den Sonnenaufgang an.

Sie erfuhr nie, dass Lilibeth ein paar Monate nach ihrer Abreise zum Kinderhilfskomitee gegangen war, um sie zurückzuholen. Dort hatte man ihr aber mitgeteilt, dass es keine Aufzeichnungen über ein Kind dieses Namens oder mit diesem Geburtsdatum gebe. Violet erfuhr genauso wenig, dass Lilibeth einen Mann geheiratet hatte, einen alten, exzentrischen Eisenbahndirektor, und mit ihm in ein besseres Wohnviertel gezogen war, und auch nicht, dass sie mit dreiundvierzig Jahren auf einer Strohmatte bei Madam Tang gestorben war, den Körper zerfressen vom Krebs. Doch Violet, die mittlerweile die größeren Zusammenhänge ihres Lebens überblickte, dachte manchmal über ihre große Reise nach und darüber, was sie gewonnen hatte: saubere Kleider, gesundes Essen, ihr eigenes Bett, Stabilität, die Freundlichkeit von Dr. Marlowe – und eine faire

Chance. Und sie wusste auch, was sie verloren hatte: ihre Mutter. Die Sehnsucht, die Violet immer gespürt hatte, war nie vergangen. Durch die Annehmlichkeiten des Lebens in Wisconsin hatte sich bloß ihre Form geändert.

»Miss Moody?«

»Ja, Violet?«

»Soll ich jetzt mit der Arbeit anfangen?«

»Aber nein. Heute noch nicht.«

»Was soll ich dann machen?«

»Ruh dich doch ein bisschen aus. Du bist bestimmt müde von der Reise. Die Küche kann noch warten. Und morgen fangen wir dann ausgeruht an.«

Violet setzte sich aufs Bett – ihre Füße reichten nicht ganz bis auf den Boden – und legte ihre staubige Bibel auf den Nachttisch.

»Abendessen gibt es um halb sechs.« Miss Moody verließ das Zimmer und schloss die Tür hinter sich.

Violet ließ die Beine baumeln und sprang dann vom Bett, um einen Blick aus dem Fenster zu werfen. Sie sah eine junge Frau, die am Seeufer saß und sich hin- und herwiegte, als hielte sie ein Baby im Arm. Dann setzte Violet sich wieder auf den Bettrand und ließ sich zur Seite plumpsen. Ihr Kopf landete genau auf dem Kissen. Wie erstaunlich, dass ich jetzt hier bin, dachte sie. Es war so still. Sie sehnte sich nach der Fotografie ihrer Mutter. Sie konnte sich schon nicht mehr genau daran erinnern: Wie hatte ihre Mutter dreingeschaut, wie das geborgte Kleid ausgesehen? Sie vermisste sie und hatte das Gefühl, der Abschied läge schon Jahre zurück. Ihre Mutter war nur noch eine vage, bittersüße Erinnerung. Aber jetzt schweiften ihre Gedanken ab, und die Augen fielen ihr zu. Langsam wurde sie in die Welt der Träume gezogen: Ein sonniger Morgen in Kentucky, die Fliegen summten gegen die Gittertür. Als sie bald darauf wieder aufwachte, zog sie die Füße auf das Bett. Sie war zu müde, um ihre schmutzigen Stiefel auszuziehen.

Nachbemerkung der Autorin

Mitte des neunzehnten Jahrhunderts lebten Zehntausende von Kindern – eltern- und obdachlose, arme, vernachlässigte oder straffällige Kinder – auf den Straßen von New York City. Charles Loring Brace, ein junger Priester, gründete das Kinderhilfskomitee, um etwas für sie zu tun. Er beschloss, ein umstrittenes soziales Experiment durchzuführen, indem er die Kinder aus ihrer Umgebung holte und sie in Züge setzte, die sie nach Westen brachten, zu christlichen Familien aus dem ländlichen Amerika.

Kinder jeden Alters stiegen in die Züge des *Orphan Train Movement,* ohne ihren Bestimmungsort zu kennen, und das Komitee stellte sicher, dass ihre Ursprungsfamilien sie nicht mehr aufspüren konnten. Nach der Ankunft wurden die Kinder gewaschen, in ordentliche Kleider gesteckt und dann auf behelfsmäßige Bühnen gestellt, damit ihre potenziellen Adoptiveltern sie begutachten konnten. Es gab Erfolgsgeschichten. Aber auch tragische Verläufe. Die Adoptiveltern wurden nicht überprüft, und spätere Kontrollen hinsichtlich des Wohlergehens der Kinder fanden kaum statt. Die Kinder waren nicht vor Misshandlung und Ausbeutung geschützt; oft wurden sie einfach nur als billige Arbeitskräfte betrachtet.

Die sogenannten Züge der Barmherzigkeit fuhren von 1854 bis 1929 und transportierten etwa 150 000 bis 200 000 Kinder aus New York in den Mittleren Westen. Das System wird als Vorläufer der Pflegeunterbringung in den Vereinigten Staaten angesehen.

Danksagung

Zuerst möchte ich die Familien Meadows und Darrow nennen, die mich immer unterstützt, ermutigt und inspiriert haben. Besonderen Dank schulde ich Susannah Meadows für ihre wunderbaren Vorschläge, Jessica Darrow für ihren ungezügelten Enthusiasmus und Jane Meadows, die mir zum ersten Mal von den Zügen voller Waisenkinder erzählte.

Großer Dank geht auch an meine Lektorin Helen Atsma, die das Potenzial meines Buches erkannt und das Projekt weise gesteuert hat, und an Marjorie Braman, die den Text von Anfang bis Ende begleitet hat. Nicht zu vergessen das gesamte fantastische Henry-Holt-Team.

Ich stehe tief in der Schuld meiner Freundin, Anwältin und Agentin Elisabeth Weed, die immer an mich geglaubt hat. Danke auch an Jenny Meyer für ihr Vertrauen von Anfang an.

Alex Darrow, meiner Vertrauten und ersten Leserin, verdanke ich so unbeschreiblich viel. Unbedingt nennen muss ich auch Michelle Wildgen, die mir unbezahlbare Ratschläge gegeben hat, sowie Jesse Lee Kercheval, Susanna Daniel und Judy Mitchell, die intensiv Korrektur gelesen und mich hervorragend beraten haben.

Sehr geholfen haben mir Cathy Stephens, die ihr Wissen über das historische Madison mit mir teilte, und der Geschichtsverein von Wisconsin.

Ein Dankeschön auch an meine Freunde aus nah und fern, die mich all die Jahre unterstützt haben: Jennifer Sey, Mark Sundeen, Lewis Buzbee, Lynn Kilpatrick, Jean Johnson, Meredith und Jennifer Bell, Carolyn Frazier, Lance McDaniel, Melissa Kantor, Emma Straub, April Saks, Doe Yamashiro, Kristin Farr Costello, Jody Maxmin, Amy Sweigert, Christopher Sey, Andrew Wilcox, Katie Gerdes, Denise Wood Hahn und nicht zu vergessen meine Freunde aus dem *Creative Writing Program* der Universität von Utah.